# 开始写吧！
## 影视剧本创作

[美] 雪莉·艾利斯（Sherry Ellis） ————— 编
劳丽·拉姆森（Laurie Lamson）

王著定 ————— 译

# NOW WRITE!
# SCREENWRITING

Screenwriting Exercises from
Today's Best Writers and Teachers

中国人民大学出版社
·北京·

# "创意写作书系"顾问委员会

（按姓氏笔画排名）

| | |
|---|---|
| 刁克利 | 中国人民大学 |
| 王安忆 | 复旦大学 |
| 刘震云 | 中国人民大学 |
| 孙　郁 | 中国人民大学 |
| 劳　马 | 中国人民大学 |
| 陈思和 | 复旦大学 |
| 格　非 | 清华大学 |
| 曹文轩 | 北京大学 |
| 梁　鸿 | 中国人民大学 |
| 阎连科 | 中国人民大学 |
| 葛红兵 | 上海大学 |

## 影视剧本创作的春天

哪里有需求，哪里就会有供给。文化产品亦然。今天，诗歌隐身于流行音乐；小说隐身于影视作品。随着社会发展和技术进步，我们相信文化产品的供需矛盾将会得到更好的解决。

近现代以来，随着航海、航空以及信息技术的快速发展，大地球已然变成了小地球。与此同时，中西文化的交汇也给中国文化的演进带来了很多影响，当然也不乏有趣的曲折。无疑，对抗与包容、张力与融合本身就蕴涵着戏剧性因素。在看似势不两立的冲突交界处往往埋藏着失衡的种子与恢复均衡的活力。一激一应，一唱一和，中西文化艺术的互动激荡出了一首史诗。回想 20 世纪 80 年代初期，风靡一时的港台歌曲曾被讥为靡靡之音，这或许是市场竞争落败后的酸葡萄心理作怪。但是出于精神文明的需要，大家都盼望着我们这个民族至少也能创造出占领本土市场的文化产品。事情的发展出乎大多数人的意料，不久，黄土高原民歌的高调复出，给大陆乐坛带来了信心。相比之下，我们的影视产业无论是在满足观众需求的能力方面还是与好莱坞争夺票房的能力方面都亟待提高。虽然难言乐观，不过，市场机制的确立是影视业大繁荣的根本保证，充分竞争是影视产业兴旺发达的必由之路。事实上，文化产业化早已有之。柏拉图认为，人各有天赋，社会应该提倡细化分工。时至今日，专业化、职业化的分工被证明极大地丰富了人类的文化产品。

笔者在中国人民大学开设了"莎士比亚与中西文化"课程。以往，大家读读原著，看看名家评论，分析一下情节、人物等要素，写写评论……这样就算完成了任务。表面上看，大家的评论都很深刻，但其实不过是蜻蜓点水而已，并没有培养出真正的创造力。最近几年，尤其是笔者参与了"创意写作书系"的翻译以来，在课堂上把欣赏与创作结合起来，通过增加"剧本改编"这一教学环节取得了欣赏与创作相得益彰的效果。创意写作这个教学单元不仅提高了学生的欣赏水平，而且让文学经典与现实生活产生了共鸣。

在怀旧者看来，产业化唯利是图的本质与精神品质上的精益求精势同水火，其实不然，面向市场生存的影视作品仍然有很多精品。莎士比亚本身就起了典型的示范作用，限于篇幅，译者在此不再赘述。由于我国影视业市场化尚处于初级阶段，机制尚不健全，职业经纪人队伍良莠不齐，职业编剧更是极度匮乏，这些因素使得这本书的译介出版恰逢其时。从世界范围内看，我国电影在国际电影市场上的占有率仍然低得可怜，在品牌认知方面，我国电影甚至与印度电影尚有不小的差距。坐拥巨大的本土影视市场，我们的影视剧本创作市场具有巨大的发展潜力。

实际上，剧本创作是一个相对开放却缺乏产权保护的领域。随着技术进步和市场机制的规范，作家将完成从小说创作向剧本创作的转化过程。

这本书中提到的作家都是非常活跃的美国影视剧本作家，很多同时还在大学兼职讲授创意写作的课程。本书收集了他们剧本创作的练习及教案精选，可以说是他们实战经验的结晶。读完这本书你将会发现，剧作家没有那么神秘，梦想时刻向追求者招手。希望本书能给读者带来希望。

本书的翻译过程是紧张的，本书译者还包括刁克利、和霞、王炳乾、高海、张玉荣和王殊。译文完成后，由我对照原文，统一修订，并且适当增加了注释。不足之处，敬请广大读者不吝赐教。

王著定

2012 年 6 月

于北京西郊墨渊斋

## 编者的话

2008 年夏天，雪莉姨妈开始和我酝酿出版一本影视剧本创作方面的练习册。雪莉姨妈已经编著了《开始写吧！——虚构文学创作》以及《开始写吧！——非虚构文学创作》两部书，看到这一切我也深受感动与鼓舞，遂建议她再接再厉，给这套"创意写作书系"再添一员新兵。这就是大家眼前这本《开始写吧！——影视剧本创作》的缘起。

雪莉姨妈闻言大喜，并邀请我合著此书。外甥女能与姨妈合作出书确实是件令人兴奋的事。紧密配合的工作让我们两人有幸分享了大家创作影视剧本的热情并且从中获益良多。

我们编写《开始写吧！——影视剧本创作》这本书的初衷是想帮助日益成长的影视剧本创作新秀磨砺技能、拓展才华。得益于供稿者的博学多识，本书收录的练习几乎对于处在任何阶段的剧本创作者皆有裨益。我们希望读者发现此书的助益之处，祝愿他们的创作技艺能够借此再上层楼。

感谢为此书提供练习、玉成此书的影视编剧、编剧教师以及剧本顾问们的分享，在此谨致谢忱。

# 目 录

## 打造场景

## 人物的发展

# 口头与非口头的沟通

# 修　订

# 还有什么事？

# 精选故事

# 从冲突开始 Mardik Martin

Mardik Martin，德高望重的影视剧本作家，著有 *Mean Streets*，《愤怒的公牛》，*New York*，*New York*，*Valentino* 等多部电影剧本。他还参与修订过多部自己并未署名的正片电影。他的纪录片包括：*Italian-American*，*American Boy* 和 *The Last Waltz*。2009 年颇受欢迎的纪录片 *Mardik：Baghdad to Hollywood* 讲述的就是他的事迹。目前他在南加州大学担任高级讲师，此前在纽约大学任教。2006 年，《愤怒的公牛》被美国电影学院评为史上最佳影片第四名，同时被美国编剧协会评为有史以来 101 部最佳剧本之一。2008 年，他荣获 AFFMA（ARPA 电影、音乐、艺术基金会）颁发的终身成就奖。

本文由 Hunterlee Hughes 编辑。

万事开头难，编剧最挠头的也是如何踢出这头一脚。记住，要想写出一部正片电影的剧本，没有一年左右的时间是难以告竣的。所以说，切不可犯下面这个司空见惯的毛病：仅凭一个故事主题、预设概念或者小道消息就动手创作。你的剧本需要一个冲突作为坚实的基础，这样你创作起来才会更加顺手、更加有效。

比方说，一个朋友看完一部电影后对你说："我太喜欢这部电影了。我和主人公已经全然融为一体了。"

在我看来，这种话完全是无稽之谈。实际上，你的朋友并没有和主人公融为一体。他认同的仅仅止于主角面临的冲突而已。那位朋友只是看电影，永远不能变成电影中的那个人物，不过，或许他确实体验到了剧中人面临的冲突、难题或者境遇，这才是他喜爱那部电影的缘由。电影真正吸引他的地方并非人物而是这个冲突本身。

所以，当你酝酿剧本的时候，切记要把人物面临的冲突放到最前面。换句话说，不要过度沉迷于自己想要表达的立场或者主题思想。诚如埃格里在其畅销书《编剧艺术》中所言，作家开始创作的时候必须预设一个主题，比如"爱情能克服一切艰难险阻"或者"愚蠢招致贫困"都可以当作创作母题。但是如果创作以某个预设主题为出发点，那么你就落入了一个陷阱。接下来，矫揉造作的情境与削足适履的人物就会不可避免地出现，因为只有这样你的预设主题才能演绎出一段故事。最终，情境往往变得假里假气或者人物变得匠气十足。因为你在试图用一个预设主题来打动观众，而这个主题显然又不是源于现实生活而是基于你要表明的某个立场。

要是你先仔细观察现实生活（或者用偷梁换柱的办法），搜集一些趣闻轶事，然后再动手创作，问题就会迎刃而解。你身边活蹦乱跳的人有的是，除了观察之外，更关键的是，你还要发现他们面临的难题、境遇和冲突。

另外，你还要仔细关注那些麻烦制造者。我们把电影里的麻烦制造者称为反面主角。你应该像科学家那样花心思仔细研究正面主角和反面主角。你肯定不希望他们沦为随着预设主题起舞的傀儡。因此，你只有像科学家那样客观地研究人物的行为，才能让他们尽可能地真实。

# 练　习

故事从构思阶段就要开一个好头。你要环顾身边的熟人，如果你发现了他们面临的难题，那么这些人就能帮你营造出某种**冲突**。也许你有个好朋友，眼下他跟母亲住在一起，然而这种生活让他颇感不便。或者你的妹妹马上就要嫁给一个大款了，不过，她嫁人并非出于真爱。

你要像客观的科学家那样关注这种冲突，甚至索性把它当作一场戏好了。把自己的想法如实地记下来，切忌顺嘴说出自己对于当事人的主观看法，牢牢盯住自己的所见所闻，紧扣客观事实发展的进程。

在这个阶段，你要格外专注于反面主角的研究。初出茅庐的新手大多止步于塑造出一个正面主角作为自己的替身，反映自己眼下的境遇。然而，营造戏剧性的要点在于着眼于与之对立的反面主角，即冲突的制造者。因此，当你观察生活，写调研笔记的时候，一定要精准地突出**反面主角**的行为、动机和欲望。但反面主角尽管很重要，也依然不是开启故事的那把钥匙。

顺便说一下，反面主角并非俗话说的大坏蛋。你那位朋友的母亲也有充当反面主角的可能。也许她是世界上最温柔甜蜜、无可挑剔的人，但是跟她一起生活却叫你的朋友真的很头疼。

　　既然如此，你就要留心观察，一个现实生活中的母亲到底如何让儿子感到为难。或者，下面介绍的方法还要略胜一筹。你可以把几位母亲的影子叠合在一起，每个母亲都能把这个冲突复杂化。只要你有些许的想象力，这一方法就能助你事半功倍。切记，从现实生活中你所能借鉴的东西仅此而已，伟大的作家需要发挥匠心独具的想象力才能把众多人物及其处境熔于一炉。

　　举一个显而易见的例子，就拿詹姆斯·邦德的系列电影来说吧。邦德永远是个令人着迷、衣冠楚楚、很有女人缘的男子汉，他做事一贯随心所欲。倘若没有反面主角的存在，他原本应该是个令人腻烦、干瘪乏味的人物。在邦德系列电影中，每个反面主角都会制造重重困难等着邦德去克服。反面主角制造的难关越是复杂狡诈，就越能成为邦德机智果敢、一显身手的好机会。也就是说，在你练习创作的过程中，故事的关键在于塑造出邦德的对手"金手指"（或者"金胳膊"）这样强大的反面人物。

　　故事的开头应该介绍反面主角给正面主角制造的种种麻烦。现在，轮到你综合运用观察力与想象力创作场景了。

# 令人胆寒的练习 Hal Ackerman

Hal Ackerman，迄今已在加利福尼亚大学洛杉矶分校（UCLA）戏剧、电影及电视学院执教 22 年之久，目前担任电影剧本创作课程的联合主席。他著有 *Write Screenplays That Sell...The Ackerman Way*。他的剧本 *Testosterone：How Prostate Cancer Made a Man of Me* 在加州圣莫尼卡（Santa Monica）完成剧场首演，并且获得 William Saroyan Centennial Award 戏剧奖。

尽管学生可以独立完成，不过我还是喜欢在新生上第一堂课的时候让大家一起来做这个练习。因为这个练习堪称一块绝佳的敲门砖，此外，它还揭示了几个基本问题，触及到了故事的基本因素。一部电影必须有个人见人爱的正面主角，新手常常会听到这句忠告。有时候，我们会极力把那些大学生求职简历上光鲜照人的品格嫁接到人物身上，于是人物成了毫不利己、专门利人的高标准道德化身。这样做不仅会让编剧本人的思路陷入瘫痪，也会摘除人物的内在精华，给大家留下深刻印象的恰恰是那些表面看来其所作所为应该受到大家谴责的。

就拿那部奇妙的纪录片《迁徙的鸟》（*Winged Migration*）来说吧。真是不可思议，我们居然花了两个小时亦步亦趋地陪着一群迁徙的候鸟飞行万里，跟它们一起忍受超乎想象的艰难困苦。比如说，在孵蛋的时候，它们用羽毛护住鸟蛋，忍受极地的寒冷，而且一连数周不吃不喝，饱受饥饿的折磨。终于，它们好不容易熬出了头，打算重返家乡，在温暖如春的法国草原上筑巢安家。然而当它们从人们头顶飞过时，一个农民举起了鸟枪，朝天上放了两枪，一只鸟中枪身亡，跌落地面。我们并不知道这是哪一只鸟，姓甚名谁，但是在它不畏逆境、奋发图存的过程中我们曾与它有过同呼吸、共命运的精神体验，因此，一旦它不幸殒命，上帝！我们的心都碎了。

现在，让我们再想象一下当纳聚会①的情景。1848 年，一群新移民从美国中西部一路艰难跋涉前往加利福尼亚建立新的家园。历经艰难困苦，他们劫后余生。颠沛流离之后，他们终于来到了上帝许给他们的福地边缘，但他们还需要再翻过一座山。当他们登上俯临内华达州里诺市群山叠嶂的顶峰时，他们已经精疲力竭。于是，他们决定先休息一个晚上再继续赶路，然而一场不期而至的暴风雪让他们一连数月进退维谷、无法前行。他们所有的补给都已耗尽。他们吃完了皮革，正欲采取人吃人这种骇人听闻的手段，直到他们最后的机会到来：几个人带着一支步枪，艰难地走进了六尺深的雪地。一只野禽出现了。他们是如此疲倦，以至于需要三个人合力才能举起那支步枪。他们开枪了。在这种情况下，我们可以打赌，大家肯定都希望他们猎获这只鸟。与上面的故事相比，同样是举枪打鸟的情景，却给我们带来了完全不一样的心灵感受。这是为什么呢？

这就是本人的第一公理：呼唤内心的情感要胜过庸俗的道德说教。

# 练　习

1. 写出你一生中做过的十件回想起来感到后怕的事情。（只用一句话描述。）

例如，我曾经把打火机油灌进姐姐养的金鱼肚子里，因为我想把它变成一条能发出火光的电鳗；初中时喝醉了酒，磨坏了体育馆的攀爬绳索；去拜访未婚夫的父母，因在飞机上遇到白马王子从而一发不可收拾，甚至加入了高空高潮俱乐部②，如此等等。一定要实话实说。

如果是在学习班上，则每个人都要把自己的故事大声念给大家听。要注意的是，大家是否都被吸引住了，而不是一脸漠然。塑造人物也是一样的道理！你要吸引观众的眼球。

2. 从这些故事中选出一个来，据此写出一篇两到三页的记叙文。切记，你的读者从未碰到这些人物，所以你要用上讲故事的所有技巧。动用

---

①　Donner party，1846—1848 年美国出现西部淘金热，移民大潮涌向加利福尼亚。艰难险阻、风雪灾害导致了互相残杀，甚至人吃人的人间惨剧。——译者注。本书注释均为译者所作，不再逐一注明。

②　Mile High Club，爱好在飞机上谈情说爱的人所组成的俱乐部。

你的全部五种感官，把你的听众带进这个世界中。围绕事件与人物建立真情实感。

3. 把这个故事改编成电影剧情。电影剧本可是另一码事。你还能像之前那样讲述这个故事吗？由于电影观众只了解自己眼睛看到、耳朵听到的内容，因此作为电影编剧，你如何把在文字故事中描述得栩栩如生的人物内心活动变成电影剧情传递给观众呢？

# 相信自己 Alan Watt

Alan Watt，在洛杉矶工作，影视剧本作家、戏剧家兼小说家。他的小说《钻石狗》荣获《洛杉矶时报》最畅销小说奖，近来他把这部小说改编成了电影剧本。他是洛杉矶作家实验室的创办人兼创作总监，执教于两个两年一期的工作室："90 天影视剧本"和"90 天小说"。

虽然教科书上经常说凡是故事结构必有一个定式，然而，实际上却并没有什么固定套路可循。在编剧研修班上，我把结构描述为一种永恒不变的范式，通过这个范式可以探索主人公的转变。我的意思是说，每个主人公都有一段发展的历程，然而这绝对不是可以预料的历程。在现实生活中，我们总有一些尚未完全弄清楚的问题，我们想要厘清其发展演化的路径，我们有解决这个问题的欲望，创作的欲望与这种欲望是紧密交织在一起的。我们探索这些尚未解决的问题，自然就会被相关的思想或者画面所吸引。从这个前提出发，我们逐渐认识到，我们具有独一无二的资格来讲述我们的故事。

有时候出于害怕，我们会从旁观者的安全距离逐渐接近我们的故事。下面的练习是我给我的作家们的第一个练习。这个手段是有效的，借此我们可以掩人耳目，不让别人知道我们故事的"中心思想"。我们认为，大家必须经过训练之后才能开始认真考虑创作，那些让我们担心发怵的怪物实际上是我们的向导！如果我们要求自己首先克服这个软肋，然后才开始写作，情况会如何呢？如果我们探索自身忧惧的根源，追究其本来面目，并且允许自己不加判断地写下任何被唤起的东西，情况又会如何呢？增广见闻、提高修养并非我们开始影视剧本创作的前提条件。我们的内心世界早已囊括了创作所需的一切知识。

既然这样，我们就出发吧。

# 练　习

花几分钟时间，把你对于影视剧本创作的种种担心全都开列出来。无论是无关紧要的杞人忧天还是事关重大的道德禁忌，一定都要白纸黑字地落到纸面上来。或许你担心家人会由此了解自己的某些缺陷，或许害怕别人发觉你这个人有些古怪、乖僻，或者你确实是个充满矛盾和纠结的人。或许你害怕自己会失败，自己搞创作是好高骛远，纵然终日忙忙碌碌、矢志追求最终也难免竹篮打水、虚度浮生，因为你担心自己根本不是编剧那块料。此外，你还会担心自己真到了成功的那一天，却必须承担更大的责任。成功之后自己难免为名所累，在道德方面更需严于律己，维持自身的崇高精神。

也许你还会担心，这是维持尊严与体面的唯一前提条件，而且在学习过程中你不应该白白地牺牲自己的尊严与体面，如此等等。一旦我做了编剧，"别人就会讨厌我"、"跟我断绝关系"，"大家不会再喜欢我"，满腹担忧，不一而足。

无论如何，先把你的种种担心都罗列出来。

写好了吗？太棒了！

那么，我们为什么要做这项练习呢？显然，第一个理由是，我们希望有意识地把自己的种种担心清楚地摆在面前，这样一来它们就不能任意支配我们了。但是，这还不是最重要的。最大的理由源于下面这种说法，即"创作的欲望与升华的欲望是密不可分的"。我的意思是说，我们有关故事创作的担心与故事里主人公的担心在本质上是**一样**的。

乍听起来，这个想法往往让人产生抵触情绪。你可以审视自己的种种担心，然后对自己说，我的担心和主人公的担心之间毫无关联啊。一开始，这种想法并无不妥。接下来，你要继续观察，如果你还不能发现两者之间的某种关联，那么你就需要更加切近地审视一番。我们并不是说引起这些担忧的具体情境是完全一样的，而是说**在本质上我们的担心与主人公**的担心是息息相关的。比如说：

1. "我担心自己写这个剧本完全是浪费时间，即便剧本写成了也永远卖不出去。"

　　问问自己：在故事中的什么地方，主人公也曾认为自己在犯一个可怕的错误？还有，有没有这种可能，即主人公铸成大错之后仍然拒绝直面错误，甚至不愿承认这是个错误呢？

　　2. "我担心人们会窥探到我最不可告人的秘密。"

　　问问自己：在故事中的什么地方，主人公认为自己会因为与众不同而遭到凡夫俗子的遗弃？你甚至可以自问，主人公拒绝承认的秘密到底是什么？

　　3. "我担心到头来发现自己根本不是作家那块料。"

　　问问自己：在故事中的什么地方，主人公担心自己会失败？主人公担心自己永远不能实现的那个梦想是什么？

　　尽管在我们眼里，自己的忧惧是现实存在的，但那其实也不过是司空见惯的重重顾虑。人人都难以免俗，谁能高枕无忧呢。当我们能够超脱于故事的"中心思想"，转而把思虑聚焦于人物的本真性情及其忧患的**实质**的时候，我们就会意识到，这些东西根本无须我们绞尽脑汁地构思就能流畅地表达出来。我们只是承载故事的渠道，循着这个渠道，故事自然会演绎出自身的波澜起伏。故事就像水流一样，势必要经由我们这个渠道滔滔不绝地流溢出来。正是由此出发，故事的真正结构才开始浮出水面。

# 卡片研发方法 Brad Riddell

Brad Riddell，为 MTV、派拉蒙影业、环球影业创作正片剧本，此外还与几个独立制片人有着合作关系。他是肯塔基州电影实验室的创始者之一，在南加州大学和斯伯汀大学讲授电影剧本创作。

学会多线作战对于一个矢志成功的编剧来说是极重要的事情。对于多数职业编剧来说，搞剧本创作的时候手头仅有一个剧本是稀罕事。与此相反，他们往往需要同时推进好几个处于不同发展阶段的故事。试想一下，若不是持续研发多个新产品，哪家新创立的公司能单靠一个产品就一炮打响呢？何况，创作剧本是你的看家本领，左右开弓、多写几部剧本是家常便饭。影视编剧的研发工作就是每周都要抽出时间，维持生产线不停地运转，完成一个剧本项目之后就要迅速过渡到下一个项目中去。此外，你还要时刻做好准备，回答即便是最成功的编剧在开会时也总会被问到的问题："除了这个剧本之外，你手头还有别的什么剧本吗？"

为了更好地让学生踢开头一脚，让流水线运转起来，我要给他们的思想武器库中填满巨型炸弹。我在南加州大学讲授一门名为"开天辟地写故事"的课程。我为这个班级设计了一个练习，最初，这个练习要求学生模仿完成一项由工作室分派的编剧任务。不过，后来这个练习渐渐地变成了一个有用的教学工具。当你的研发速度放缓，储备的创作资源接近枯竭的时候，这个工具能够助你一臂之力，帮你想出新的构思。

对于许多编剧来说，当他们开始创作的时候脑子里还是一片空白，他们要在白纸上作画，似乎一切皆有可能。可是，如果你的想象中没有观众，那么，要想投其所好地搞好创作确实是一项很大的挑战。这种空白很快就会浇灭你的灵感火花，给你跃跃欲试的闯劲泼一瓢冷水，因为过于纷繁的选择和过度的优柔寡断会把你压垮。但是，假如你给这个剧本项目添加几个固定参数（正如工作室的编剧任务那样），那么，猛然间你就能找到一个起点。有几个学生做了下面这个练习之后，从习作中衍生出的剧本项目就被他们扩充成了电影剧本。其中一部最近还荣获了南加州大学的优秀论文奖，这篇论文剧本一开始就是用卡片方法创作出来的。

## 练 习

1. 收集 15 个空白注释卡片。
2. 把它们分成三摞儿，每摞五张。
3. 在第一摞的每张卡片上，写下一位影星的名字。
4. 在第二摞的每张卡片上，写下一个流派类型的名字。
5. 在第三摞的每张卡片上，写下一个引人入胜的地方的名字。
6. 把每一摞卡片都翻过来，没字的一面朝上。
7. 把它们分开摆放，每一摞都要充分洗牌。
8. 选出每一摞最上面的一张卡片。
9. 在翻看这三张卡片之前，先拍打一阵桌子。
10. 现在就用这些卡片构建一个电影大纲。

关键在于，你不能允许自己重新洗牌然后再重新抽取。你得到什么就是什么。这个挑战其实很好玩儿，因为你必须在刚性的参数框架内工作。这些随机的变量是最初给你创造力的东西，它们能够让你从爱不释手或犹豫不决中解脱出来。牢牢抓住自己的一手牌，会迫使你思考你熟悉的领域之外的想法，有时候，最好的故事就来源于最不可能的卡片组合。

比如说，我曾让一个学生抽取卡片，他抽到的三张分别是丹泽尔·华盛顿①、老古董和日本，后来这个学生以此为基础写出了一个扣人心弦的"二战"故事大纲。娜塔莉·波特曼②、动作片和拉斯维加斯这三张卡片被另一个学生抽到了。虽然她当初并不喜欢这三张卡片，但据此写出的长片

---

① Denzel Washington，好莱坞最具号召力的演员之一，也是目前好莱坞身价最高的黑人影星。

② Natalie Portman，因在吕克·贝松的电影《杀手里昂》中出演女主角而一鸣惊人。2010年由于在电影《黑天鹅》中的精彩表演荣获多项国际大奖的最佳女主角。

电影剧本却相当优秀。凯特·哈德森①、纽约、科幻片，一个学生据此完成了一部非常搞笑的浪漫喜剧，而另一个学生根据抽到的希安·拉博夫②、正剧、非洲这三张卡片写出的学位论文剧本则荣获南加州大学优秀论文奖。

由你的笔记卡片衍生出来的故事或许未必能一炮走红或者最终成为完整的正片剧本，然而无一例外的是，它们有助于探索新的人物、世界和剧情，这些东西在接下来的其他项目中会变成你手头上有用的素材。最关键的是，它们的功能在于维持你研发工厂的机器整日轰鸣，全速运转，充满活力。

---

① Kate Hudson，2000 年出演《成名在望》让人眼前一亮，还曾出演电影《十日情缘》。
② Shia LeBeouf，好莱坞新一代男星，因出演《变形金刚》系列的男主角而迅速蹿红。

# 概念为王 Chandus Jackson

Chandus Jackson，获奖影视剧本作家，最近他的政治惊悚剧本 Rendered 荣获迪斯尼/ABC 编剧奖。在迪斯尼工作期间他还开发并创作了科幻/家庭剧 The Completion。他曾荣获多项电影剧本创作奖，包括 Page 国际编剧大奖，并在 Austin Heart of Film 编剧比赛中名列前茅。目前他正在创作正片电影和电视剧本。

　　我在好莱坞学到的一个教训是：在好莱坞的大门口，判断一部影视剧本的好坏全靠它的概念或者前提。你会说这很不公平，要是有哪个有创意的主管或者经纪人读了你最近的原创作品，他一定会意识到这就是下一部一鸣惊人的巨著或者奥斯卡奖的热门竞争者。你说的可能是对的。然而对于绝大多数作家来说，第一步只不过是找个人读一下他们的剧本，如此而已。为了制造这种"读一下"的欲望，前提或者概念就必须被牢牢锁定。

　　那么，这个前提或者概念是什么呢？它就是一种"大构想"或者说是业内人士喜欢称之为"高端概念"的东西。我则称之为"盖帽儿"。正是关于某个故事的一句俏皮话才让读者希望了解更多。它本质上是给读者发出的一个信号，决定这个剧本到底是会成为一摞周末阅读的上上之选，还是被压在一摞书的最下面。作为观众，我们在日常生活中选择阅读或者观看内容的时候也会如此。我们对此都有同感，如果荧屏上的东西并不能激起大家的兴致，我们就会用遥控器一个接着一个地换频道。

　　这种情况也正好适用于影视剧本的概念问题。事实上，坚固的结构、完美的对话、上乘的人物，这些都不能弥补故事前提的漏洞或者构思的拙劣。这通常标志着，这部剧本可能更适合其他媒介，比如小说、电视剧或者短篇故事。作为故事的讲述者，我们必须知道哪种媒介能够取得最好的传播效果，以便选择最好的载体把我们的故事与全世界的人们一起分享。

　　怎样才能确定我们的发现值得未来四个月甚或数年的时间付出呢？简

单的回答就是接受市场的检验。每次我都会把我的故事前提分发给一群值得信赖的朋友，由此接受市场的检验。如果朋友们表示看不懂或不置可否，那么剧本就该返工了。主要的目标是确定这个概念是否具备市场人气，然后再投入时间和资源进入写作阶段。好莱坞许多剧本都没有经过市场测试这个环节，所以它们往往刚刚面世就草草夭折了。你会说"我肯定会得到反馈"，但是等等，要知道山外有山。作为作家，我们的工作就是理解自己创作的这一概念的整个家族谱系。无论是喜剧片、恐怖片还是动作片的剧本，我们必须知道哪些电影与我们自己的剧本类似，并且了解为什么我们的剧本是不同凡响的，什么使它与众不同。我们还必须了解眼下的市场情况。要是你花费数月乃至数年时间创作了一个剧本，最终却发现另一个作家类似的剧本已经在市场上一路绿灯即将拍摄了，这简直是最令人懊恼的事了。要我说，你应该马上止损，开始创作别的剧本，因为生命真的是太短暂了。作为影视剧本作家，假如你想成为好莱坞的当红编剧，你必须学会同时展开几个概念才能成功。

# 练　习

下面这两个简单的练习可能对你有所帮助。

第一部分：写出你最近正在创作的主题的家族谱系。你的概念与已有概念之间的相似度如何？你的剧本有什么与众不同或者独一无二的地方？创新在哪儿？这类有关过去电影以及未来项目的信息大多可以很容易地在互联网电影资料库（IMDB）中查到。

第二部分：下面这个练习包括观看与你的概念相近的电影，同时阅读剧本。这种方法非常便于你发现类似的项目是如何付诸实践的。同样地，这个练习并非只是为你眼下正在进行的项目而准备的。每当你碰到一个吸引人并且最近已经售出的剧本，你都需要查一查它的背景资料，研究这个故事以及它与市场上其他剧本的不同之处。这会加强编剧开发故事的能力。显而易见，这对于好莱坞影视剧本作家的成功是关键的。切记，概念为王。

# 当萨莉遇到哈利 Barri Evins

Barri Evins，电影剧本创作教师兼电影制片人。执教于加州大学洛杉矶分校的制片人研究生项目、美国电影学会（AFI）、CineStory、Great American PitchFest 和 L. A. Screenwriting Expo。作为制片人，Barri 在华纳公司、环球影业、迪斯尼、Nickelodeon、New Line 和 HBO 策划了许多剧本推介活动。她目前正全身心投入一个与演员兼制片人 Tobey Maguire 和获得学院奖提名作家的 Mark Fergus 与 Hawk Otsby 的合作项目。

在凯兹熟食店，哈利和萨莉有一场有趣的对手戏。由梅格·瑞恩饰演的萨莉声称男人无法分辨女人是否在假装高潮，由比利·克里斯托饰演的哈利则对自己的超常能力极度自信，坚持认为自己能够分辨清楚。梅格于是做了一个完全令人心悦诚服的演示证明，就在熟食店的咸牛肉和油炸馅饼中间。在好莱坞这儿，我们总是与比利站在同一个阵营内。当你假装的时候，我们是能够分辨清楚的。很可能就在剧本的第二页。

当受到挫折的影视剧本作家对自己说，"让好莱坞见鬼去吧，他们制作的东西全是臭狗屎。如果他们要的正是这种东西，那正好我打算写一篇那样的狗屁剧本，然后卖个大价钱"，他们必然会失败。

因为他们在弄虚作假。

那些素材将是平淡无奇、枯燥乏味、假里假气的。

即便创作技巧无懈可击，还是有些东西不太正常。假如你把影片名字颠倒过来，会发现当你念"当萨莉遇到哈利"的时候根本就不顺口，简直读着难受。那些不能让你自己兴奋的东西更不可能让大家都兴奋起来。

当作家作假的时候，他们就忽略了对其成功来说最关键的因素。

还记得你小时候，因为不知能否适应环境而紧张不安的情形吗？妈妈说："只管做你自己就好。"一如往常，妈妈是对的。

作为一名作家，"做你自己"的秘诀就在于知道你最擅长的事情，还要知道什么对你是真正重要的。要知道你擅长做什么事情以及你希望说些什么，你的强项和你的激情所在。

有了这两种元素，再加上我称之为"带钩子的想法"的东西，三者结合起来引燃我们的想象力，就能牢牢地抓住我们而且不会放手，我找到了！事业腾飞的火箭燃料找到了！你已经发现了神秘的金三角。

**淡入**：一个在逆境中奋斗的编剧带着电影里的小角色们去看了一场拳击比赛。比赛中，失利的一方不可思议地与拳王周旋到底、打满全场。拳赛让这个编剧的灵感瞬间爆发，仅用了三天工夫就完成了一部名为《洛奇》的剧本。有人曾向史泰龙出价25万美元求购这个剧本，却遭到他的拒绝。他出价仅仅25 000美元，不过他的额外要求是在电影中担任主角。扣人心弦的剧情、硬汉形象和激情终于让他如愿以偿地实现了梦想。

作为编剧，你要做的最重要的决定是：**下一次要写什么**。你在编剧方面的强项无疑是你的一大法宝，在你下笔之前你首先要判断一下：你的剧情构思能否让你事业更上一层楼。

## 练 习

1. 确定自己的影视剧本创作强项：
- 在影视剧本创作中你感觉最得意的方面有哪些？
- 你最喜欢的剧本类型是什么？简要说明原因。
- 你最不喜欢的类型是什么？为什么？
- 你感觉自己在影视剧本创作中哪一方面最得心应手？
- 如果作为影视编剧我再也不必＿＿＿＿＿＿＿＿＿＿＿＿，我不禁就要欢呼雀跃了。
- 在创作以下哪些东西的时候我是最快乐的：

| | | |
|---|---|---|
| · 动作场面 | · 构思 | · 梗概 |
| · 梦幻元素 | · 描写 | · 主题 |
| · 逆转跌宕 | · 调查研究 | · 对白 |
| · 视觉效果 | · 人物发展弧线 | · 情节 |
| · 人物 | · 人物关系 | · 紧张与悬念 |
| · 打出"淡出" | · 其他＿＿＿＿＿ | |

2. 当我描写一个场景时：

- 只注意人物之间的交谈
- 闭上眼睛想象正在发生的事情
- 设想人物的感受
- 集中精力推进情节
- 聚焦于我想让观众得到的感觉
- 构思如何揭示各色人物
- 把我能想到的一切都写出来，然后删减、删减、再删减
- 没有想法
- 其他：_____

3. 哪种类型的对话是你的强项？你的第二大强项是什么？

- 活泼俏皮的戏谑谈话
- 纯正的无忌童言
- 时下青少年的饶舌
- 轻捷、果断的作风
- 富有时代气息的措辞
- 创造新的词汇
- 诙谐机智的俏皮话
- 揭示人物性情的对话
- 饱经世故的成年人之间的谈话
- 聪敏灵光、旁敲侧击式的双关嘲讽
- 特定语境中的行话
- 相仿人物的不同腔调
- 我讨厌对话
- 我能牢牢记住现实生活中的对话
- 其他：_____

4. 请你不假思索地把下面的句子补充完整：

- 我最喜欢的一句电影对白：
- 彻底征服我的一个无对白场景：
- 我最喜爱的两个人物之间的关系：
- 让我笑得把爆米花都从鼻孔里喷出来的那个爆笑镜头：
- 第一次观看那部电影的时候，其中让我坐立难安的情节逆转：
- 在我脑海中留下深深烙印的电影画面：
- 直接命中我心目中生活意义的一部电影：
- 我可以不厌其烦地反复观摩的一部电影：

在上面的问题当中，哪些问题的答案是你不假思索而且完全确定的？

5. 如果我有魔棒可以帮你创造出想象中完美的影视编剧合作伙伴，够厉害的吧！那么，你认为这些编剧最大的强项到底该是什么？

6. 与"都市智力问答"节目有所不同，下面这些问题你可能不会手到擒来。不过我认为，在内心深处，你知道自己的答案。

● 在影视剧本创作方面我的最大强项是：_____

● 我的第二大强项是：_____

● 我最没有强项可言的方面是：_____

了解自己在影视编剧方面的长处是你拥有自己独具一格的神秘金三角的必要一环。至于说接下来我们要写什么内容这一问题，现在你就可以根据自己的情况展示那些自己擅长的电影类型。

是阅读一部文笔优美的模仿作品还是阅读一部基于个人才华与激情的极佳构思作品？在这一方面，我和卡兹的电影中罗布·赖纳的妈妈可完全不一样，我更愿意阅读有干货的东西。

# 离开老窝 Christina M. Kim

Christina M. Kim，创作了电视连续剧《迷失》中的三季。她因为这份工作获得了一项美国编剧协会大奖，其中一集电视剧还获得了提名奖。她还为电视连续剧《鬼语者》创作剧本，同时还是医学类电视连续剧 *Miami Trauma* 的编剧兼制片人，目前还在为 *NCIS：LA* 创作。人们还会发现她在努力研究具有创意的方法，来安抚迈阿密外伤病房里的人们。

老话说得好："写你懂行的东西。"（或许这句老生常谈早已过时了。）在电影学院上学的时候我听老师说过这句话，至今还记忆犹新。这句话可以算是对创作新手的勉励吧……只要想想发生在自己或者熟人身上的事情，你就可以动手创作了。所以，人人都有创作素材，对吧？绝对是小菜一碟！

人人都有很好的故事。比如说，我有一位姑妈，她有点儿神经兮兮的。有一次，她把死去的爱犬放在副驾驶的位置上，一边开车一边不住地流泪。她一路开了五个小时的车，直奔儿子的大学宿舍，好让儿子也能够肃穆庄严地向死去的小狗"戴西"致哀道别。再比如说，一群中学生在郊区小树林中狂欢聚会，最后来了一辆警车把他们赶走了。虽然这些也算是有趣的人物或者场面，但只是"写你懂的东西"还是有些束手束脚。有时候，你不得不离开生活经验的安乐窝，"写你不懂的东西"。虽说这个地盘会让你不知如何下手，但是等着你写的未知素材还是值得一写的。

最近，我有一个构思，想把它写成剧本。故事发生在夏威夷一群竞争激烈的救生员中间。夏威夷的一草一木是我早就了然于胸的，不过，除了通过《海湾瞭望台》杂志了解到的情况之外，对于救生员这个职业我根本谈不上熟悉。因此，我到书店买了一摞有关救生技术的书籍，租来影碟，观摩海滩上发生的事情。我还在维基百科和互联网上搜索了各种相关信息。我虽然基本了解了救生员的训练和技能，可我并不认为自己能写出真实可信的故事。

　　由于我生活在洛杉矶，我的城市周围就有漫长的公共海滩。许多救生员就住在海滩附近，距离市里也就是几分钟的车程。于是，我咨询身边的朋友，恰好有一位朋友的朋友就是一名业余救生员。真是踏破铁鞋无觅处，得来全不费工夫。太好了！（这也说明了一个道理，要不耻下问，不问别人怎么能知道呢？你的熟人、社交网络上的网友、邻居……人人都能提供重要的信息。）这个救生员名叫格雷格，我们交上了朋友。他是个热心肠，慨然允诺叫我在他值班的时候充当他的"影子"。我跟着他到了威尼斯海滩，扎扎实实地学到了救生知识。比如一到岗位，他就要在信息明示牌上更新信息。另外，他还要瞭望水面、仔细地"读浪"。救生员之间还要进行简短的交谈。还有，格雷格根本没时间招呼我，因为他一直紧盯海面，随时注意发生异常情况的苗头。虽然我并没有亲眼看到营救落水者的真实场面，不过，我还是从他和他的伙伴们那里听到了许多各种各样的海滩救援故事。

　　一回到家，我就把这些轶事和细节情况记在笔记本上。更重要的是，我信心倍增，敢于利用自己的新知识进行剧本创作了。也就是说，我发现了过去自己无从知晓的事情，获得了新的生活体验。现在我打算写的事情已经变成自己知道的东西了。我不必再虚构想象救生员端坐瞭望台会是什么样子，因为我已经知道瞭望台的形状、周遭气味和种种细节，包括那种20世纪80年代常见的老式电话机，搁在一块腐朽不堪的木板上面，而这块木板就是这儿的办公桌。

　　为了做好这个练习，我鼓励你们离开自己的安乐窝，写一写自己不懂的东西。你要反躬自问：什么东西叫你不安？你一直以来希望尝试什么事情？哪些人叫你充满好奇？不要让自己受到束缚。绝大多数人，甚至是陌生人，如果你跟他们说自己正在写电影剧本，想讨教他们几个问题或者像影子一样跟着他们体验一下生活，他们都会乐意的（而且会感到高兴）。只要不耻下问，我敢保证你肯定会得到自己想要的创作素材。随着一天的工作过去，再回到熟悉的电脑前，当你带着最新的调研结果重新开始创作的时候，你写的东西就是你懂的东西了。

# 练 习

　　找一个你感兴趣的话题或者人物。可以是任何事情，比如在警局上班是什么样子？或者在时尚潮人聚集的酒吧当门童是什么样子？你要跟联系人保持联络，给他们打电话，安排一天，哪怕只是一小时观察某个行动中的人物。访谈也是很好的素材来源，但是仔细观察在本色环境中生活的人物才能让你获得各种生动活泼的细节。

　　快速记下你观察到的每个细节：他们的着装，职业行话，午餐吃什么，特殊习惯、气味、声音，诸如此类。

　　接下来，把本色环境下发生的事情写出一个梗概。或者，你也可以把自己观察的那个人从其环境中抽离出来放到全然不同的环境中去。至于这样做会发生什么变化其实并不重要。做这项练习的关键在于你要利用自己做过的现场调研，赋予场景以真实感并且深化人物的层次感。你从现实生活中汲取的经验也许会出乎自己的意料，而这都是由体验新事物而得到的。天晓得，你也许会基于自己的现场调研给剧本弄到一个杀手锏式的好构思。

## 找到属于你的故事 Paula C. Brancato

Paula Brancato，获奖影视剧本作家兼制片人，执教于南加州大学。Brancato 主持制作了正片电影 *Somewhere in the City*，一部 Karlovy Vary Film Festival 获奖影片。她创作的影视剧本有：*Subterfuge*，*Ellen Jersey* 以及 *The Wanting*（荣获 16 个电影剧本创作奖项）。Brancato 最近导演的电影 *Her Father's Daughter* 在 Houston International Worldfest 和 Women of Color 电影节获奖，并且成功打进圣丹斯电影节的决赛。

　　影视剧本要从故事的创作开始。不幸的是，并非所有故事都值得讲给别人听。下面这些话肯定把你的耳朵都磨出茧子了："我们要找的是独一无二而且非同凡响的预设主题，一个引入高端概念的故事。""某种新鲜的东西，它要让我们震撼不已。""一个具有非凡洞见的故事，道人之所未道。"曾有人问一位伟大的诗人：为什么你每年只写 6 到 8 首新诗呢？他回答道："因为每年我也就有 6 到 8 个值得一提的洞见。"这么说来，你如何才能捕获到那个值得一提的洞见，催生非同一般的预设主题，创造出一部能够获奖的好剧本呢？

　　为了实现这个目标，你需要不折不扣的辛勤劳动。另外，你还需要仔细倾听自己的心声，识别脑海中哪些话是余音绕梁、回荡不已的，哪些话是根本没有激起反响的，而后者只是脑海里泛起的浮沫沉渣。好想法与坏想法都要经过反复的过滤、甄别，这就是那位伟大诗人的境界。

　　真相到底是什么样子的呢？一般来说，职业编剧的脑子里会匆匆闪过 100 个左右的故事构思——一只死去的猫在天堂遇到造物主，这时才发现自己原来是一条狗；一个伦敦的老师举办科学展览会破解了军情五处的技术秘密；某个网吧激起了当地居民的强烈兴趣——然后他才能从中找到值得一写甚至值得展开辩论的 10 个构思。职业编剧可以从这适宜创作的 10 个故事中挑选出 3 个素材，据以编成影视剧本。而得到这个判断，已经是他写出 50 页内容之后的事情了。

职业编剧会毫不留情地把不太看好的故事抛到废纸篓里，因为每当抛弃一个故事构思的时候他都向那种值得一写的构思更近了一步。或许貌似猫、实是狗的那个构思足够有吸引力，但这位编剧却不擅长写这种故事。或许，伦敦老师的初步构思在用完了迂回曲折的剧情发展之后证明是非常糟糕的构思，最后演变成了多愁善感、眼泪汪汪的浪漫情事。如果说网吧的构思可以演变出凶杀故事的话，那么网吧会有什么吸引观众的杀人方法呢？这位编剧笔下的网吧也许是电影《阴阳魔界》（Twilight Zone）中的一段插曲而已，你还需要添油加醋才能把它扩充为一个火暴的正片电影。如此等等。职业编剧需要不断地精减自己的初步构思，反复地用漏斗过滤这些想法。

经过一番筛选之后，三个故事劫后余生，成功冲关进入了下一轮。职业编剧还要清楚，其中只有一个故事有可能拥有那种值得一提的洞见，这个故事会让编剧爱不释手，它是真正的百里挑一。那么，这就是你非讲不可的故事了。

如果说你的影视剧本不能震撼人心，那么在动笔之前你就要考虑一下自己的预设主题是否可行。这个故事是否是你真正了解的东西，是不是你能够通过学习弄懂的东西，是不是你擅长创作的主题。它有趣吗？它吸引人吗？它是否能让你从骨子里都兴奋起来？其独特之处是否值得让观众花两个小时来观看呢？还是说这只是个单调乏味的普通故事呢？你确定除此之外自己再没有更好的故事了吗？影视剧本不是道德教科书，它们是思想的洞见，这些内容甚至连编剧本人也还未曾参透！要是最后你发现这个故事可恨地时时萦绕在脑海中，无论如何也不能释怀，那么，你就把它写出来吧。

为了帮助你刺激一下"故事肌肉"，你可以试试下面的练习。我发现它们很有用，可以帮助作家打破思维的阻塞，催动想象的飞马，编剧可以借此清除脑海里的沉渣浮沫。

## 练 习

1. 热身活动

你一个人待在卧室里面，晚上很晚才睡觉。突然你被惊醒了，窗户那边传来一声响动，有人闯了进来。你的心跳加速，入侵者距离目标仅有一步之遥了。你想起你有把枪，不过，为了防备儿童，你把它藏起来了。你不记得把枪藏在哪儿了。然后……

请你写出接下来会发生的 20 种可能性。**不要思考**。只管马上写出来。等几分钟之后再重新读一下你列出的单子。其中是不是有让你大笑、惊叫、畏缩或者别的使你动容的东西？这些都算是很好的洞见，对吧？

2. 完成故事

有个人独自一人住在山上。他的职业是为商业广告短片创作广告配乐。一天晚上，他听到他家附近的停车场上来了辆汽车，还听到女性的尖叫声。当时他心里没有当回事儿。他正在努力工作，创作一首广告的配乐。外面有人气呼呼地说话，后来汽车急匆匆地开走了，轮胎在路面上发出刺耳的吱吱声，随后消失在夜幕中。他聚精会神地创作，所以几乎没有注意听什么。

第二天，警察来敲门。他们想知道，他是否知道昨晚在他家旁边的停车场上发生了什么事情。他说自己听到有辆汽车开了进来，随后有女人尖叫的声音，但是由于已是凌晨 3 点，而且他正在忙着创作百事可乐的广告，所以并没有听到太多别的内容。警察告诉他，一个晨练者早上 5 点钟在停车场发现了一具尸体。他们说，请你不要离开此地，我们可能还会找你问话。

当天晚上，完成工作之后，这个人来到自己经常光顾的酒吧。酒吧里人头攒动，许多人在吃喝玩乐，搞某种庆祝活动。猛然间，他非常清楚地听到，有个男人正在哼一支曲子，那正是他多日以来赶制出来的那首曲子。

写一场五页长的戏，讲述接下来发生的事情。

良好的写作状态

# 塞住内心批评家的嘴 Kim Krizan

Kim Krizan，学院奖获奖电影编剧，美国编剧协会奖（WGA）提名编剧，因颇受评论界叫好的电影《爱在黎明破晓前》和《爱在日落黄昏时》而闻名于世。她在电影 Slacker，Dazed and Confused 和 Waking Life 中担任重要演员，最近创作出了"2061"喜剧系列，发表于 Zombie Tales。Krizan 居住在洛杉矶，在加州大学洛杉矶分校讲授写作课程。

我坚信意识流的创作方法是有魔力的。换句话说，我喜欢那种杂乱无章、豪放不羁、不讲套路、不屑矫饰的创作风格。我丝毫不担心作品能否问世。眼下在我写这段文字的时候，我的头脑里正有一团意识流风暴，我知道自己最后要把这些东西写进一本书里，然后会有成千上万的读者阅读它：严肃治学的学生，学识渊博的行家大拿，可以说包括所有读书识字的人，甚至还有权威人士和上帝本人。在我的想象中，他们正在阅读、评判着我的作品。因为我们在写作的时候最害怕面对的人就是批评家了。

真正的批评家存在于我们的内心。它是位于大脑左侧的那个自我，从童年时代起它就开始慢慢发育，压抑了那个自由、贪玩、富有创意的自我。这个自我教我们如何迎合他人、适应社会，同时也剥夺了我们在做事、造物过程中的乐趣与成就感。这个内心批评家往往只关注最终的成品，仅仅接受那些经得起严格审视进而必然合格的成品。

这个内心批评家的话也许听起来不中听，但仍有存在的必要，因为其确保大家能够交上作业、缴纳税金，同时不至于走路时闯进车流滚滚的机动车道，或者在晚宴上狂欢失控把自己搞得狼狈不堪。尽管这个批评家如此实用，遗憾的是，它对于我们编剧而言却没有多大帮助。由于它喜欢时时评判是非，因此它或许会确信我们做的绝大多数事情全是废品。这个内心批评家认为，如果你的作品不能和莎士比亚、波德莱尔、克尔凯郭尔这样的巨人相提并论，你就会被挡在门外无法入内享受大餐，那么一切努力全是白费心机，你还不如及早退出，完整地吃下一块乳酪饼的好。

在每个剧本项目启动之前，我都要做很多乱无头绪的意识流头脑风暴。我根本不担心剧本是否是"正确的"或者"好的"，甚至不管有没有读者。这种意识流风暴在人们的头脑中播下了种子，由此思想开始滚动拓展，于是乎剧本逐渐成形，根本不需要这个内心批评家的独裁把控。

我的主要训练方法就是强迫学生做下面这个练习。这项练习能够让他们便捷地从头脑里面挖掘出很好的故事，比起老师一厢情愿地苛求学生成为莎士比亚、波德莱尔或者其他伟大的艺术家，这种方法的效率要高多了。通过这种训练写出的故事在风格方面更加朴素自然，内容上更有原创性，用不着模仿权威或者迎合所谓专家的喜好。专家们只知道规定学生"应该"写什么东西。此外，这种方法最终能让写作变成一件很快活的事情。

# 练　习

取出纸笔，把笔在纸上放好。把你头脑里的想法记录下来。是的，你自己隐而不宣的想法。对于这些想法不要妄加评论，只管把它们白纸黑字地誊写出来。不要在意书写工整与否，也不要管什么错别字、语法、标点符号，尤其不要在意内容如何如何。你要自由自在地发挥，想说什么都行。你手写的速度可能跟不上你的思想，但是只管尽力而为就好。这些想法既可以是普世的宏观规律，也可以是对那些惹恼你的人的逐条责骂，甚至可以抱怨这个练习真的很白痴。没错，脑海里的一切都可以写出来。至少要写 20～30 分钟。

这个练习可以舒缓一天的紧张情绪，把不利于创作的那种剑拔弩张的情绪平息下来。它还能够帮助你接触到自己掩饰、隐忍下来的思想情感，这些情绪对剧本创作很有好处。最重要的是，它能帮助你把内心批评家清出门户，而邀请进你那个更自由、更有原创精神的自我。

如果说你感觉想让自己对这个练习感兴趣简直难于登天，或者说你确实有一番雄心壮志，那么请你换用自己不常使用的那只手。（有些学生对此抱怨颇多，而正是这些学生后来告诉我，这样做确实能给他们带来很多感悟。）其实，要想写得明了易读并非易事，单单为了码字也必须聚精会神才行。不过，这项练习能够帮助你与自己富有创造精神的大脑半球展开对话交流。

切记，一定要把这篇习作保存在安全的地方，别让其他人发现它，因为这篇习作并不是为了大众消费文化而写的。另外，假如你的习作中确实有一些非常过火的东西，那就把它扔掉吧。做这个练习的目的是为了热热身，疏通一下经脉，打开让词语自发流溢的闸门，你根本不必担心自己会因此受到别人的评论或者批判。

做这个训练需要持之以恒；或许每当你坐下来开始写作的时候，你都可以练习一下。正如歌唱家在正式演唱之前要润润声带，或者舞蹈家在跳舞之前要活动活动筋骨一样。这种意识流的创作方法能够帮助你准备就绪，开始真正的写作活动。这不仅能让真正的写作变得轻松，而且更加有趣。

## 谈话疗法 Wesley Strick

Wesley Strick，于 20 世纪 70 年代末开始写作生涯，当时他是摇滚乐娱乐记者。自从 80 年代末以来，他已经创作、改编或者与人合著了十几部好莱坞电影剧本，包括 *True Believer*，*Arachnophobia*，*Cape Fear*，*Wolf*，*The Saint*，*Return to Paradise*，*Doom*，最近"重新启动"了剧本 *A Nightmare on Elm Street*，主演为 Jackie Earle Haley。Strick 的第一部小说 *Out There in the Dark*，于 2006 年出版。

我出的影视编剧练习非常简单。但这并不是说这个练习做起来很容易；恰恰相反，它做起来还真的不容易。实际上，这个练习既是一种严酷的折磨，也是一种沉重的负担，同时它还要让你的人格尊严经受极限考验。

不过，生活本身就充满了不堪与困苦。不要让这些东西成为拦路虎。最终这个练习会帮助你躲开前方的重重陷阱，以免从事徒劳无益的写作活动。直到编剧生涯的后期，我才敢于尝试这项练习，在此之前，太多的自我意识让我感觉做这个练习实在让人难为情。回首往事，我真希望自己早点儿有勇气使用如此基本、如此自然的方法。这个方法要求把电影的初步构思按部就班地锻造成型，无须仰赖娴熟的捷径、窍门、秘诀以及职业行话，你就能写出得意之作。

同时这个练习还能让你明显处于上风，因为它并不涉及任何实际的写作活动。我可以向你保证：你一个字都用不着写。

## 练　习

也许在脑子里，现在你要么已经把剧情结构组织得井井有条，要么已经有了个轮廓，要么至少情节与人物都已经设计得有些眉目了。或者你跟我一样，虽然文字尚未经过润色，但已经堆砌出了四五页稿纸的文字，没有头绪地记下了剧情的构思、发展的节奏、思想的主旨、人物的注解、电影的类型、激发灵感的素材，如此等等。那么，这会儿你肯定已经迫不及待地要开始创作场景了。你在心里琢磨着，怎样才能把这些素材活生生地搬到纸面上去呢？

不过，请你不要操之过急。现在火候还没到。恰恰相反，你应该抽空跟生活中喜欢而且信赖的人再一起酝酿酝酿，可以是你的男朋友、女朋友、同性好友、兄弟姐妹、配偶等等。我们暂且把这样的人称为"听众"，并且用女性人称代词"她"来称呼。

接下来，你要找到一个安静惬意的地方，两个人面对面地坐一坐。比如说，你可以找个躺椅躺下，或者在院子里坐坐，或者在床上，或者躺在浴缸里也行。（当然，要是对方是你的兄弟姐妹，躺在浴缸里就大可不必了。）如果你喜欢咖啡就倒杯咖啡，喜欢酒就来杯酒。你要让你的听众明白，你要给她讲故事了。

如果她执意想知道这个故事到底是干什么用的，那么你就坦白说这是一部新电影的构思。这也没有什么大不了的。也许她早已猜到了，那也不打紧。不过切记，此举并非向她"强力推介"自己的新构思。你只是想给她讲一个故事而已。就像你平日给她讲引人入胜的八卦故事那样，口吻仿佛诉说自己亲历过的往事，或者像讲最近自己遇到的事情那样。你也可以把剧情给自己的熟人或者认识的人讲一讲。

现在，在做练习的当口儿，你要把"这个故事是为电影而构思的剧情"这个念头抛到脑后。考虑种种商业方面的问题没有任何实际意义。忘掉那些才气逼人的想法，忘掉电影流派，忘掉故事缘起发生的那个偶然事件，忘掉冲突升级阶段的种种动作以及情节逆转的拐点……眼下，故事尚未成型，一切都还不能算数。现在你要做的就是讲一个故事，一个纯粹而简单的故事。

（或许故事并非如此简单，不过，这是我们以后才需要考虑的事情。）

切记，不要把过多的压力揽在自己身上——你想霸占听众的注意力，这是当然，不过，你不必用什么权威的符咒把她镇住。你不是奥逊·威尔斯[1]

---

① Orson Welles，1915 年生于美国威斯康星，1985 年逝世于洛杉矶，集演员、导演、编剧、制片人等多种角色于一身的电影天才。作为演员，他参与了 100 多部电影（包括配音）；作为编剧，他写了 42 个剧本；作为导演，他执导了近 40 部影片。1975 年，他被 AFI 授予终身成就奖。

那样的天才，你只是一个普通的编剧。当然，这并不说你不能把故事讲得夸张一点。你可以添加细节、渲染气氛，如果你擅长模仿人物语气，那么你可以学一学人物说话的腔调。想办法把故事变得搞笑一些，让它变得妙趣横生，符合听众的胃口。

无论如何，开始给别人讲讲你的故事吧。

讲完一个故事大约需要半小时，最多也不能超过45分钟。你可以使用希德·菲尔德的经典套路：10分钟时间讲完第一幕，20分钟讲完第二幕，再用10分钟讲完第三幕。在时间的把握上，你可以酌情增减，唯求适度而已。当然，侃侃而谈肯定是很浪费时间的，不过，你一定要坚持把故事讲完。保持放松，故事要讲得顺畅，一气呵成。隔一段时间，你可以休息一下，喝杯酒或者咖啡。在面对听众质疑的时候，你要坚守简明扼要的原则，不能一味原路折返，也不能中途变卦，打退堂鼓，不再讲下去了。回答完问题之后，你要继续讲下去。听众的问题是重要的。它们往往说明故事结构比较松散，或者转折关头没有交代清楚，也可能是情节设计有些牵强。你要注意听众的面部表情和肢体语言，注意她有没有倦怠、困惑或者犹疑的迹象。

同时，你也要注意自己讲故事时的表现。换句话说，对于讲述时磕磕绊绊、支支吾吾的地方，你一定要清楚地记在心里。故事有展示部分、说理部分、逻辑推理部分，在这片杂乱的灌木丛中，你要记住自己打了磕绊的地方。如果你感觉自己在某些地方想要敷衍了事、蒙混过关，那么你要在心里记下这些地方。这些情况说明你的故事在构思方面还有大的瑕疵或者纰漏。即便这些地方几乎肯定能够修复一新，而且不会成为剧本的致命伤，你也不要放过。

此外，还有一些东西值得注意，比如故事的发生、发展过程及其节奏感。故事听起来是自然而然的还是敷衍牵强的？你自己是不是也有感觉茫然的地方呢？情节的发展始终没有脱离正轨吗？在剧情向前推进的过程中它是否渐渐加速了呢？或者你是否感觉故事正在脱离轨道，甚至更加糟糕，已经深陷泥潭、熄火抛锚了呢？

现在，当你终于大功告成时，你的听众是正向你微笑致意、点头赞赏呢，还是依然一脸茫然、不明所以呢？她是否希望你回过头来，"再给她讲讲某些情节"呢？

好吧，先喘口气儿。你先向听众表示感谢，然后找一个安静私密的地方，独自一人舔舔伤口，恢复一点儿自尊吧。然后，你要重新开动脑筋，重点研究自己拿不准的地方、不合情理的地方还有你失手留下的纰漏。缺乏支撑的地方给铺垫一下，松散的地方修补一下。

随后，你还要再找一个自讨苦吃的听众，从头再来一遍。真的要再来一遍吗？拜托，非得这样吗？

的确如此，因为我就是这么说的。给自己一点儿压力，大不了不就是再来一遍，没有什么了不起，仅此而已。

既然核心剧情已经成为囊中之物，那么这一回你应当会感觉收放自如了。先让自己做个深呼吸，吸入更多的空气，心里照进更多的阳光。你要琢磨人物，研究他们的侧面演进以及幕后故事，坦然解开叙述中的疙瘩，权当它是一个冗长而精巧的笑话。

笑话是一种非常别致的故事类型，它包括铺垫的引子、策划的开端、细化的中段，还有一个高潮迭起的结尾。电影亦然。虽然剧情的高潮部分未必是滑稽可笑的（除非你写的是喜剧），不过，它理应出人预料——如果你运气好的话——它还应该足够有震撼力。所以，当你第二次讲这个故事的时候，你要娓娓道来（但不可漫无边际），仿佛你的长篇故事是关于一条小狗的事情。

好了，这一回情况是否有所好转了呢？故事是否更加生动，条理更加分明，更叫人信服了呢？把故事重新讲述一遍之后，是否仍有迷人之处，是否能让人感觉这正是现实生活的升华呢？或者，你还是感觉自己在鞭打一匹死马？换句话说，你是否仍然还有那种似火的激情要把这部剧本写出来呢？你是否依然执著于自己的初步构思呢？

好了，枕戈待旦吧。明天，打开笔记本电脑。是时候在键盘上打"淡入"这两个字了。

# 全能的动词 Beth Serlin

Beth Serlin，与人合作为德国电影 *Jenseits Der Stille* 编写剧本，这部电影于 1997 年获学院奖最佳外语片奖提名，此后她写了许多面向德国市场的剧本。洛约拉马利蒙特大学（Loyola-Marymount University）电影剧本创作专业副教授，走进教室的时候，她有时轻风一般，有时悠闲漫步，有时步履沉重，但永远不会步态平庸。

　　人人都想写出火暴的电影故事。种种预设的前提和曲折的情节把大家的脑子搅得混乱不堪。光是一打一打的人物、纷繁杂乱的结构就足以把可怜的编剧给逼疯了。幸运的是，有一种词汇可以提升讲故事的水平并且给剧本注入生命力。它是编剧工具箱里最有效的基本工具，也是最容易被大家忽视的工具，这就是全能的动词。

　　一说起电影故事，我们就想到了动作片。在创作动作片的时候，动词在舞台上占据了中心位置，动作的真正意义就是抵达某个目标的运动，或者更确切地说，是它让人物朝着某个目标迈出第一步。既然如此，为什么如此多的编剧在剧本里还使用那种温吞吞的动词呢？本来完美的一场戏会被下面这句话绑架："他从口袋里掏出枪来，然后，走进了便利店。"假如用恰当的动词武装起来，这句普普通通的话就能变成一个揭示人物性格、令人难忘的瞬间画面："他从口袋里摸索着拔出枪来，磕磕绊绊地走进了一家便利店。"现在我们能感觉到，这个家伙是没有经验的，而且不太情愿。这样一来，甚至在情节发生之前，一种自然而然的紧张状态就呼之欲出了。另外，我们还要遵守电影剧本创作的唯一一条戒律：千万不可单调沉闷。如果说一个人宁愿用鸡毛掸子拂去书架上的灰尘也不愿捧起你的剧本来读，那么，你所谓的剧本压根儿就不可能被搬上银幕。创意新奇的构思、性格鲜明的人物、热闹非凡的对白都叫你煞费苦心，为什么要让陈腐老套的动词把这一切苦心经营付诸东流呢。像"生存"这种空洞的动词，对哈姆雷特这个人物也没起多大作用。

这么说来，我们怎样才能吸引读者并把他们牢牢迷住呢？我们渴望叫他们着魔，不接听电话，不理睬门铃，甚至不去上厕所，就因为他们急于看到接下来发生的剧情。魔咒这个答案看似简单，实则是大忽悠。你需要做的是找出富含情感色彩的动词，这种动词往往足以独立表意，无须形容词、副词之类的修饰和限定。这种全能的动词能够烘托情调，营造氛围，渲染感情色彩。它们能把人物的内心波澜精准地刻画出来。当你的主人公从室外向房间里"猛冲过来"、"阔步走来"或者"溜了进来"的时候，种种画面会迅速地涌进读者的脑海。这些用词跟"他从房间里'走过'"这样的表述形成了鲜明的对照。独特的意蕴能使动词拥有巨大的力量，从而使表达的效果翻倍增强。对于影视剧本来说，动词的风格事关重大，要是剧本里的空白与黑字大体相当，这就要求你字字有力，有效地推进剧情的发展。我总是提醒学生（也包括自己在内）：需要数千字描摹的画面如果处理恰当只消寥寥数笔就可以勾勒出来。帮助我们做到这一点的正是全能的动词。你同样也能做到，你要做的就是先给自己创建一本独具一格的分类词汇宝库。

# 练 习

为了集中火力锤炼全能的动词，你需要有个简单易行、时时可用的工具。也就是说，你要创建一本独具一格的类语辞典。这本重要的参考工具能把令人望而生厌的动词变成闪烁新意的动词。首先，从自己想到的 10 个最令人厌烦的动词开始。目前我最喜欢用下面这 10 个动词：进、出、看、走、坐、打、闪、拿、站、想。相应地，针对每个惹人厌烦的动词，找出 10 个同义的动词，不同的是，这些动词可以唤起具体而确切的情感。每当你碰到让人耳目一新的动词，就添加到你的类语辞典里面去。有意识地练习使用这些词语，用不了多久，习惯成自然，你用起这些词汇来就会得心应手了。

无论你创作哪种类型的电影，剧本都容易脱离正轨，把观众弄得昏昏沉沉，听着听着就打起了盹儿。好在你的急救箱中准备了这本独具一格的类语辞典，你的表达很容易就能让读者"耳目一新"，迫不及待地翻页读下去。

# 抛开书本 Alexander Woo

Alexander Woo，HBO 的《真爱如血》剧组的编剧兼联合执行制片人。此前他在 Showtime 系列节目的 *Sleeper Cell* 担任编剧兼联合制片人。其余电视节目还包括 Lax 和 Wonderfalls。他的舞台剧包括 *Forbidden City Blues*，*Debunked* 和 *In the Sherman Family Wax Museum*。

对于讲解创作技巧的书籍，本人深表怀疑。对于编剧研修班项目我也同样持怀疑态度。当然，由于职业的原因我也给这两项事业添过砖、加过瓦。

这种东西的危险就在于，它们给编剧的脑子里塞满了太多的框架和方法论。结果，编剧们变得好像穿越沙漠的骆驼那样，背上驮着沉重的书箱，实在是吃不消。当然，创作技巧也确实有可讲的东西（而且传授这门手艺还有钱可赚）。不过，假如理论浇灭了作家个体独特的灵感火花，情况可就没有这么乐观了。正如天下没有一模一样的两片雪花或者玉米饼子那样，两个作家的创作之旅也不可能是一模一样的。登上创作巅峰的道路绝不是自古华山一条道。我们是编故事的人，而不是见钱入账的会计。

上面的情形提醒我，我需要给大家一条可靠的建议：不要琢磨别人的脑子里有什么灵丹妙药，你要弄清楚**什么方法对于你来说是行之有效的**。别人肯定没有你更了解自己。如果你能在没有提纲的情况下写出自己最得意的作品，那么，撰写提纲对你来说大可不必。如果坚持写人物笔记叫你疲于应付，那么把这项任务抛到一边也没关系。如果你认为每天清晨 6 点就得起床写作是一种折磨，那么，你完全可以多休息一会儿。创作是自己的事情。如果你写着写着想中途歇一歇，花一个小时读读书、充充电，没有人会说这样做有什么不好。

话是这么说，做起来就不容易了。无论有意无意，我们一向惯于接受别人的建议，我们把这些建议裹在身上，像是一层硬邦邦的外壳。这些如何做得更好的忠告一向被奉为至理名言。老实说，这种要编剧写出超级棒的东西所带来的压力确实害人不浅。长此以往，我们就只会引经据典地依葫芦画瓢，结果我们的作品自然沦为苍白无力的模仿。这就像是复制品的复制品的复制品，最后的产物当然只是一种衍生物的扩散，迟早要与经典作品的原创构思逐步趋同，混为一谈。

剧作家麦克·韦尔曼设计了一个神奇的练习。他要求作家在一场戏中写出可以想象的、最糟糕的一堆废话。而且，这场戏必须包括下面三个细节：老鼠肉三明治；长着绿脚掌的怪物；一个包括 7 个音节的单词，这个单词要在这场戏中恰好出现 23 次，不能多也不能少。这听起来的确荒谬可笑，但是值得注意的是，假如你把要将这场戏写到最好这个目标完全抛在脑后，那么这个练习做起来该有多么容易啊。这样的话，老鼠肉三明治、绿脚掌和 7 个音节的单词这三项条件还能有什么约束力呢？它们完全是种消遣，设计这项练习的目的就是为了帮助你在动笔创作的时候能够把创作指南和创作研修班老师在下意识中发出的声音完全屏蔽掉。在这项练习中，最后落到纸面上的东西其实并不重要，真正重要的是它给你带来全新的体验——它是开放而自由的，它带来了写作中最珍贵的——乐趣。这个练习可算是编剧的圣杯，或许比这还要好，它堪称一绝。它不仅能让创作过程变得轻松随意，还能提供一种精神享受。既然永远法无定法，守株待兔只是死路一条，那么韦尔曼的练习能让大家幡然醒悟：如果我们能够把写作指南抛到九霄云外，我们就离成功更近了一步。

最后再来一条建议：过度专注于画面的整体布局往往会有损局部。就拿烹饪来说吧：如果你请 10 个厨师各自制作一道舒芙蕾奶酪蛋糕，最后你得到的蛋糕肯定风味各异，无一雷同。即使你让每个厨师都使用定量的鸡蛋、牛奶、黄油、面粉、白糖，最后他们制作出来的 10 个蛋糕依然不会重样儿。即使每个厨师的烹饪方法都按部就班……你得到的仍然是 10 种色香味各异的奶酪蛋糕。问题的关键在于，不论你是不是限定了蛋糕的品种、配料和烹饪方法，每个成品仍然各标一格的原因在于掌勺厨师的那只手。不要为了情节结构的缘故而粉饰每个细枝末节。正是这些细微之处使每个编剧独具特色。如若不然，那么你简直就是在制作标准化的麦乐鸡块。

# 练　习

把你在写作过程中常用的实际技法和独特之处全部开列出来。下面清单上的问题远谈不上完整，但你可以问问自己：

- 一天之中你最喜欢在什么时候工作？
- 你是否为自己设定最后期限？
- 你习惯于久坐写作，还是短期爆发？
- 你是在完全独处的状态下工作，还是在人来人往的场所工作？
- 你的初稿是草草写在稿纸上，还是用电脑打字？
- 你写着写着会不会信马由缰、脱离大纲？
- 如果你使用写作提纲，那么你脱离大纲的时候多吗？
- 你是否和创作伙伴一起写作？
- 你是否经常试探或者征求别人的意见？
- 你是否总是从故事的开头开始写？
- 你是否坚持写日记？
- 你的作品是否经常有自传的影子？
- 你是否只把经过深思熟虑而且列入大纲的场面写进剧本中？
- 你有没有同时创作两部剧本的经验？
- 你休息的时候经常做些什么事？
- 你是否由搜集生活素材开始创作活动？
- 当你遇到阻力时，你是艰难地破浪前进，还是先跳出来写别的东西，或者干脆放弃？
- 在继续写作之前，你是否总要把已经写好的东西编辑、修改一下？
- 当不写剧本的时候，你花多少时间考虑剧本的情况？
- 你是否在头脑清醒的状态下写作？

回答完这些问题之后，你就明确了自己的创作风格，这就是剧本创作过程的基因签名。接下来，你要做一系列的试验来挑战这些个性特点，一次挑战一个，由此确定究竟哪一个是你作为编剧不可或缺的，哪一个是你在创作实践中日积月累给自己挖出来的窠臼。如果你从不给自己设定最后期限的话，那么，一天内8个小时每隔1小时你就给自己制定一个最后期限。假如你总是从第一页开始写起，那么，你可以试试从剧本的中间开始创作。

经过多次试验之后，你就能够确认哪些始终如一的做法是有益的。不过，你也许会让自己大吃一惊。这样做的目的在于逐渐发现适合你自己的方法。这是一个持之以恒的试验过程，并没有绝对的终点可言。随着写作水平的不断提高，这个调适过程也将不断延续。你越是了解自己，那么最后落在纸面上的东西也就越是匠心独运。

# 透过音乐感受风格 Daniel Calvisi

Daniel Calvisi，曾任高级故事分析师兼自由审阅者，曾就职于 Miramax 影业、Dimension 影业和 20 世纪福克斯公司。曾创作委托影视剧本，做过私人故事顾问，现在是 Writers' Building 公司总裁，这是一个线上交流平台，也是影视编剧的网络社区。

我以前曾在电影公司担任专职剧本审阅人，那时候我就发现，最好的剧本是那种能够马上营造出强烈的故事气氛的电影，一读剧本就让人感觉仿佛能**触摸到电影的质感**。在至关重要的前几页中，编剧通过场景描写和人物台词能够展示出清晰、准确的个人风格。读剧本的时候，我的脑海里似乎清晰地播放着这部电影的韵律，那么我相信将来浮现于观众脑海中的这一韵律肯定也是清晰可辨的。

对于审阅者来说，剧本唤起的最强大通常也是最难唤起的感觉就是恐惧感。那种不可言状、忐忑不安的恐惧感正是观众在观看一部货真价实的恐怖电影时才会有的。

你上次看到一部真正把你**吓得惊慌失措**的恐怖片或者惊悚片是什么时候？看完电影的当晚你吓得睡不着觉，生怕夜里会突然发生什么可怕的事情。如今，能够让人如此害怕的恐怖片是越来越少了。

在我当剧本审阅人期间，确实曾有一部剧本把我吓得够呛。这部剧本名叫《魔咒》（*The Curse*），作者是山姆和伊万·赖米。故事讲的是一个青年女子与时间赛跑，为了摆脱一个诅咒她到炼狱里面忍受永恒残酷折磨的邪恶咒语。剧本里有个可怕的、形容枯槁的吉卜赛女人，她是个不可一世的、可怕的厉鬼，甚至在她死后，由这个恶咒引发的灾难还是让我极度紧张。有趣的是，这个厉鬼和正面主角同样让我非常兴奋。除此之外，这部剧本也很好玩儿，就影视剧本的吸引力而言，两种品质相得益彰算得上双重的魔咒吧！惊悚与欢笑的平衡处理得恰到好处；所以，我很快就断定：这个剧本很好，是块可以拍成商业电影的好料子。

这部剧本最终得以拍成电影是 10 年之后的事情了。电影公映时的片名叫做《堕入地狱》（*Drag Me to Hell*）。我很爱看这部电影，虽然不能说看电影时还被吓得够呛；但是我还是心悬在了嗓子眼儿，这一点是确定无疑的，因为这部电影运用了一系列残忍的、能把人吓昏的慢镜头，还有令人恶心至极的折磨人的镜头。此后，我再也没有遇到类似的剧本。这是一次娱乐观众的战栗之旅，不过，我将永远不会忘记自己最初阅读编剧毛遂自荐邮来的手稿时那种不寒而栗的感觉。

在我看来，这部电影不像其剧本那样吓人的原因之一在于电影的配乐还不够味儿。这部电影的配乐可谓中规中矩，却很难说得上让人印象深刻。这样的配乐没能激起那种货真价实的恐怖片所需要的音乐风格。回想一下《闪灵》（*The Shining*）、《驱魔人》（*The Exorcist*），《万圣节》（*Halloween*）的电影配乐，甚至影片《血色将至》（*There Will Be Blood*）的配乐，它们的配乐都突出展现出了迄今为止银幕上最残忍的坏蛋（正面主角由丹尼尔·普兰维饰演，恶棍由丹尼尔·D·刘易斯饰演）……这些配乐能把你吓得后背发凉、汗毛倒竖。

当我自己创作剧本的时候，我发现许多场景以及重要的镜头构思都是在听音乐的时候得到了创作灵感，而且通常是用音响大声地播放音乐的时候。（当时我蜗居在纽约的公寓里面，这经常让我楼下的邻居抱怨不已。）此外，戴上耳机听的时候效果也不错。无论是当代音乐还是古典音乐，有了音乐的巨大感召力，我立即就能感觉到情感狂潮的汹涌。同样地，比起平时，听音乐能让你写那些情绪激烈的戏剧性场面时更加得心应手。听自己最喜爱的电影原声碟也格外提神，它能让我的思绪与心情都融入电影的空间，有助于创作出激情澎湃的电影剧本。

我曾经在一家老唱片店里淘到了两件宝贝：一张是《阿诺·施瓦辛格：最伟大的电影主题曲！》，另一张是约翰·威廉姆斯为史蒂文·斯皮尔伯格所作的配乐荟萃。

当耳机里响彻巴西尔·普乐多瑞斯为电影《蛮王柯南》（*Conan the Barbarian*）所作的配乐或者被约翰·威廉姆斯的《夺宝奇兵》（*Raiders of the Lost Ark*）主题曲那种喧闹的伴奏轰炸耳膜，要是这时你都不能创作出一组动作片镜头，那么我要遗憾地说，我的作家朋友，你还是把笔记本电脑束之高阁算了。

这些日子里，我为我创作的每个剧本都准备了一个不同的 iTunes 音效合辑。就那种神奇的恐怖片音乐效果而言，我准备了情调各异的流行歌曲，从九寸钉（Nine Inch Nails）、逝者善舞乐队（Dead Can Dance）的歌曲到菲利普·格拉斯和汉斯·齐默的电影配乐，真可谓无所不有。我把科恩乐队和迪奥乐队的音乐加入自己的电影音效合辑中，是因为它能帮助我为让人牙关咬紧的场景唤起恰如其分的爆发力。不过，那些神经脆弱的编剧大可不必采用这种音乐。此外，当你创作卿卿我我的浪漫喜剧中那些"浪漫邂逅"的场景时肯定也用不上这种方法。

# 练 习

根据风格、剧情、节奏与氛围等特点，挑出三部与自己的剧本类似的影视剧本。买来这些电影的原声碟听一听，挑出能够吻合你想在读者和观众那儿激发的精神体验的那种曲子。把这种电影配乐列入 iTunes 音乐播放器的播放目录下，播放顺序最好与叙事的气氛和节奏相适应。（或许你只想把电影配乐中的器乐部分包括在内，因为歌词部分会让你分心，但是这全凭你自己选择了。）

在写作的时候，你可以戴上耳机欣赏电影配乐，以便沉浸于音乐之中，让它最大限度地打开你的情感闸门。

然后，把 iTunes 播放器的播放方式设置为"循环播放"，因为随着你越来越深地沉浸于电影的世界中，你会渴望体验那种没有了时间线索的美妙感觉。写了一段时间之后，也许你会从音乐中清醒过来，逐渐意识到自己不知不觉地已经写了好几个小时，而音乐已经反复播放好几遍了。

在创作的时候，你越是想听清配乐，它们就越会消失成背景音乐，因为你一边要关心剧本里的人物，一边又要突出人物的对白。在一部精彩纷呈的电影中，伟大的配乐也是如此。

祝你好运，写作愉快！

# 读字出图
## ——写出一流的电影叙事 Glenn M. Benest

Glenn M. Benest，写出 7 部完成制作的影视剧本，在位于洛杉矶的工作室讲授专业电影剧本创作。这些学习小组已经出品了 5 部电影剧本。

在分析研究剧本的过程中我曾经读过很多剧本。在这个过程中，我最常碰到的错误是，电影叙事（或者是叙述段落）往往单调乏味而且缺乏激情。随着编剧越来越专业化，他们就会认识到：阅读才是压倒一切的好方法。我这么说到底是什么意思呢？

叙事部分的文字往往缺乏风格特色或者情感力量，只管学究似的滔滔不绝，显得过于冗长迂回。编剧写舞台指导的时候往往喜欢画蛇添足，而不是精简压缩，然后打磨得晶莹剔透，其实只用一句话也能够把一场戏的情感氛围、一个地方或者一个人物的模样精练地概括出来。

那么，在理想的阅读过程中，什么东西才是拦路虎呢？答案就是：大块大块的叙事。

你要让每个段落都反映不同的镜头内容。这样一来，在依次阅读这些段落的时候我们仿佛感觉到自己是一个镜头一个镜头地向前推进。这一段的人物是比尔，他的目光正在锁定自己的目标。下一段是玛丽，她正在狂奔，拼命要找到一个地方保住性命。再下一段出场的则是玛丽的母亲，她尖叫着让女儿赶快跳下来。

拙劣的叙事语言是这样的："熊熊大火吞没了整座建筑，火光照亮了前来灭火的消防队员。"这样说也行，不过略显笨拙，而且视觉画面也没有做到栩栩如生。经过改写之后，编剧用下面的语言来表述这一场面：

"熊熊大火吞没了 J. R. 家的房子。火光冲天，把黑夜照得亮如白昼。"影视剧本里的叙事语句与小说中的白话叙述根本不能相提并论。编剧需要短小精悍、言简意赅的画面感，正如诗歌营造的那种意象。

下面我再举一例：

> 在明亮蔚蓝的天空下，游乐场的旋转木马闪烁着光芒。天气真是好极了。
>
> 更近一点。孩子们坐在过山车上，尖叫着从你身边掠过，还有些身穿比基尼、脚踩轮滑溜冰的人，从中西部来的游客在一边嚼着玉米热狗，一边惊讶地睁大眼睛，他们无法相信这里还是春寒料峭的三月。
>
> 一个秃顶的游客走进了视野内，身穿色彩花哨的夏威夷衬衫。他在雷达屏幕上根本不引人注目，他信步走向望远镜前面，把一枚二角五分的硬币塞了进去。我们也要去看一看……

这里描写的是春天里的圣莫尼卡码头。此地拥有的活力、节奏和伟大的视觉意象在这段文字中已经呼之欲出了。

下面的练习能让你学会其中的窍门，把电影的叙事部分写得生机勃勃。

# 练 习

拿出你剧本的开篇描写部分，在这一部分你要描写故事发生的环境以及人物。

1. 把表示动作的词语——动词——单独挑出来。看看你能不能改进这些动词，增加它们的力度和视觉效果。不要用"他倒在了地板上"这样的表达，你要找到一个更有力的表述，比如说，你可以说"啪的一声，他跌倒在地板上"。

2. 当你把主人公（正面主角）引见给观众时，要用一到两句精准简洁的话清晰地勾勒出他的形象。不要含糊其辞地描写他的形象；相反，你的描述要给人留下不可磨灭的印象。下面是《变脸》（*Face/Off*）里的一个例子："乔·阿彻……更老了……没刮胡子……一脸倦容……他的眼神透露出他饱受困扰。"

下面这段话描述了德克斯特的妹妹（摘自同名电视节目）："黛布拉（20多岁）的穿着打扮仿佛一个俗艳的妓女，粉红色的霓虹灯管上衣、迷你短裙、网眼长袜和高跟鞋把她那凹凸有致的身材紧紧绷住，她正拿着手机打电话。"

3. 把一个动作分割成几个镜头，永远不要写大块大块厚重的段落。

4. 向观众呈现有趣的视觉画面，编剧的工作就是使用视觉画面进行创作。想一想你要如何使用视觉语言把场面清楚地描述出来，然后找到其中一个核心的视觉画面，把这场戏的剧情讲述出来。如果你做好了这一步，那么这个场景就会自然而然地呈现在人们眼前，再写人物对话就是顺藤摸瓜的事情了。

5. 为你的叙事找到一个恰当的节奏。如果你写的是一个铁面无私的侦探故事，那么你就要使用简短的、硬汉式的语言来描写这场戏。如果你写的是一个搞怪喜剧，那么你就得想办法让人读了第一页就能大笑，或者至少微笑起来。

6. 你的文字应该好读而且一读就懂。不要一上来就给大家抛出好几个人物。保证让人明白哪个人是主角，这部电影属于哪个类型。它是一部动作片呢，还是喜剧片，抑或是黑色幽默片？我想在阅读第一页的时候，就了解这些情况。

做这个练习关键是要你转移关注的焦点，你不是在为自己写作，相反，你的创作目的是为了娱乐读者，给他们带来快乐，让他们高兴。剧本里的每句话、每个词都要有其存在的理由。如果第一页的内容摇曳多姿、构思巧妙、生机勃勃，那么你的剧本自然就会给读者留下一个好印象。在第一场戏中，你要把自己的十八般武艺都施展出来。如果第一场戏写得好，这就意味着为成功铺好了一条平坦的道路。

## 继续做梦吧 Nicholas Kazan

Nicholas Kazan，创作的影视剧本包括 *At Close Range*，*Reversal of Fortune*（获得学院奖提名），*Fallen*，*Bicentennial Man*，*Frances*（与他人合著），*Matilda*（与妻子 Robin Swicord 合著），还有若干其他影片。他喜欢与人打交道，不过一般情况下更喜欢与自己养的一群狗打交道。

## 练 习

平躺下来。闭上双眼。让你的思绪漂浮在即将动手创作的一场戏或者一组镜头上。不要控制。不要引导。呼唤缪斯女神全部的美好和慷慨。当有想法出现时，就继续挖潜……或者任由思想漂浮其上，一动不动，直到你忍无可忍，不得不冲到电脑跟前。

作为作家，尤其是影视编剧，最糟糕的事情莫过于让观众感到厌倦无聊。

惹观众腻烦的最显著的原因在于观众对编剧要写的东西早有准备……比如说，剧情的发展往往循规蹈矩，遵循三幕式结构：第 23 页要发生情节逆转，第 100 页要有灾难性的危机，每个人物都必须有一个"发展的弧线"，如此等等。

所以，尽管所谓的规则或范式很重要（我并不真的相信有什么范式，这是题外话），但是，单单为了让观众在看电影时保持警醒的状态，**打破常规**也是必要的。（你可以想一想海顿的《惊愕交响曲》是怎样做的。）

这就是我要做的。读者会预料我将从评论文章开始，然后再讲讲自己的剧本，最后给大家出一道练习。恰恰相反，我偏偏要从练习开始说起。

我的练习基于以下几个前提：

● 最好的作品源于无意识。

● 最好的剧本是以视觉画面为核心的，当你闭上双眼的时候这些画面应该是跃然眼前（或者逐步展露）的。

● 最好的对白是"可以听见的"。只需微小的刺激就能把它触发，并带来愉悦，至少不应屈从于作者的意志。

● 如果你写一场戏的时候卡了壳，或者冥思苦想人物要采取什么行动、剧情接下来应该如何发展，那么只有两个可能性：

1. 你想写的这场戏（或者这组镜头）并非这部电影必需的。

2. 你有很好的理由——合乎逻辑或者无意识的——想要保留这场戏（或者一组镜头），不过，你还没有想明白自己有没有正当的理由这么做。

这个创作技巧（或者叫做练习）是可以经常使用的。你可以把它应用于每一场戏。你会对结果大吃一惊，因为无意识几乎总能给难题找到独一无二而且出人意料的解决方案。逻辑思维可能只会让你设计出葬礼，但无意识则能让尸体从棺材中掉出来，滚下山坡。如果这样不奏效（它可能的确不行……无意识是令人既兴奋又匪夷所思的思想源泉），你或许会看到僵尸坐起来说话，或许那个寡妇开始歇斯底里地狂笑，或许又出现一个陌生的男人，这让死者的家属大吃一惊，这个人竟然胆敢在此时露脸……当然，你肯定会看到，这种情况让你和观众皆大欢喜，这个神秘的陌生人到底是谁，他的背后有怎样的故事？为什么大家恼恨（或者害怕，或者喜爱）他呢？如此等等。

**注意/忠告**：正如我刚才所说，虽说无意识状态是捕捉戏剧性的想法和画面的无价宝库，同时它也是一个垃圾堆。你可以看看自家厨房的下水道是什么样子……还有产生这个思维过程的那种感觉。做完这个练习，你写出来的场面可能给人一种神秘甚至神经兮兮的感觉。它们并没有什么神圣性可言，只是一些活跃在你脑子里的东西。要审慎地使用这些素材，它们会让剧本的视觉画面更丰富，剧情发展更出人意料，细节也更加精准。你肯定会把它们当作珠宝看待，可是它们的珠光宝气往往也会晃花你的眼睛，或许并不适合邀请你的观众参加这样光怪陆离的舞会。

这个创作技巧是我在接受心理疗法的过程中想出来的。我的神经科医生一直纠缠着我，非要我把自己的梦境跟他说一说，但是我却很少记得自己的梦，于是他大为失望……而我这个人向来不想让别人失望。因此，我就顺口应承说："如果你真的需要，我可以在这儿当场给你做一个梦看看。"他同意了。于是乎，我就闭上眼睛，然后脑海里就浮现出了一系列构思精巧而且骇人听闻的画面。

有了这个经历，我才认识到，原来自己想做梦的时候就能做梦。我建议你也这样试一试。如果你拥有一种视觉的想象力，这个办法很可能就是有效的。如果你没有这种想象力，那么你在创作影视剧本的时候可能会遇到很大的困难。

# 让思维漫步 William M. Akers

William M. Akers，著有 *Your Screenplay Sucks! 100 Ways to Make It Great*，美国编剧协会终身会员，他已经有三部剧本被拍成了长片电影。他在范德堡大学讲授电影剧本创作和电影制作。

当我创作剧本的时候，总是感觉有许多让我不能如意的地方。"这里写得还不够好"这句话就像一个小鬼一样钻进了我的心里，而且盘踞其中，一刻不停地噬咬着我的心脏。有时候，我可以听到它在肚子里说话，咂咂嘴唇，淌着口水，磨着它那口从未刷过的烂牙。或许，我应该想想办法，干脆用酒精把它淹死在肚子里好了。或许我不能这样做。

人们常常有这种担心，即自己写在纸上的东西更多地涉及人性龌龊的一面而不是体面的一面。至于"天才"的一面我甚至想都不敢想，只有 6 岁孩子的父母才会说出这种话。尽管我明知自己严重缺乏创作的天赋、技法、想象力或者豪情，但是，我仍然想方设法强迫自己把作品写得更好一些。

当我创作剧本的时候我总是忧心忡忡，因为这可不是写着玩儿的，而是为了赚钱养家。只有我把剧本卖给好莱坞，我才能赚到钱，给孩子买玩具汽车，再任由他们拆毁弄坏。我创作的剧本必须是那种客户渴望购买的剧本。

创作具体场景是件好玩儿的事情，而编写创作提纲却是件苦差事。我讨厌写提纲，每当我正式进入创作阶段之后，我就再也不想写大纲了。我心里只有一个想法，那就是加油、加油、再加油，前进！即便这个大纲还没有完全准备就绪，我也只得硬着头皮写下去。这可真够狼狈的。

为了跟心中这个狡猾的、令人困惑的、强大的弱点做斗争，我首先要动用"随机思维"，然后才真正开始在纸面上写作。有了白纸黑字打印好的大纲，一切看上去都已准备就绪。可是，当你面对大纲的时候，那种自由创造的轻松感觉就被这一纸大纲碾成了碎屑。

# 练 习

拿一张白纸，写一个主题句作为抬头。"第 42 场。阿蒂在男厕所掏出手枪。"你不妨让思维漫步，随意构想特定的场景、拍摄手法、人物、可能的冲突，如此等等，可以包括剧情的方方面面。

我喜欢在响亮的音乐中做这件事情。音乐能够触发新的想法。

现在，你要把与主题相关的东西都拼凑、充实起来。这包括各种各样的东西，有愚蠢的、机灵的、搞笑的，还有那些永远不合时宜以及小学二年级同学说过的傻话……甚至只是与主题稍微搭得上边儿的东西。随机的想法从四面八方不断涌现出来，条件只有一个，即它们都要围绕着"第 42 场。阿蒂在男厕所掏出手枪"这一主题，它们可以是服装、对白、人物、埋下的伏线、动机、玩笑、阴谋诡计等任何你想要写进剧本的东西。这时你做的事情仿佛是在往厨房下水池倾倒垃圾。

在这个阶段，你弄出多少垃圾破烂儿都不要紧，要不然荧光记号笔还有什么用武之地。把与这一场戏相关的神奇想法都捕捉到，直到把自己的想法榨干净为止。理想的情况是一个想法会触发另一个想法，然后再触发其他五个想法。呼呼啦啦！只消 10 分钟的时间你就进入了此前你做梦也想不到的世界之中。当然，你写出的有些东西肯定要被当做垃圾丢弃掉……不过，有些想法却是精彩的、新鲜的、令人兴奋的……而只有这些内容才能派上用场。

在结构方面你也可以这么做。苦苦地构思剧情的曲折起伏。如果你的随机构思是为幕间休息准备的，那么，你要想一想剧情接下来可以走出什么新的方向。

在人物方面你也可以这么做。为什么康斯薇拉是现在这副样子？把音乐从曲调舒缓的《唱歌的修女》（*The Singing Nun*）换成铿锵有力的重金属音乐，看看你的随机思维会生成什么新的想法！

在情节冲突方面你也可以这么做。在第 42 场中，主人公阿蒂这个杀手仿佛是个窝囊废，正如在电影《教父》（*The Godfather*）里那样，他走进厕所，掏出藏在身上的左轮手枪。利用随机思维这种方法，我开始设想他的内心可能经历的各种各样的冲突……于是乎，我茅塞顿开，突然有了一个想法：我要让他跟这支手枪较较劲，由此引发人与枪之间的各种冲突：他在装子弹的时候摸索了好一阵子，然后我又想到，应该让他把一颗子弹掉在地上，他想捡起子弹，却没有做到，子弹顺着厕所门滚了出去，滚到便池旁边……随后我想，为什么不让子弹滚到什么人的脚边呢……难道说滚到一个警察脚下不更好吗！猛然间，这个场面的悬念就增加了 10 倍，因为这个冲突得到了很大的强化。相比之下，我开始想说的只不过是"阿蒂在男厕所掏出手枪"这一句话。

当你利用随机思维的方法写完方案 A 之后，暂且把它当作方案 B 保存起来，打印一份，赶快掏出荧光记号笔，标出想保留的东西。然后，你把大堆大堆的糠皮吹尽就大功告成了，你就等着瞧好吧！你已经拥有了一个细节丰富、创意新颖的故事大纲，随后你就可以按图索骥地创作影视剧本了！

这个过程可能要花费很长、很长的时间。

写作是一个漫长过程。这只是你迈出的一小步而已。不要担心这样做会拖延剧本面世的时间，不会的。如果说你从一开始就花点工夫培养这种"毫无压力"的创造力，那么，你的改写过程将会大大缩短，因为巨细靡遗的大纲为后期创作打下了扎实的基础。

学会运用随机思维是你要迈出的第一步，它会让你感觉精疲力竭。不过，你可以由此构思出奇妙的想法，而这些东西是其他途径无法提供的。你要时刻牢记：这就是"他们"渴望花钱买的东西，这就是令人耳目一新的好剧本。

# 剖析人物 Susan Kouguell

Susan Kouguell，著有 The Savvy Screenwriter：How to Sell Your Screenplay（and Yourself）Without Selling Out！，执教于塔夫茨大学电影剧本创作与电影专业，在美国各地举办研修班。在她的电影咨询公司 Su-City Pictures 担任董事会主席，Kouguell 与世界各地超过 1 000 名客户有合作关系，包括大型制片公司。身为影视剧本作家兼电影制片人，她联系制作了两部正片电影，为 Miramax 公司的电影创作画外音，为十多家制作公司完成剧本改编任务，一直与导演 Louis Malle 合作。

以前，我在纽约的 Su-City Pictures 公司工作。当时我的办公室里有一张沙发床、几把椅子还有别的一些家具。不过，能够马上把客户吸引过去的正是这张沙发床。让我大吃一惊的是，在剧本咨询业务中，好几位客户最后居然都躺到这张沙发床上，然后坦白内心深处的想法、担忧、隐私等等。我反复提醒他们，我可不是心理治疗师，其实我这个医生只管给剧本看病，我们应该专注于剧本问题，而不是私人问题。现在，请端正一下你的坐姿吧！

我从事影视剧本和影视业咨询业务有 20 年时间，其间我有过各种各样的客户，从内科医生到律师，从电影明星到渔夫，还有很多国际客户。我们暂且忽略下面这个事实，即关于客户的私人生活我知道的比我想要知道的更多，我们总有一个永恒不变的主题，即我对他们的最大意见是他们不懂或者不关心自己笔下的人物。

人物缺乏成长过程，情节缺乏合理性和逻辑性，剧情缺乏感染力，制片人往往都会对剧本提出诸如此类的批评，无论是独立制片人还是好莱坞的圈内人士。随着剧情的展开，读者必然非常在意剧中人在克服困难、实现理想的途中会遭遇什么样的曲折。如果说你的剧本里没有一个人物可以让观众产生认同感或者移情，那么制片人肯定要把你的剧本拒之门外。电影这一行很难做，而且竞争激烈，光是让人读读你的剧本就很难了，想让人家把自己的剧本拍成电影当然更是难上加难。因此，如果说没有人给你的人物接生，那么剧本最后就不可能被搬上银幕。

塑造成功而且令人难忘的人物往往有很多维度，包括体貌特征、情感特征、外貌特点、性情特点、聪明才智、性格弱点、喜怒哀乐、态度、个人特质、幽默感，更重要的是他的绝望、秘密、祈盼、希望与梦想。人物必须要有深度：他们可能是消极被动的或者积极有为的，甚至两者兼而有之，他们可能擅长巧妙应对、主持正义、足智多谋、阴险狡诈，或许还充满了自相矛盾的地方。

人物作出的选择和决定说到底要以其各自的背景与动机为基础。要是连你这个编剧都不了解人物有什么底细，也不知道他们采取行动有什么动机，那么制片人肯定知道而且也应该会知道：你根本不懂得如何创作出一部好看的剧本。

当你写剧本的时候，你要让自己站在电影公司主管的立场上，了解他们需要什么，比如说牢不可破的三幕结构、引人入胜的情节、正确的格式，当然也包括发展成熟的人物。说到这里，你同时也要站在人物的立场上，并且要钻进人物的内心世界。做到这一点的具体方法就是写人物传记。

无论你是刚刚开始创作剧本还是在做最后的修改润色，在每一稿中你都要为主要人物和次要人物写人物传记。这是打开影视剧本创作的一把钥匙。这个方法即便并非不可或缺也称得上相当有用，它能帮助你展开对于人物的深入挖掘。一旦你完成了人物传记，你就能带着自己对于人物和情节的全新洞察重返剧本写作这项任务上来。

## 练 习

躺在心理治疗师的沙发床上，想象每个人物的情况；或许这是他第一次接受心理治疗或者他一直在剖析自己的整个人生。选择一个能够让你深入探究人物内心世界的事件。

为所有主要和次要人物写传记，模仿人物自己的口吻写；这能让你进入人物的内心世界，而且能够达到用第三人称写人物传记时不可企及的境界。第一人称的人物传记有助于你进一步揭示人物的目标、动机、态度，发掘人物的幕后故事。所有这一切对于我们理解人物行动的动机来说都是至关重要的。这个方法还能够强化人物对白,让他说出的话更具有个人特色,比如他们说话的固定格式、节奏、方言和措辞。

把脑海里涌现出来的东西都写出来,不要私自取舍,也不要考虑它在剧本中的具体场次,甚至在创作人物传记的时候连剧本也不要读;只管一心想着人物,让人物自己说话。不要担心句法结构、标点符号以及整个句子是否完整;只管让人物自己说话。每个人物至少写出一页的传记,但是具体要写多少页,那就要视需要而定了。

为人物设定活动的场景。这个心理治疗师的办公室是什么样子?它是昏暗单调的还是奢侈花哨的?办公室的外观和质感能够揭示出人物的特点,你还要弄清楚人物与这种特殊的环境之间有什么样的关系。你的人物是否经常张望墙壁上的装饰品或者心理治疗师桌子上摆着的东西,或者捏弄自己的大拇指?这位心理治疗师是否注意到了你的人物正在和瞌睡虫做斗争?这间办公室是安静的,还是不时传来汽车喇叭声和消防车的警笛声?你的人物是保持沉默,还是急于透露自己的秘密?

这位心理治疗师的办公室可能很安全,电话线被掐断了,手机也关了。这儿或许还有一张舒服的沙发床,这让人物感到相当放松,可以透露自己的心声。或者这位心理治疗师缺乏职业道德,这也会给人物带来一个不同的环境,比如说治疗师接听电话,打断与病人的谈话,或者中途有人闯了进来。这些干扰因素也许会让你的人物紧张不安,如此一来,你也能够找到进入人物内心世界的另一种途径。

现在,给这位心理治疗师和你的人物一起合张影,然后想象一下你的人物看到这个职业医生时会有什么反应。这是一次舒服的治疗还是一次有压力的治疗?对于有些人物来说,最终找到一个人倾听自己说话会是一个让人新奇而兴奋的良机,这能让他们把内心的想法宣泄出来;然而,对于另外一些人物而言,这可能会让他们感觉受到了胁迫或者忧心忡忡。想一想你的人物将会对心理治疗师作出什么样的反应,他是否会向治疗师透露私人生活中天大的机密,正是这些机密大事让他们变成了现在这副样子,比如说,这些事件让他们心怀同情、痛恨别人、痛苦不堪、渴望复仇,或者变得神经兮兮,甚至得了强迫症。

下面的问题专门用来帮助你思考人物。你可以让人物回答下列问题清单中全部或者部分问题，你也可以自己重新设计一些问题。

### 心理治疗师的问题

你在这儿感觉如何？你是否感觉舒服？你以前是否接受过心理治疗？如果接受过，过去你有什么体验？为什么你感觉需要看医生？最近是不是发生了一件具体的事情让你想要看医生，或者是不是过去发生的什么事情让你今天到这儿接受治疗？

跟我谈谈你自己的情况。你在什么地方长大？描述一下你的家乡，并且把它和现在生活的地方做一个比较。你现在的家庭有什么让你喜欢的地方？你与家人的关系是否密切？介绍一下家人的情况。家人中间有没有一个你感觉格外亲近的人？为什么你感觉这个人是你最亲近的人？是否有哪个家庭成员鄙视你？如果有，你认为这是为什么？你生活中最重要的人是谁？为什么？

你怎样定义自己的性格？你认为朋友和家人是否也会这样描述你呢？你喜欢自己的哪些方面，不喜欢自己的哪些方面？

告诉我你典型的一天是什么样子。你最喜欢做的事情有哪些？为什么你喜欢做这些事情？你现在做的事情是不是你在生活中喜欢做的事情？

你曾经恋爱过吗？现在还在恋爱吗？为什么你爱这个人？你是否认为这个人也爱你？

你渴望从生活中得到什么东西？你的希望与梦想是什么？说说你的梦，你是否有反复出现的梦境？你认为它们有什么意义？描述一下你最害怕的噩梦。为什么你要保守秘密？你真正害怕的人是谁？过去发生过什么事情让这个人成了你的克星？

如果说你可以随便成为世界上的任何一个人，那么你想成为谁？如果说你可以改变自己的一部分，那么你想改变哪一部分？你想把它变成什么样子？为什么我应该关心你？你感觉自己屁股下面坐的沙发床怎么样？

# 逆向思维的力量 Kevin Cecil

Kevin Cecil，荣获英国电影学院奖和艾美奖的编剧。在英国和美国与他人一起创作了几个电视节目和一些项目。他的作品包括 *Black Books*，*Hyperdrive*，*Slacker Cats*，*Little Britain* 和 *The Armando Iannucci Show*。他还从事电影工作，包括参与蒂姆·伯顿的电影《僵尸新娘》、*Gnomeo and Juliet* 和 *Pirates*！

　　喜剧电影的编剧有一大优势：一切可恼可恨之事皆宜写进你的剧本里去。愤怒就是你射出的子弹。

　　当我在办公室碰到合伙编剧安迪的时候，我们一般都要闲聊 20 分钟，抱怨一下当天早上让我们义愤填膺的事。也许是从广播电台上听到的丑闻，或者当天报纸上一篇特别白痴的文章，或者一则愚不可及的广告，或者大家认为不可理喻的风气潮流，这些都有可能成为大家闲聊的话题。

　　或许我们当天收到了一条短信，要求我们把自己的剧本从头到尾彻底修改一遍。这种事情也是够让人烦心的。关键在于，开始工作之前大家大肆炮轰的事件最后往往变成了一个玩笑，甚至被写进了剧本中，成了一个故事情节。本来，这种闲聊让人感觉我们似乎有点儿不务正业，可是我们的确是在工作，我们运用强大的逆向思维营造了剧本创作方面的优势！

　　的确，大家给你灌输的东西肯定都有一定的道理。总体来说，正面的东西确实很好。不过，即便是按照喜剧编剧的标准，我也不认为我们属于那种牢骚满腹、闷闷不乐的人。不过，你要记住：逆向思维也能给人提供发挥的空间。当你下一次轻蔑地斥责现实世界中的愚昧、不公、枯燥乏味、支离破碎的时候，请少安毋躁，看看自己能否从中捕捉到一些滑稽戏谑的创作素材。喜剧是围绕着人们的过错、失败而写出来的戏剧，货真价实的喜剧能够给不合逻辑的现实世界提供一种合乎逻辑的解释。

　　乔治·科斯坦扎是拉里·戴维和杰瑞·辛菲尔德创造出来的人物。这个人物总是神经兮兮的，有点儿虚荣自负，有点儿吝啬小气，而且撒谎成性。在情景喜剧片中，他是迄今为止最伟大的喜剧人物之一。这个人物的喜剧效果在于他的逆向思维以及对鸡毛蒜皮的小事的抱怨。在给迪伦·莫兰的情景喜剧《黑书》（*Black Books*）创作剧本的时候，我们把自己在伦敦生活时遇到的种种烦恼直接搬到节目中来，无论是伦敦市区的酷暑，还是大型连锁书店缺乏精神食粮的事实。电脑和科技让我们眼花缭乱、疲于追赶。推己及人，这成了我们闲聊的内容，然后被我们写进了有关超光速推进器的科幻情景喜剧中。假如我们在工作中遇到了让大家非常气恼的人，我们当时尽量隐忍不发，以免对方有所觉察。君子报仇，十年不晚。将来有一天，他们的言行就会出现在电视节目中。你这是变废为宝；这种做法肯定是发展循环经济的好事。

　　当然，我们自己也不是完人。如果我们当中的一个人冒失犯错，把自己变成了傻瓜，卷入了不必要的麻烦，我们就会互相提醒，这种事情也可以写进剧本中去。虽说这些事情只是些鸡毛狗碎的小事，但从中淘出黄金也未可知。

　　由此看来，你要允许自己时不时地抱怨一下、发发牢骚甚至义愤填膺。什么事情惹你如此恼怒？非常有可能，同样的事情搁在别人身上他们也会牢骚满腹的。我们是幸运的，因为喜剧编剧能够利用这样的事件创作剧本，而别人只有郁闷失望的份儿。想到此处，我们两个都笑了起来，而且如果幸运的话，我们能把故事搬到剧场里去，让观众跟着我们一起欢笑。

　　不过，你也许会说：本人可是一本正经的人，根本不会义愤填膺地抱怨生活。再说，我从未经历过任何不好的人和事；我每天都要细数自己遇到了多少幸运的好事，手指脚趾都用完了还数不完。既然如此，更具普遍意义的捕捉素材的方法是下面这种。你遇到的任何事，你听说的每件事情，你注意到的身边小事，都具备成为创作对象的潜力。任何事情都需要进行调查研究。切记，开始一两天时间你要有意识地这样做，然后，放松这种自觉，继续过你平常的日子。以后，当你的创作陷入泥潭的时候，想一想发生在身边的真人真事，把它们彻底改头换面，以免遭到当事人的诉讼，然后再把它们写进剧本里。

# 练 习

　　我建议你先把自己的过失列出一个表。老老实实地做，如果你不老实，那么就把"不老实"也写进清单。要是你是一个没有任何过失的人，那就随便挑一个已经不在人世的朋友，把他的过失全都列入清单。一旦你写好了清单，你还要把过失夸大一下。如果你偶尔遇到一点儿压力就会狼狈不堪，那么你可以想象有个人一直承受着巨大的压力，因此他一直处于颠三倒四的生活状态。如果你怀疑自己经常花太多时间思考该吃点儿什么，那你就塑造一个贪吃的人物，除了吃他很难去想别的事情。把这些过失全都拼凑在一起，直到你捕捉到这么一个人为止。

　　现在你再想象一个人，他有五花八门的过失，这个人让你之前塑造出的那个人物相当苦恼。请不要以为这两个人必须是势不两立的敌对双方；两个人合不来可能有一百万零一种原因。为了解释两人不合的原因，你还要挑选一个在你看来非常有趣而且新颖别致的原因。写一场戏，在戏中这两个人需要一起完成某项任务。

　　写完这场戏之后，你就可以休息一下了。你已经努力完成了任务，休息是你应得的犒赏。第二天，看看你的作品，看看它还有什么不如意的地方。再加点儿什么东西能够让它更好玩儿？还有什么地方让你感觉烦恼？利用自我批评的精神和不安全感，激励自己继续前进，重新改写一下，让作品变得更有趣，修饰润色一下，让作品更加井井有条，而且效果到位。不过，在你埋头写作的时候，请暂时把逆向思维放在一边。先专心致志地写完再说。

　　用不了多久，你的作品里就有出彩的地方了。把它改编成一部电影剧本，然后把剧本邮递出去。接下来，利用自己的挫败感，比如说剧本没有卖出去，或者剧本能卖出去可是价钱并不如意，或者剧本卖出去了而且赚了大钱，结果遭到朋友的嫉妒，这些东西都可以充当下一部剧本的创作素材。完成了这些任务，你就能在影视圈找到饭碗了。

# 当伟大的剧本遇到伟大的演员：
# 为明星而作 Hester Schell

Hester Schell，艺术硕士，表演艺术教师，导演，作家，电影制片人。她曾出现于许多短片和电影节专题节目中，而她原创的短片电影曾经在电影节上放映。她是 Bay Area Casting News 的 CEO，著有 *Casting Revealed：A Guide for Independent Directors*。

我们已经看到了；我们已经感觉到了。当一个演员彻头彻尾地变成一个剧中人物的时候，此时剧本就创造出了一种令人既敬畏又感到吃惊的气氛。这说明剧本不仅打动了大家，而且还达到了能让人信以为真的新高度。先知先觉的剧本创作与演员的人物扮演之间有一个交叉点。这个交叉点正是我们追求这种魔力的地方。说到这里，大家就想起了电影《我的左脚》（*My Left Foot*）中的丹尼尔·刘易斯，《苏菲的选择》（*Sophie's Choice*）中的女明星梅莉尔·斯特里普或者她最近饰演的朱莉娅·柴尔德；约翰尼·德普饰演的杰克·斯巴罗船长，菲利普·西摩·霍夫曼饰演的作家杜鲁门·卡波特，《独奏者》（*The Soloist*）中的詹米·福克斯或者他饰演的雷·查尔斯，还有《死囚之舞》（*Monster's Ball*）中的哈莉·贝瑞。这些被潜心营造出的令人精彩叫绝的银幕瞬间，表现了自然而然的人类处境和自我觉悟。

这样的剧本有一个共同点，即能让演员演起来没完没了，而不只是描绘情绪。好的剧本描写的是动作，而动作本身也是一种肢体语言。动作创造出的情绪形成了很多反响：一开始它回荡在读者的脑海里，随着文字从纸面上腾空而起，它就飞入了我们的想象世界，进而呈现出人物的内心世界。动作往往能够激起一连串的反应。电影明星们都渴望表演出非同凡响的重要瞬间。这能让他们赢得大奖。

读一读我们前面提到的那几个电影剧本，研究一下银幕上的重要瞬间是如何描写出来的。电影《死囚之舞》收尾的一场戏是哈莉·贝瑞和比利·桑顿两个人一起站在房子后门的台阶上。我们不知道他们的亲密关系能否延续。他握了握她的手，一切就都改变了。观众同时长长地舒了一口气：人物脸上流露出痛苦的表情，因为这时候她正在急切地等待他作出抉择。正是这一幕帮哈莉·贝瑞捧走了奥斯卡奖。再来看看《不忠》（Unfaithful）这部电影，黛安·莱恩在狂欢了一个下午之后坐在回家的火车上。她要偷偷摸摸地回到自己的城市。请你注意一下剧本里是怎么写的。当演员读剧本的时候，他们寻找的就是这种伟大的瞬间。无论写哪一场戏，你的开头和结尾都要用上动作或者行动，描写场面时也要用动词。动词和演员的关系非常密切，因为动词是表示动作的。

有些明星像牧羊人一样守候着剧本项目，等着剧本完成之后自己能饰演其中的某个角色。比如说莎尔玛·海克很想在朱莉·泰莫尔执导的墨西哥艺术家弗里达·卡洛的传记片里扮演一个角色。另外还有一种情况，即剧本写完之后才会召集演员参加拍摄，难道说这两种情况有什么不同吗？显然，具体情况需要具体分析，因为完成制片任务的过程是千差万别的。莎尔玛·海克从墨西哥举家搬到了洛杉矶居住，她花了10年时间才与影视圈建立了联系，形成了自己的关系网，她需要接洽投资方、恰当的导演、制作人以及设计师，然后才能把自己的愿景变成活生生的现实。

如果你能写出伟大的瞬间，那么你就能让明星对你的剧本感兴趣。你提交给明星们的只能是润色完毕、完美无瑕的剧本。剧本要由你的经纪人代为提交，然后你就等啊，等啊。你要跟踪事情的进展。如果不行，就再提交一部剧本。

显然，如今要把剧本搬上银幕是越来越难了，竞争日趋激烈。有干货的好故事，在有趣的环境里有有趣的人物做有趣的事情，这只是必要条件。此外，你也隐约想到了下面这个问题：专门为了某个明星而创作剧本的做法对吗？

答案很简单，对。而且绝对应该这样做。为某个一线明星创作剧本能给你增加一次卖出剧本的机会。暂且不管那些大公司制作的电影如何受到观众欢迎，也不管电影《阿凡达》（Avatar）如何只用几周时间就赚了2亿美元的票房收入，不管怎么说，明星还得继续拍下一部电影。你的任务就是替明星和剧本牵线搭桥。问题在于，如果经济不景气你该怎样做呢？我们从报纸上读到消息说：电影制片厂都在削减剧本购置经费，电影的制作预算越来越低，即便他们不会不掏一个子儿就免费得到剧本，至少也要压低剧本的价格。好消息是，你还有别的选择。

如果你选择自己动手（DIY），那么你拥有下面的选项：

创造兴趣：向一线明星示好。让他们对你的剧本项目感兴趣。你要紧紧盯住他们，然后再慢慢地创造其他必要的条件。

与制片人建立关系：如果有个制片人跟你一样热爱这部电影剧本，他就会找来投资方，然后由投资方跟一线明星接洽。

找一个导演。

把剧本交给明星的经纪人。

找到一个文学经纪人，或者一个娱乐圈的代理人，他们能够把剧本提交给明星的合法经纪人。

组建一个团队。

联系明星的经纪人助理。拨打洛杉矶影视演员工会办公室的免费电话，询问你相中的一线明星的经纪人的联系方式：一定要弄清楚谁是谁的代理人。一旦你知道了经纪人的姓名，你就可以找到相关网站，网站上通常都有如何提交剧本的指南，或者你也可以打电话索取这份指南。无论你在网站上找没找到相关信息，电话总是要打的。接电话的人会把你的电话转接到经纪人的助理那儿。（不要语音留言。你可以再打电话过去，直到有人接听为止。没有人愿意接听语音邮件。）要让别人感觉你是诚实可信的。办公室里负责幕后策划的人们往往对真诚的人表示尊敬与欣赏。不要浪费任何人的时间。你可以开门见山地告诉他：我想把这部剧本交给×××（你相中的那个头号主角）。一定要严格遵循剧本提交指南中的要求。助理会给你解释剧本提交的步骤，而且愿意回答你提出的问题。你需要知道的是：要跟这个一线明星见上一面需要提前预约，时间往往很长哟！

这位明星单单表示喜欢你的剧本还不行，你的剧本要让他/她喜爱得不得了才行。如果真是这样，那么他们很快就会给你回音了。大家都在寻找下一个项目。每个人都是如此。要是未来的项目接踵而至、排起长队，而且档期满满、资金充足，再没有比这更让人感觉甜蜜的事情了。当然，除非接踵而来的事情太多，比如说手头上同时有三四个项目或者七八个预约项目。如今你真的可以看到，很多一线明星就是这么忙。办妥这件事情可能需要很多年头，当然这也正合你意。因为在这期间，你还要考虑融资的事情。你必须跟制片人密切联系，建立关系网。锁定一个演员的最好办法就是为电影制作提供资金。

普通编剧的做法是提交一部剧本，不过，"资金来源待定"。这便意味着大家只是随便瞅瞅剧本的内容，根本没有人会买你的剧本，也不会有人跟你签约。或者，你已经为这部电影确定了导演，还把导演的小传附在了剧本上面。然后，就会有人邀请你去参加推介活动，给自己的剧本做宣传，同时你也可以和演员见见面。在这种情况下，你要练习一下如何宣传自己的剧本，然后只管硬着头皮进去演讲就是了。你也可以雇一个职业的剧本推广人。

另外，你面前还有一条大路，那就是利用同事之间的关系网。他们能够把剧本直接送到一线明星手里，这就是所谓的六度空间理论①。你有一个熟人，他又和另外一个人是熟人，而这个熟人能把剧本送给那个明星。不断扩建你的关系网，直到你找到一个人，他可以把剧本送到那个明星手中。永远不要放弃。一旦有某个演员对剧本感兴趣而且愿意加盟，那么你就锁定了一项交易。由此开始，你再去寻找导演、制片人和其他演员。所以，现在你就果断出击吧：创作的时候你的脑海里就要想着这个剧本是为某个演员量身定做的，这个演员适合你的故事类型和风格。

其他途径还包括参加剧本创作比赛或者在网络上发布你的剧情简介。不过，一般来说，绝大多数的电影都是关键各方之间直接接洽后才开始投入拍摄的。假如明星的朋友说："这个剧本你真该读一读!"如果一部找上门来的剧本完全是为其量身打造的，那么，你就瞧好吧，你的下一个项目肯定有眉目了。这样的事情其实每天都在发生。如果说你没能找到名人在自己的剧本上签字推荐，也没有自己的文学经纪人，那么，你就不能真正地投稿给明星的经纪人。所以，要想把这件事情搞定，就必须先给自己找一个经纪人，或者换一个更好的经纪人。

---

① 你和地球上任何一个陌生人之间所间隔的人不会超过五个，也就是说，最多通过六个人你就能够认识任何一个陌生人。这就是六度空间理论。

# 练　习

　　这部电影的剧本要是我写的该多好！要是我有那么一点儿机会我也要写出那部电影的剧本！电影排行榜排名靠前的 10 部电影有什么共同之处吗？你最擅长写哪一类的电影剧本？你是否理解自己喜欢的电影类型，是否知道需要哪些元素才能让那类电影变成货真价实的好电影？

　　你的任务是把电影里的演员与自己最喜欢的剧本风格和电影类型匹配起来。找到自己最擅长的那种风格和电影类型。写出一段故事的提纲，然后把它扩展成三幕结构的小故事。请把这个故事写出来。跟你的创作小组一起把那个故事完整地写出来。一定要认真写好。一定要把自己的剧本好好地审阅一遍，做好封面，然后把剧本投给那些可能在电影中扮演角色的当红影星的经纪人。当你花费大把大把的时间搞剧本创作的时候，你心里想的就是让他们演你的剧本。在邮包里，你还要为自己的剧本附上专业设计的封面。永远不要放弃。

# 警方调查 Brad Schreiber

Brad Schreiber，著有 5 部作品，包括 *What Are You Laughing At*? *How to Write Funny Screenplays，Stories and More*。他的剧本 *The Couch* 获得了 King Arthur 编剧奖的提名。目前他是 Storytech 文学咨询公司副总裁，该公司于 1999 年由 Christopher Vogler 创立。

我曾写过一本名叫《你在笑什么？》的书。那本书里有很多幽默剧本练习题，还有记叙文写作练习题。其实这些练习大多也适用于戏剧写作。其中有一项练习极具挑战性，同时也对学生最有帮助，我称之为"警方调查"。

剧本中有些撒谎的、自欺欺人的、怯懦的或者信息闭塞的人物，他们的行动会对剧情产生什么样的影响呢？这个问题一直让我很好奇。因此，作为编剧和编剧教育工作者，我对黑泽明的电影《罗生门》（*Rashomon*）和克里斯多佛·诺兰的《记忆碎片》（*Memento*）这一类的影片尤其感兴趣。有一天，我在报纸上看到下面这则新闻：

法国贝尔福有一位失业的出租汽车司机，在一场吐痰打赌中将其双腿、手腕全都摔断了。他本来是为了证明自己说下的大话，"我吐痰可以把你们全都吐到楼下去"，所以从朋友家的卧室跑到二楼阳台上，准备开始吐痰。结果，在阳台上他没能停住脚步，失足摔到了大街上。

我想，假如这个出租汽车司机是我的话，面对警方的质询我肯定不能承认自己是一个低能的笨蛋，我必须向警方撒一个谎，把事情的经过解释清楚。假如我只是向警方作证的旁观者，我认识这个司机，而且特别喜欢或者讨厌他，那么我的证言就会有强烈的个人色彩。

如果说你构思出一个情境，并对发生的事件给出三种不同的解释，那么在这个过程中，编剧同时也要对剧情、人物、立场、布景和人物对白的本质有所研究。

# 练 习

随便设置一个情境，这个情境涉及三个人物，而且这三个人都需要向警方提供证言。

用第一人称写出每个人的证言，分别使用三个人物各自的说话方式和措辞。每份证言可以很短，只有一两段话，但其中每个人对于事情的解释应该略有不同，甚至很可能有很大的出入。

为了让你迅速进入状态，你可以考虑使用上文提及的那个事件。一个人物是那个法国司机，他破窗而出，从楼上摔了下来。那个司机有一个有一搭没一搭的女朋友，名字叫菲菲，她是另一个证人。第三个证人是勒普朗克夫人，她是个喜欢品头论足的街坊，司机从楼上摔下来的时候，恰好就砸到了她的身上。

为了得到额外的加分，你可以把警方调查这场戏写出两个版本：一个是喜剧的版本，另一个则是正剧的版本。

# 想象真实的创作：内心的神话 Mark Sevi

Mark Sevi，职业编剧，已有 18 部电影剧本完成拍摄，包括 *Dead Men Can'T Dance* 和 *Arachnid*。他还讲授电影剧本创作，发表有关电影剧本创作以及艺术方面的文章。目前正快乐地体验着加州好莱坞的悲伤生活。

　　作为一个科幻迷兼电影编剧，每当我听到别人说"写你所知的东西"这句话的时候，我就会忍俊不禁，感觉非常好笑。这句话仿佛是在说精力充沛的犹太科幻作家艾萨克·阿西莫夫确曾认识一个终身不嫁的女科学家或者他早就知道机器人为何物。罗琳塑造出的男性魔法小巫师哈利·波特非常清晰准确。然而，罗琳是一个 30 岁的单亲妈妈，一个失业的白领。她怎么可能了解小魔法师的生活呢？要知道，哈利·波特可是生活在一个神秘国度里，在一家"外人免进"的魔法学校里学习魔法的呀。

　　作家创造出形形色色的人物，无论男女老少、外星人、国王、农民，凡是你可以想象到的人物他们都能创造出来。难道说他们有什么秘诀不成？或者说他们有很强的研究能力？或者他们有敏锐的观察能力？或者他们有缪斯女神暗中相助？是的，也许确实如此。不过，我要跟大家一起分享一下"写你所知的东西"这句话到底是什么意思。它的意思是说你要写出自己心中的真相，写出作为人类的一员你所知道的东西。

　　男人与女人真的不一样吗？在求爱遭到拒绝的时候我们都会感到痛苦，在两情相悦的时候我们都会感觉快乐无比，难道不是这样吗？纵然人们的生活境况千差万别，可是，难道说住在偏僻乡间的乡下人和住在纽约东区汉普顿海滨别墅区的人们在情感方面就有本质的区别吗？难道说今天人们面对绝症的时候和 100 年前有什么根本的差异吗？

　　如果说我们通过直接经验知道的东西和我们未曾直接经验的东西之间

存在着一条鸿沟，那么我们应该怎样在这条鸿沟上架起一座桥梁呢？

简单地说，你要写出心中的真相，写出自己在情感方面确实理解的人物，但这没必要一定是你曾直接体验过的东西。这才是关键所在。

我是一个英雄、恶棍、一个年轻女孩、一个连环杀手。我是两个被绑架的女孩之一，循着篱笆回家。我站在美国航母企业号的舰桥上；我在温泉关①战斗中奋勇当先。我是一个丢了孩子的女人。我是蜘蛛侠。我是一个吸毒母亲，我愿意抛弃孩子去购买毒品。正如一位作家说过的，"我一个人就是千军万马"，至少在内心世界，确实如此。

作家可以把形形色色的人物注入真实可信的生活，因为在某种程度上我们就是所有那些人物。作为精神的媒介，我们传播的是人类共通、共享的经验。不过，创作也要做到合情合理、尊重事实，这需要勇气。它强迫你深入研究，暴露自己或许不愿透露的隐情。人们常常带着犹疑的语气问我，你怎么能写出让人印象深刻的连环杀手这类人物呢？作为男人，我创造出的女一号也是惟妙惟肖。难道说我想让大家怀疑我，认为我也有连环杀手那样邪恶的思想吗？我想告诉大家，偶尔我也很好奇，我想知道当体内的小生命不断成长的时候女人有什么感觉，想知道生孩子的感觉，想知道初为人母的感觉。难道这有什么不对吗？对，对，对！难道说怀孕产子的经验不是一种母子同体的、近乎寄生的经验吗？假如说有个人肚子里的小生命不断发育成长，而这个小生命并不是大家祈盼的，难道这不正是恐怖片的一个好素材吗？

你必须做到勇敢无畏。如果说你要揭示一个可怕的事实，透露可怕的真相、癌症般扩散的恐怖情感，当这些可怕的东西突如其来地落到了你的头上而你完全控制不了局面的时候，你千万不要退缩。你要深入虎穴，找到自己心中的真相，无论这个真相是多么丑陋或者诡异，你都要把它写出来。要是你害怕揭示恐怖的真相，那么你写出的东西肯定就没有价值了。请你相信我，因为我自己也写出过许多废品。

为什么《独领风骚》（*Clueless*）这部电影能够一炮打响呢？那些女孩子为了得到认可历尽艰苦、奋斗不息，难道说我们不能写出这种故事吗？《贫民窟的百万富翁》（*Slumdog Millionaire*）这部电影不也是这样吗？难

① Thermopylae，希腊中东部狭窄通道，它是公元前 480 年斯巴达与波斯人交战战败之处。2005 年美国同名电影描写了第二次世界大战时期同一地点的一场战争。

道说我们不能想象贾马尔经历的那种失败的痛苦与胜利的喜悦吗？再看看《虐童疑云》（*Doubt*）这部电影，这里经过自我反省发出的信息是多么强大、多么持久，当然了，我们内心的疑虑与别人的疑虑不也同样如此吗？难道作家本身就是他们笔下未经世事的年轻少女、无家可归的印第安人、娈童的牧师或者控制欲超强的修女吗？

　　说出心中的真相是你面临的挑战，把它写进作品中，千万不要害怕。如果有必要你可以写一本保密的创作日记。记下那些让自己畏首畏尾、尴尬难堪的东西，包括你从未坦白承认的甚至从前认为永远不可能写出来的构思和想法。这些东西愚不可及、丑陋无比、令人作呕、使人胆寒、诡异奇幻，或者你可以用上能想象出来的任何形容词。不要责怪自己。如果你想把这些文字抹掉，以后销毁就是了。不过，你已经从畏难情绪中迈出了可喜的第一步，你强迫自己承认：我就是那个女人、那个男人、那个孩子、那个杀手、那个独角兽①、那个天使。如此一来，你才能成为一名编剧。

　　想象的世界是虚幻的，而你的创作是真实的。你会发现，人们大都能够理解你心中的真相从而与你产生共鸣，因为这些真相也同样隐藏在大家内心的某个地方。

# 练　习

　　探究人物和情节梗概，踏踏实实地寻找其中的真相。如果你是个男人，那你就写一个女性人物。如果你是年轻人，你就写一写老年人。如果你很外向，那就写一写内向的人：

　　我是黑社会雇用的职业杀手。杀人无关个人喜好。杀人就是工作。直到有一天晚上……

　　我是一个技艺高超的医生，不过，我讨厌与人打交道，我害怕承认自己是孤独的。我习惯冷嘲热讽的口吻以免别人对我产生怀疑。直到她走进我的生活……

　　我是一个年轻女孩，我爱上了一个老男人，我知道他会伤害我的感

---

　　①　Unicorn，这种兽有马的身体、牡鹿的腿、狮子尾巴和从它的额部长出的直螺旋状的独角。

情。但是，我并不在乎。无论让我做什么事情，我也要和他在一起。包括……

我的生活窘迫到了极点，我必须抢银行，抢到钱我才能买到毒品满足自己失控的毒瘾。但是，我从来没有想过会发生下面这样的事情……

我是一名推销员，我有个秘密，一到晚上我就打扮成女人，装作大街上拉客的妓女。一天晚上，我看到了一件不应该看到的事情。现在，我不得不……

# 创造力的边缘：明信片 Sam Zalutsky

Sam Zalutsky 的第一部正片电影是 *You Belong to Me*。他目前执教于肯塔基州路易斯维尔市 Spalding 大学全职艺术硕士的基础部，讲授电影剧本创作课程。他从纽约大学取得了电影专业的 MFA 学位。

收藏明信片是我的一大喜好。无论是博物馆、机场、画廊还是千奇百怪的旅游景点，只要那儿有值得收藏的明信片，我就会把它弄到手。早年我喜欢研究美术作品而且喜欢旅游，由此我开始喜欢收藏明信片。后来我从事电影制片工作，工作之余我依然保持了这一爱好。毕竟，电影不也是由几百万张明信片似的画面拼接起来的吗？

不过，当我浏览自己数量庞大的明信片收藏的时候，乐趣不仅仅在于重温过往。在明信片的引导下，我的脑海里还会浮现出新的东西，能够让我的思绪回到戏剧故事中最基本的元素：人物、正面主角、反面主角、渴望、需要、场景。当手头的剧本创作陷入停滞的时候……当我绞尽脑汁想要拥有新想法的时候……当我上电影编剧课程的时候，我会让学生做这个练习，以便强化他们关于电影编剧的基本认识。这个练习很适宜于新手的破冰之旅，帮助学生把各种畏难情绪抛到脑后，任由自己的想象力牵引向前。假如学生过度耽于想象，这项练习也可以把他拉回现实世界，回到具体场景中的具体人物上面来。你可以酌情调整以便使这个练习适合你眼下研究的问题。

我的第一部正片电影是一部心理惊悚片，片名叫《公寓迷踪》（*You Belong to Me*）。最初触发我灵感的是一张明信片，明信片上的图片是法国画家巴尔蒂斯的作品《房间》。画面上，一个年轻女孩似乎被一个年长的妇女金屋藏娇，其中隐含某种心理方面的危险。这个画面触动了我，我想在电影中探究那种危险到底是什么。在我苦心创作这部剧本的那些年，这张明信片一直贴在我的书桌上方。每当我的思绪陷入停滞的时候，我就呆呆地盯着这张明信片，把脑海里浮现的念头都写出来。有时候，我写一些带人物的场景。有时候，我把主要人物的位置对调一下。比如说，他是一个二十来岁的纽约男建筑师，他中了女房东的陷阱，被诱骗到明信片上这个年轻女孩的处境中来。其实，我只写了这个明信片内容中很少的一部分。不过，它却赋予了我灵感，让我有所专注，为我的思维提供了一个框架。

# 练　习

挑出一张明信片，它的画面要引人注目。实际上，明信片的内容可以随便是什么东西，比如说，一张肖像、两个人物、一个卡蒂埃·布列松所谓的"决定性瞬间"、一张历险照片、文艺复兴时期的壁画、知名或不知名的绘画作品。不要察看明信片的标题或者来源的文字说明。研究它。思考它。让你的想象力活跃起来。怎样把这个画面融入一场戏中呢？核心的戏剧冲突是什么？正面主角是谁？反面主角是谁？她/他有什么渴望？它属于哪种风格流派？在这个画面的前前后后紧接着都发生了什么事情？

下面是我过去喜欢用的一些明信片：

理查德·吉斯托于 1908 年所绘的"微笑的自画像"，表面上看画作中的画家是高兴的。但是，在我眼里，他脸上的欣喜几乎是暗藏杀机的。因此，你就会问自己：他是什么样的人？他有什么渴望？理查德，你真的怡然自得吗？这种欣喜的表情是不是那种像火焰之类的东西在脸部扩散开来的欢乐之情呢？

马丁·帕尔 1992 年拍摄的照片《英国》表现出火山爆发般的家庭冲突：一个母亲跪在留着莫霍克头①的女儿身边，凝视着女儿的眼睛，而女儿则目光迷离，盯着远方。在两人身后的壁炉上方挂着一支步枪。在这个场景中，你会选择哪个人作为正面主角，哪个作为反面主角呢？在你看来，画面中的女儿为什么不理睬妈妈呢？妈妈为什么用这种充满了哀求之

---

① 莫霍克头：一种发型，头皮剃光，只留一长条竖起的头发从脑门穿过头顶直到后颈。

情的眼神盯着女儿呢？两个人之间会不会有激烈的肢体冲突呢？如果有，那会是一个什么场面呢？现在你就动手把这个场景写出来吧。

你可以把这张照片与卡丽·梅·威姆斯的一幅无标题绘画作一比较，后者是画家 1990 年厨房餐桌组画中的一幅，画的是母女两人在一起梳妆。在这幅画中，母亲坐在餐桌的远端对着一面小小的圆形镜子化妆，而在她的左边，女儿也正在做同样的事情。这个故事的角色分工你将如何安排呢？你能不能利用这个画面写出一部浪漫喜剧呢？或者一部惊悚电影？抑或一部动作电影？

玛丽·埃伦·马克的画作《纽约南布朗克斯，1987》画了一对年轻夫妇，男人穿着小山羊皮外套，手里捏着几枝色彩暗淡的花，而女人则遥望天空，他们的身后一片荒凉。这是不是一部浪漫喜剧的创作素材？或者这是不是一对像罗密欧与朱丽叶那种命运不济的情人？他们之前发生过什么事情？后来又发生了什么事情呢？两个人各自渴望得到什么呢？

再比如说拉里·苏丹 1992 年拍摄的照片《爸爸练习高尔夫球》。一个老年男子在练习高尔夫球的挥杆动作。不过，他是在室内练习，地板上铺着厚厚的绿色厚粗绒地毯。他穿着短裤和衬衣，精致的窗帘提供了背景。他身边的电视屏幕上有一个女人在说话，或许在谈论股价走势方面的事情。你要给这个人起一个名字，确定他的职业，还有他的家庭。他渴望什么？他曾经去过哪儿？你能不能利用这幅画写出一出戏或者一部喜剧呢？

这个练习让大家感觉轻松而且容易上手，其中的原因在于我们根本没有正确答案，你写出什么，什么就是答案。请你用 15 分钟写一写。想起什么，就写什么。你需要作出判断：这些人是什么样的人。他们在哪里生活。他们渴望什么。构思你的故事，尽情地写吧。让你创作的血液流淌起来。如果画面上有两个人，那么请想象一下，这两个人的渴望或者需要有没有相互冲突的地方。他们认识多久了？在这场戏中谁取得了最后的胜利？谁得偿所愿？放开想象。不要被画面束缚。是的，你在画框里面看到的东西才是真正重要的。但是，稍稍超出那个画框之外，又是什么样子呢？

当你做完这个练习之后，也许你已经给自己的剧本找到了一个新的构思。也许你开始用全新的视角来看待故事里原有的一个人物。也可能在这 15 分钟时间里，你一直在思考，并没有写出什么东西。随便就好。不要进行评判。这个练习可以帮你卸下精神压力，假如你是一个作家，你的压力就是为了创新搜肠刮肚；假如你是一个老师，你的压力就是想方设法鼓励学生，激励他们接受挑战。

如果你是老师，那么针对拒绝冒风险的学生，你可以专门找一幅极端的画让他练习，针对不能专注于剧情构思的学生，你可以专门找一张受限的画面让他练习。你也可以给全班同学同一张画，让大家一起做一次故事的头脑风暴，训练团队创作的技能。或者面对同一幅画，号召大家各自想象出独具个人特色的故事，挖掘一幅画无穷的潜力，使每个学生都能展现自己独特的视角。然后再互相调换。另外，你也可以假装自己是个反应迟钝或者糊里糊涂的学生。你也可以挑选一幅在你眼里风格古怪的画，或者一个叫你头发倒竖的可怕画面。挑选一个喜剧画面，然后把它改写成一个恐怖电影。这其中的可能性既出人意料，又妙趣横生。动手试一试吧。

# 在翻译中发现 Coleman Hough

> Coleman Hough，影视剧本作家兼戏剧家。她写过 *Full Frontal* 和 *Bubble*，导演均为 Steven Soder-bergh。她目前居住在洛杉矶，在南加州大学的 MPW 教育项目讲授电影剧本创作。

　　　　如果说睡梦是醒着的生活的平移转换，那么醒着的生活也是梦境的一种平移转换。

——勒内·马格里特

　　你依然还在思考如何解决第一幕中出现的难题，因为第一幕中调起观众胃口的事件显得有点儿假里假气，有刻意的痕迹，而且也不大合乎情理。或许你还需要把冲突营造得更加激烈一些，人物塑造仍有进一步挖掘的潜力，或许你还想给片头加上一段画外音。想到这里，你不禁心里发慌。你的畏难情绪不断出现。你抓住每个社交机会，不失时机地向人家推介自己的故事，你想得到别人的反馈、赞同、建议和意见。你从皮包里掏出笔记本不停地记呀记呀，而当你回到家里的时候却早已读不懂自己记下的东西了。

　　停。你这样做是在让形式淹没自己对于故事的发现，浇灭灵感的火花。你要允许这朵火花按照自己的步调慢慢形成燎原之势。正是因为我们不相信自己的构思具备有机生长的性质，所以这个故事才会被我们弄得莫名其妙。

　　既然如此，你就要弄清楚自己的构思到底是什么，其中哪些部分是你已经掌握的。各个部分之间越是缺乏连贯性，越是半生不熟，情况就越是有利。你的故事跟自己生活中的一贯主题会发生何种共振呢？先不要管它好了。你要从自己已经写出的东西中找寻线索。眼下还没必要急着把故事做成铁板一块。暂且把它当作你的一个梦，现在你要努力把这个梦回想起来。细心回想，细节自然会浮现出来。

下面这个练习能够帮助你深入到故事中去。试一试，放弃一切常规的思维方式。这给你提供了一个机会，让你真正摆脱自己事先知道的故事内容，从而感受这个故事以不同节奏讲述出来是什么感觉。这个练习摘自伊瑞恩·伯格在洛杉矶编剧研讨班上曾让我做过的练习，我把它修改了一下，让自己班上的学生使用。它让学生用力摇撼故事的这棵大树，把需要的东西摇晃下来。

## 练 习

创作你的故事，或者把你对于故事的认识用几段话写出来。然后读一读，反复地读，直到它似乎是由别的语言写出来的。要让自己摆脱故事原来的结构逻辑。

第一，你是一个翻译家，你说的是情感的语言。用情感语言把这个故事重新写一遍。

第二，你是一个翻译家，你说的是荒谬可笑的语言。用这种语言再写一个故事。

第三，你是一个翻译家，你说的是谜一般的语言……随意滔滔不绝地说下去。

最后，用你的习惯口吻再把故事写一遍。故事发生了什么变化？你有什么发现？

结　构

# 我能教你的大战略 Chris Soth

Chris Soth，电影编剧，剧本有 *Firestorm*，他在南加州大学所作的学位论文以 75 万美元售出，作品还有随后的 *Outrage*，网上最热门的畅销书《百万美元级电影剧本创作：迷你电影方法》，以及名为《售出！我在好莱坞如何搞推介活动》的 DVD 光盘。他执教于南加州大学和加州大学洛杉矶分校。

说真的，就电影剧本创作而言，无论是我还是换了别人，大家能教给你的只有两个最重要的东西。小时候，每当我渴望观看一部好电影的时候，我总有一些困惑。是什么让电影如此好看？我为什么如此喜欢它？《卡萨布兰卡》、《生活多美好》（*It's a Wonderful Life*），还有更多现代的电影佳作，比如《虎胆龙威》（*Die Hard*）、《夺宝奇兵》和《非常嫌疑犯》（*The Usual Suspects*），这些电影都很吸引人。进入大学之后，我发现答案就在弗洛伊德早年论述过的快乐的原理，他说："所有的快乐都源于紧张程度的减少。"

比如说，吃饭的快乐减少了饥饿的紧张程度；一夜安眠的快乐减少了疲劳困顿的紧张程度；性的快乐源于性的紧张程度的累积与释放。你做过按摩吗？这真是件乐事！一切快乐都源于紧张状态的释放，当你最紧张的肌肉得到按摩的时候，这难道不是最好的快乐吗？紧张程度越强，与之相应的紧张程度就能够减少更多，相应地人们就越是快乐。

而且，你肯定也经常听人们说到"戏剧的张力"。

因此，假如那些电影要让我喜欢的话……它们必须让我渐渐紧张起来，而后还要让我的紧张得到释放。在紧张状态累积与释放的过程中，我肯定能够享受到全部的快乐。每部好电影都能够逐渐累积进而释放这种紧张状态。大家喜欢看电影也是由于这个缘故。

既然明白了这一点，你能写出一部伟大的影视剧本吗？

　　显然光有这一点认识还不行。虽然经过热身，你已经明白紧张状态是电影带给大家的一切快乐的源泉。那么，你是否知道紧张状态到底是什么？怎样才能创造出紧张状态呢？

　　你还是不知道。那么接下来，我要揭示戏剧中的一切快乐的源泉，告诉你如何打造这个源泉。如果说有两个因素，它们之间的冲突与对抗不断发展变化，就像两个人不断交手、推推搡搡、捉对厮杀，这就是所谓的紧张状态。观众则痛苦地悬在两者之间，变成了风箱里的老鼠——左右为难。直到构成紧张状态的彼此达成和解为止。这两种东西到底是什么？

　　一种名为希望。

　　一种名为忧惧。

　　在每部电影中，大家都希望出现某一个结局，与此同时，大家还担心出现另一个结局。

　　因此，我写出了一个简明扼要的公式，帮助你记住如何在每部电影、每组镜头、每场戏中营造出一种紧张状态来，公式如下：

　　　　紧张＝希望 VS 忧惧

公式就这么简单。在创作任何电影剧本的时候，你都要紧紧抓住那个主要的紧张状态，把握每组场景、每一场戏和每个动作的节奏或者其中的每句台词，让它们打动我们：从希望到忧惧，从忧惧到希望，从希望到更大的希望，从忧惧到更大的忧惧……如此一来，你写出的电影、画面或者连续场景就永远不会枯燥无味了。在每一场戏和每部电影中，你都要逐渐累积进而释放这种紧张状态，同时要让读者或者观众享受到无穷无尽的快乐。在远程教育课堂上，在研修班上，在电子书和 DVD 光盘上，我反复强调的就是**迷你电影方法**。这是一种结构化提纲的方法，它把固定的三幕剧结构分解成 6～8 个"序列"或者"模块"，即我所谓的"迷你电影"。为什么叫迷你电影呢？因为它们自身都是可以独立上映的电影。学生听后往往大吃一惊，连连询问：这是怎么回事？那么，我要反问他们：在电影的定义中最关键的是什么？

　　答案就是希望 VS 恐惧。这就是一种张力。

　　而迷你电影也有各自的紧张状态……整部电影的主要紧张状态就是建立在这些次要的紧张状态上面的。长篇小说的整体与其每个章节也有同样的关系。另外，这种迷你电影的紧张状态依赖于每一场戏中的紧张状态或者其中的节奏。所以，结构就是一系列彼此相属、互相倚仗的整体的紧张状态。看上去很简单吗？事实上事情可能就是这么简单。

# 练 习

确定电影的主要紧张状态（希望与忧惧！）。把你的故事分解成 6～8 个迷你电影，每个部分都有各自的紧张状态以便支撑整体的主要紧张状态。当你进入每部分的创作阶段时，每一场戏都要做一次头脑风暴，想一想各个事件及其各自的希望和忧惧之间的互相促进作用，以便为这个部分的迷你电影的紧张状态提供支撑。

# 人物/行动网格 David Trottier

David Trottier，已经售出或签约了 10 部影视剧本，包括 *Hercules Recycled* 和 *The Penny Promise*。他帮助成百上千名写手走进创作行业。他是剧本顾问，著有《编剧的圣经》。《剧本杂志》的专栏作家，笔名为"格式先生"。

我陷入了泥潭。写出五稿之后，我迷失了自己的整体构思。我已经无法确定故事的走向，甚至不知道是否曾经真的有这么一个构思。我也厌倦了老套的做法，即把影视剧本的每一场戏的内容都写在 3×5 英寸的卡片上，然后贴满墙壁。于是，我干脆把这些卡片往空中一抛，然后瞅着卡片慢慢地飘落在地上。正是在这一刻，我的脑海里诞生了一种全新的写作方法。

我坐在书桌旁边，开始制作第一个人物/行动网格。这个网格帮助我弄明白：在故事的结构布局与人物塑造方面，什么是有效的，什么是无效的。我渴望自己的故事就像一条河流那样自由流淌。然而，现实情况是，一眼望去我就清楚地看到，除了流淌的河水，还有漂浮的原木阻塞了河床，还有堤决断流的地方。

于是，我很快就完成了这部剧本。虽然这部剧本并没有卖出去，但是它却让我找到了一份工作，跟迪斯尼公司打上了交道。后来，我卖出了 10部剧本。直到今天我仍然在使用这个网格方法，我的许多学生和客户也用这个方法。实际上，许多搬上银幕的剧本和出版的小说都是使用这个工具打造出来的。我使用这种方法给剧本写提纲，到了剧本的修改阶段我还要重新回到这个网格上来。当然，修改的时候我首先要把这个网格修改一下，然后才修订手稿。这个网格能够让我保持精神专注。

那么，这个人物/行动网格到底是什么样子？正如下面的表格所示，这个网格有两个部分：一是人物和故事；二是行动。

# 练 习

## 1. 人物和故事

人物和故事的表格让你能够在一页纸上开发出四个主要人物。并不是网格的每个格子都要填写内容。其实，你应该把这个工具变成适合自己的工具，从而创造出自己的表格项目，最好是干脆创造出自己的一套网格。

在网格下面的空白处，你要从每个人物的视角出发把重大的转折都想一遍。当然，并非每个人物在每个转折关头都要涉及。下面，我简单地解释一下每一个转折关头。

所谓**催化剂**指的是挑起事端的事件。这个事件大约在剧本第 10 页发生，它打破故事原本的均衡状态，然后推动剧情运转起来。然而，所谓**大事情**，则是指核心人物一生中真正改变了其生活面貌的事情；这种事情往往发生在主人公对自己的生活完全丧失控制能力的时候。在传统的三幕结构中，当第一幕结束的时候恰好就是这件事情发生的时点。

**危机**是指迫使核心人物作出关键决定的低谷或者事件，此后的剧情就进入了摊牌对决阶段或者高潮阶段。**发现**则是第三幕中的一个时刻，这时人物、观众或者双方同时认识到人物发生了什么样的改变或者理解了故事的主旨。**结局**的任务就是把那些散落的零碎材料（子情节）收束起来。

你可以自由地使用自创的术语来制作自己的人物/行动网格。或许，你还可以添加**中点**这一项。这是让主人公欲罢不能的地方或者把这个人物完全激发起来的事件。

你可以因地制宜地调整这个网格以符合具体的要求。例如，在一个客户的人物/行动网格中，"每个人物都说出自己对于别人的看法，当然，也包括他对于自己的看法"。

## 2. 行动

你当然不可能只用一页纸的篇幅就能把整个剧本的情节全都设计出来。你可能需要两三页纸。表格的第一行写上五个主要人物的名字。然后，在下面的格子里把人物的行动简明扼要地列举出来。如果台词构成剧情转折的一部分，触发了剧情的转折，那么这种台词也应归入行动的范畴。

有了这个网格，你只用读几页纸就能弄清整个故事。它能让你清醒地知道，某个人物在某一事件中是无能为力还是置身事外的，某个人物的行动是简单重复还是不断升级的。换句话说，你可以知道故事的冲突是逐步升级的还是停滞不前的。

这个网格让你掌握好剧情发展的步伐与间隔。故事是不是拥有很多较大的曲折？子情节是否能支撑主情节？在整个剧情中，人物的行动之间有没有交叉或者呼应呢？其他主要人物是不是都进入了剧情？是不是有的人物在故事过了中点之后就人间蒸发了呢？（当然，这些还要视故事的具体情况而定。）

当你完成第一稿之后或者陷入泥潭的时候，我建议你使用这个网格。不过，你才是指挥全员的船长。你想用就用，不用也可以。

人物/行动网格的样本：

下面，我设计出了故事的简单轮廓，以此为例说明这种网格的运用方式。我创作的故事只包括三个人物。三个人物的情况不必从头到尾填写在网格里面，整个故事的大纲也不必罗列出来。我只是想让你对网格的运用有一点感觉。当然，你肯定要把主要人物从故事开头到结尾采取的每个重大行动都一一列举出来。

**人物/行动网格——人物与故事**

| 人物 | 吉姆 | 萨莉 | 马克斯 |
|------|------|------|--------|
| 角色 | 主角/主人公 | 爱慕对象，第二对手 | 主要对手 |
| 职业 | 追踪调查的记者 | 动物维权主义者 | 马戏团老板 |
| 目标 | 利用大象布林波创作一个故事 | 拯救大象布林波 | 成为美国第一的马戏团 |
| 动机 | 拯救事业 | 布林波救了她的命（后来） | 证明他不是失败者 |
| 需求 | 更有爱心 | 信任且爱上了吉姆 | 尊重动物 |
| 缺陷 | 为了报道不顾一切 | 只信任动物 | 不人道 |

人物/行动网格——行动

| 吉姆 | 萨莉 | 马克斯 |
|---|---|---|
| 被解雇但随后获得最后一次机会 | 只信任动物 | |
| 遭到萨莉的严厉批评 | 严厉批评吉姆；不信任他 | 用鞭子抽打布林波 |
| | 劫走了布林波；受到追捕 | 追赶萨莉 |
| | 把布林波藏匿在吉姆的院子里 | |
| 第二天早晨：找到了布林波 | | |

资料来源：David Trottier，*The Screenwriter's Bible*，David Trottier（Silman-James Press，2005），p. 106.

继续概述人物的行动直到故事结尾。当你完成这个网格之后，你就能在几页纸上看到整个故事并且能够对故事的结构、节奏、动机、情节主线有很好的把握。祝你好运，坚持写作。

# 黑暗中的写作 Jim Herzfeld

> Jim Herzfeld 入行始于他与人联合创作喜剧偶像片 *Tapeheads*，他随后开始创作情景喜剧，如 *It's Garry Shandling's Show and Married... with Children*。在完成独立编剧的第一部正片即迪斯尼的 *Meet the Deedles* 之后，他受雇创作 *Meet the Parents* 及其姊妹篇 *Meet the Fockers*，并继续创作开发电视情景喜剧以及正片电影。

首先我要坦白，我从来没有读过一本电影编剧指南之类的书。其实，这也不算不上什么新闻；许多我认识的编剧都坦承自己从不读这类书籍。他们确信：阅读编剧指南肯定会让你创作的剧本变得刻板或者公式化，而且你依据的指南越是流行，别人读你的剧本就越能预知后事如何。或许这是他们的经验之谈，或者他们只是信口雌黄，我真的不知道。就我而言，我从来没有读过此类指南。原因有三：其一，我最初入行的时候市面上还没有这种书籍；其二，我上学是在加州大学洛杉矶分校的电影学院，这儿的学生看电影就相当于读书。校方不要求学生读书，只要求看电影。其三，在 20 世纪 80 年代初我还是一头落伍的布伦熊，录像机、DVD 机、Netflix 和互联网这些东西家里一概没有，那时候手机视频技术还没有问世，看电影的方式就是坐在学院那座漆黑一团的影院里一部接着一部地看。

假如你不想认真学习，那么坐在漆黑的影院里看电影就是你不愿在教室里学习的一个很好的借口，只要你交了租金就可以享受看电影的乐趣。当然，学生会里有许多男生并不是电影专业的学生，他们选修电影课的原因肯定也是这样的。不过，不管是巴斯特·基顿的电影《将军号》（*The General*）或者希区柯克的恐怖片，还是法国电影人特吕弗的《400 击》（*The 400 Blows*），每次看电影的时候，我手里都拿着一支"天资"牌钢笔，膝盖上摊开一本黄色纸簿。然后，从电影开头部分的致谢名单到最后的"剧终",我都要记下来,我就像一个穷困潦倒的速记员那样,尽量写得又快速又好认,几乎记下银幕上发生的一切。

我之所以说银幕上"发生的一切",而不说"看到的一切"或者"听到的一切",是因为我关注的焦点并不在于场景的描述,而是戏里发生的事件。这并不是说我记下的内容没有一点儿视觉画面或者人物台词。如果说一个画面或者一句台词能够叙述或者概括这场戏的内容(比如说电影《毕业生》(*The Graduate*)中那一句台词"整形美容"),那么,我也要记在本子上。切记,作为一名学生,我这样做也是不得已而为之。我只能坐在人头攒动的剧院里,根本没有办法暂停电影的放映,然后重新回放一遍。因此,假如在看完电影之后我需要记得或者"研究"一下这部电影(考试的时候往往需要写一篇论文或者研究文章),我就不得不依赖自己记的笔记了。

两个小时之后,剧院的灯光亮了起来,灯光也照亮了我马拉松式的快速抄写的成果:18~20页单倍行距的剧情记录,上面墨迹斑斑,文字歪歪扭扭,字迹潦草得就像小鸡刨食时留下的足迹,或者像是一个醉酒的8岁孩子在颠簸的船甲板上写出来的。不过,这并不要紧;好歹自己写的字还都能认得出来,同时这已经能够满足学习的要求了。但是,我当时并没有意识到下面这一点:学习的过程要比课程本身更重要。整整一年时间里,我每周都要花几天时间反复做这个"边看边写"的训练,而且对于写下来的东西我必须有所选择并要做到简明扼要,此外,对于每一场戏,除了重要的内容,我也不能在别的东西上分心。这样坚持做下来,实际上我给自己看过的每部电影都写出了一个"故事梗概",从头到尾地写出来。

人们总爱说,通过记诵你就能学到东西。久经沙场的电影编剧兼导演诺拉·埃夫龙曾说过,她把威廉·高曼的一部电影剧本抄写了一遍,然后她就会编写电影剧本了。同样地,在电影学院的那几年,几十部精彩的经典电影被我用回忆还原的办法重现出来,我重新写出了这些剧本的提纲或者"剧情菜单",通过这种学习过程我也算是自学成才了,我掌握了编剧工作的无价之宝:电影结构的基本部件。

# 练 习

当你下一次看电影或者电视剧（如果你专注于电视剧剧本的话）的时候，请你拿出纸笔，然后把每场戏的剧情梗概写下来。无论是你过去看过的老电影还是一部全新的电影。如果你决定到公共影院里做这种训练，你最好弄到一支带有内置光源的钢笔。你可以写得很随便，剧本与记叙文可以混杂着使用，使用诸如嵌条台词（室内。医院）和过渡指示语（转切到：）的时候要做到具体，然而你要避免过度复述其中的对白（除非如上所述，它对于场景的呈现来说非常重要）。切记，写下来的东西尽量用叙事体，并且只记录那些关键的内容。

另外，如果你使用 DVD 之类的播放设备看电影，我给你的建议是：在一场戏放映的过程中请不要中途停止播放或者暂停，以便自己能够"跟得上"放映进度，并且把任何放映内容都记下来。如果你的记录真的很有选择性，而且你仅仅关注每场戏里的"什么"和"为什么"（即情节主线），那么，你根本没有必要记下那么多细枝末节。在看电影的时候，你要尽量做到"积极有为"。想一想银幕上正在发生的事情，并且判断一下这件事情值不值得写下来。

举个例子：假如你正在看的电影是《绿野仙踪》，你要把桃乐丝来到奥兹国之后的一场戏写出来，那么你要写出如下内容：

**室外。一个五光十色的地方。**桃乐丝和陶陶从房子里出来。小人们藏在灌木丛中。出现了闪光的泡泡。来者是善良女巫格林达。格林达告诉桃乐丝，她的房子塌了，砸死了那个女巫。芒奇金城的市民们出来欢迎庆祝，他们载歌载舞。**另一名女巫**来到了。这是西方的邪恶女巫。她是已故女巫的姐姐。西方邪恶女巫想要魔法拖鞋。格林达把拖鞋穿到了桃乐丝的脚上。西方邪恶女巫威胁要报复桃乐丝。桃乐丝想回家。格林达劝她还是先去拜访奥兹男巫。她建议桃乐丝沿着黄砖路到奥兹国去。

**室外。黄砖路。**桃乐丝和陶陶走到了一个岔路口。一个稻草人主动帮忙。（如此等等。）

　　在电影的结尾，桃乐丝回到堪萨斯州的家里，她发誓永远不再离开家乡了。到此为止，你的剧情大纲就写完了。假如你一边看电影一边打字记录，那么这时候你就可以清理一下你的文档，把细节删掉，然后把剧情大纲打印出来。如果你是用钢笔写的，那么这时你就要重新在电脑上打字，把记录简洁地整理出来，这会让你受益匪浅。接下来，你要花一点儿时间剖析剧情大纲，然后再问自己下面一些问题，这会对你有所帮助：

　　三个幕间休息在什么地方？每一幕有多少场戏？哪些场景只是为了在其他场景中达到高潮而做的铺垫？不同场景之间在叙事或者因果方面有什么联系（一件事情触发另一件事情）？剧情有什么逆转或者惊人的发现？什么样的冲突或者人物的需要是推动每场戏发展的动力？在哪些戏中，它们持续提供推动力？（比如说，在上面这个例子中，推动第三幕剧情发展的因素是男巫希望桃乐丝去把女巫的扫帚弄到手。）在每一场戏中，人物作出了什么样的选择才能把情节推进到下一场戏里去呢？

　　请你把一部成功的电影拆解成一个"紧凑"的大纲（保持幕与幕之间划分清楚，不同场景的顺序井井有条）。有了这种训练作为技能准备，你就学会给自己的电影剧本写出精干的剧情大纲了。而且，假如你已经写出很多这类剧情大纲的话（正如我在电影学院漆黑一团的剧院里"被迫"做的那样），那么，你就会对电影叙事、结构以及故事和人物的互相依赖关系有了一种本能的直观理解。这种理解是很有价值的。谁知道呢？或许你很快就能够上手了，用钢笔写出自己原创的经典电影，将来某一天或许也会有一群未来的电影制片人反复研究你的电影呢！

# 读报学编剧 Linda Seger

Linda Seger，1981 年开办了她的剧本咨询公司，她的博士论文是关于剧本有效因素的研究。她曾经对 2 000 部剧本进行过咨询，曾在 6 大洲 31 个国家讲授电影剧本创作课程，著有 8 部有关电影剧本创作的图书。2010 年其著作《编剧从好到顶好》（*Making a Good Script Great*）第三版面世。

写作既是一门艺术也是一门技术。许多影视编剧就是通过一部接一部的剧本创作过程学会如何写作的。不过，既然构成电影编剧的艺术和技术包括形形色色的元素，编剧也可以从中挑出一些元素进行单独训练。最后，通过创作一部完整的剧本你就可以把这些习得的元素整合在一起了。

建构故事的技巧以及塑造人物的各个维度是作家的基本功。掌握这些基本功而且付诸实践的途径其实很简单，你只需要读读报纸，然后把新闻中间的空白填充完整就可以了。

比如说，作家想知道他应该如何组织自己的故事才能保证人们可以用两个小时左右读完这个故事。作家需要懂得三幕结构，这样他在讲故事的时候就明白：第一幕要做到开门见山、一目了然；第二幕是中间部分，要推动情节的发展；第三幕是结局，故事应该达到高潮，取得回报。

## 练 习

阅读报纸上的一则新闻就可以训练组织故事的结构，首先要明确一点：这则新闻是否有开始、发展和结局。如果新闻的内容是讲"有人在公园被杀，没有凶手的任何线索"，那么这起杀人案大概是催化剂，它可以充当这则新闻的导语。这是第一幕。然后，你还要把故事的其余部分构造出来，接下来的第二幕你可以开展侦查工作、寻找破案线索。第三幕则是你最终找到了真凶。如果这则新闻的内容是"有人被捕了",那么它说的就是结局,据此你可以重新构造出故事的第一幕和第二幕。

这个练习还可以进一步拓展,比如说你要研究一下这起犯罪案件,然后琢磨一下怎样才能把这则新闻变成剧本的形式。想一想,哪些内容是剧本必须包括进来的,哪些内容是编剧应该置之脑后的。哪些地方你可以发挥剧本创作的自由,使叙事语言更有电影特色而且可以使情节发展更富有戏剧性。

即便像"儿童起诉父母"这样的社会新闻也具有改写成电影主题的潜力。起诉部分可以充当电影第二幕的行动部分,不过,要把它写成电影,你还需要研究这则新闻中的一些观念和问题。你可以推想一下,剧本的第一幕和第三幕大概是什么样子,然后你就可以着手了。你也可以练习一下如何把各种观念整合起来,赋予它某种视觉形式,这样做的好处是你不需要编写太多的台词。你可以谈论儿童的权利问题,不过,你需要通过画面而不是滔滔不绝的议论把这些观念展示出来。

报纸也可以用于学习人物塑造。你可以读一读篇幅稍长一些的讣告。讣告里有很多吸引人的人物信息。一般来说,讣告不仅要告诉读者这个人做过什么事情,还要告诉大家许多有趣的细节,这样人物的形象就会丰满起来。比如说,有一则讣告是这样写的:"玛德琳,享年 67 岁,在奥斯汀·布拉夫中学教授西班牙语 30 年之久。她还是个热气球运动爱好者。"在这则讣告中,一些出人意料的细节揭示出了这个人的形象。不过,用一个有趣的品质叠加在另一个有趣的品质上面这种人物塑造方法并非你想要的。你想让这些品质能够取得预期的戏剧效果,而且能够被你整合并融入剧情中去。所以,如果你想让自己的习作更有创意,那么你就要推想一下,哪种类型的故事可以在一个西班牙语教师和一个热气球运动爱好者之间建立联系呢?或许这个人物可以到西班牙或者讲西班牙语的南美洲地区去,然后开始乘坐热气球历险?或许她乘坐热气球是迫不得已,因为她想摆脱南美洲的独裁者的魔爪。也许她想飞越重洋从古巴逃到迈阿密去……一般而论,一个人是不大可能集这两种品质于一身的,做这个练习的目的是学习把两种不同的品质综合到一个人物身上,然后把它们整合到一个故事里面,这样一来无论是西班牙语教师这个职业也好,还是热气球运动这项业余爱好也罢,它们都会给故事带来精彩的看点。

　　一旦你从报纸上读到了一则新闻，触发了你构思一个故事或者一个人物的灵感，那么，你可以看看运用过这一技巧的电影，反复观摩这部电影是如何完成这一任务的。比如说，在电影《我的堂兄维尼》（*My Cousin Vinny*）中，当维尼的女友出现在证人席上的时候，出人意料的是，她因为出身汽车修理世家而且精通汽车和轮胎的相关知识，所以很快就扭转了法庭上的败局。假如你正在琢磨"儿童起诉父母"这个故事，那么，你可以看看形形色色有关社会问题的电影，比如《诺玛·蕾》（*Norma Rae*）或者《永不妥协》（*Erin Brokovich*），看看这些电影是如何探究社会问题的。

　　通过读报训练这些技能，你可以成为优秀的电影编剧，学习的过程也可以大大缩短，你还可以锻炼自己的想象力，进一步提升自身的创意能力。

# 不离正轨的 **21** 个问题 Neil Landau

Neil Landau，影视剧本作家，他的电视与电影成就包括 *Don'T Tell Mom the Babysitter's Dead*，*Melrose Place*，*Doogie Howser*，*M. D.*，*The Magnificent Seven*，以及 *Twice in a Lifetime*。他在加州大学洛杉矶分校的电影、电视及数字媒体学院讲授电影剧本创作与制片硕士课程，并在 Goddard 学院讲授创意写作硕士课程。与人合著了《我在电影学院学到的 101 个道理》（*101 Things I Learned™ in Film School*）。目前居住在洛杉矶。

等我"交上好运"的时候，大约已经是我从电影学院毕业一年之后的事情了。我当时还很年轻，性子也急，同时我端上编剧这个饭碗的梦想渐渐成真了，可是我对于故事结构的掌握还相当薄弱；这是我私下里感到羞耻的事情。那时候，我的创作全部依靠本能。甚至当我机械地给每一场戏写提纲或者在写完剧本的最新稿本的时候，我都会有一种隐约漏掉了什么东西的感觉，但是，到底漏掉了什么呢？

多年来，我认真研究真正让伟大的电影运转起来的东西到底是什么。电影编剧秘籍之类的只要是能弄到手的我都专心致志地认真阅读。久而久之，我的视野更宽阔了，我也受到了不少启发，最后变成了求知欲极旺盛的人。每个作家都有自己剧本创作的"独门秘籍"。不过，包括我的学生在内，我们在自己的剧本创作过程中把他们的经验之谈奉为金科玉律，却一直费力不讨好。

我渴望得到的不只是一套模板和一套"规则"；我渴望把建构布局的问题列出一个清单，这些问题能够把海量信息合成一个简明易用的纲领性文件。每当我们面对空白的稿纸的时候，它能为我们提供一个建筑蓝图与施工的脚手架。

# 练  习

下面这 21 个问题是专门用来暴露缺陷的，知道了缺陷你就能补救一个摇摇欲坠的基础（或者推倒重建），在原地重新打下牢固的基础。

在你开始练习之前我要给出几条建议：

● 设计这些问题的目的在于提供一种诊断手段，据此你可以在电影剧本创作之初就绘制出一幅结构蓝图，或者解决成稿中的此类难题。

● 虽然这些问题从 1～21 标出了序号，但做这些练习的时候不必按部就班地进行。或许你会发现不按照这个顺序回答问题效果更好。你也可以前后颠倒，逆着序号回答这些问题，也可以打乱排序，按照先易后难的原则回答。

● 每个问题的答案都无法穷尽。挑战你自己，找出最新颖、最大胆、最有共鸣的答案。超越表面化的回答。

● 如果你很想回答这些问题却答不上来，你会感觉窝火，请不要绝望。这个练习极具挑战性。切记，你正在开创一个全新的境界。耐心一点，心急吃不了热豆腐，况且这又不是赛跑。

● 提出这些问题的目的是为电影剧本的构建与提升提供基本方针，并不是为编剧工作制定绝对的真理。

1. 所谓"钩子"是什么呢？换句话说，什么是预设主题里的核心冲突？或者说什么是"你吊起观众胃口的钩子"呢？它就是处于预设主题核心部位的那个"但是"。

电影《永不妥协》就是一个例子：一个单亲妈妈接管了一家巨型的公用事业集团，**但是**，她压根儿没有受过正规教育，而且她还缺乏现金；《阳光小美女》（*Little Miss Sunshine*）：一对事业失败的家长把全家人的希望都寄托在孩子身上，押宝女儿通过选美比赛一炮打响，**但是**，成功的道路却是荆棘满布、不幸连连，女儿进入了选美比赛的决赛，可惜女儿却是笨得无可救药；《谍影重重》（*The Bourne Identity*）：一个杀手遭到警方追捕，**但是**，他却患上了失忆症，丧失了一切过去的记忆；《一夜大肚》（*Knocked Up*）：一个懒汉必须承担身为人父的责任了，**但是**，他自己还是一个不成熟的孩子；《美国丽人》（*American Beauty*）：一个迷茫的人陷入欲望的迷局中，**但是**，他的心上人却是自己十几岁女儿的好友。值得注意的是每个故事的构思中都包含一个核心冲突。

在开始创作电影剧本之前，你必须弄清楚你的"钩子"是什么！这个"但是"将不仅能给剧本的第二幕提供一个扎实的基础，而且它也是"推进叙事的引擎"。

2. a）你构建的故事属于什么类型，它的基调是什么？b）什么是这个故事的主要场景？提示：要把场景当做剧本中又一个人物来看待。c）这个故事的主要时间点是什么时代？当今社会？远古时代？还是未来的事情？时间要具体明确。d）这个故事的时间框架是什么，也就是说：故事兜圈子的时间跨度有多长，是几天、几周、几个月还是几年（或者仅仅是几个小时）？提示：时间跨度越短越好，因为这样的话你要维持悬念就更容易一些。

3. a）谁是正面主角？b）在电影的大部分时间内主人公处于什么年龄段？c）主人公的幕后故事有哪些内容与电影的关系最紧密？d）在第一幕中主人公在哪一方面陷入了绝望？e）为什么今天才是主人公故事开始的时间？

4. 在主人公的"平常日子"里，什么是他最珍视的东西？提示：这种东西最好是第一幕结尾时主人公面临重大危机考验时假如他不采取断然措施就会丧失的某种有价值的东西。在第二幕和第三幕中，这个东西就成了局中人博弈斗法的赌注（既有情感方面的赌注，也有实物方面的赌注）。

5. 正面主角有什么大的人格缺陷？在"平常日子"里这种缺陷对他构成了限制，而随着剧情的发展，他有了克服这个缺陷的机会。

6. a）什么是"挑起祸端"的事件或者抵达危机之前的一个关口性事件？这个事件要在第一幕的中间部分（第 10 页左右）发生，而且这个事件要给正面主角的种种冒险提供便利条件。

7. 什么人或者什么东西是反派人物或者负面因素？这个人或者这种势力直接挡住了正面主角实现其主要目标的道路。从存在主义哲学的意义上说，正面主角也永远是其自身的反面主角，但是，你还是需要一个外部的反面主角。如果你的情节缺乏戏剧的张力或者戏剧性的冲突，那么，你就必须把反面主角写得格外强大。理想的状态是，在第一幕和第二幕中，反面主角要显得貌似比正面主角强大得多，同时为了征服这个对自己构成威胁的势力，在第三幕之前正面主角必须变得更加强大、更加勇敢。

8. a) 在第一个情节点（第一幕的结尾）发生了什么具体事件？把第一个情节点当作第一幕的高潮部分。这个具体事件要在正面主角的生活中制造一个危机。b) 这个危机是什么？

9. a) 在面临这个危机的时候他需要采取什么行动？你要把这个积极行动的目标当作"A 计划"。理想的情况是，正面主角的目标既是积极又是消极的；这个正负两面对立统一的状态能够生成戏剧的张力（或者"热度"），这样故事的引擎就能不停地运转了。b) 如果没有实现这个目标，会有什么情况发生？什么东西将处于危殆之中？

10. 在这个情节点中，故事悬念的核心机密是什么？在电影结尾处，哪些隐藏的或者有意遮掩的真相将大白于天下？

11. a) 剧情的中间点是什么？b) 那个不可预见的拦路虎是什么？c) 这个出乎意料的事件如何把主要人物置于"进退两难的困境"之中？

12. a) 第二个情节点，即第二幕的高潮出现在第二幕的结尾处，这个高潮是什么？这又是一个具体事件，它让正面主角完全抛弃了原来的计划或者戏剧性地改变了原计划（即第一幕结尾处他制定的"A 计划"）转而选择了"B 计划"。哪个具体事件导致主人公改变了自己的目标和计划？

13. a) 正面主角从自己的生活中得到了什么样的顿悟？这顿悟让主人公对自己的命运有了全新的选择，让人物徘徊于十字路口。b) 这两条歧路或者选择分别是什么？因为有了这个发现，主人公会增加多少赌注呢？

14. 正面主角决定要走上哪条道路呢？在第三幕的开头，这会创造出一个全新的目标。a) 这个新目标是什么（即"B 计划"）？b) "B 计划"与"A 计划"有什么重大区别吗？

15. 实现新目标必须有最后期限，你需要一个东西当作"滴滴答答的时钟"为此定时吗？

16. a) 这部电影的大高潮是什么事件？b) 正面主角和反面主角最后摊牌时对决的内容是什么？c) 上述人物缺陷是如何被克服的？在正面主角的生活中浮现出了什么真相？

17. 核心的故事悬念是如何得到解决的？

18. 电影到什么地方打出"剧终"二字呢？最终问题在多大程度上得到了解决？

19. 这部剧本的主题是什么？也就是说，整部剧本代表了什么样的立场？

20. a）为什么这个故事在情感方面能够引人入胜？b）为什么你非要创作这部剧本不可呢？c）在观众离开影院的时候你想让他们带着什么想法回家？d）你用什么东西迫使观众在乎你的人物？

21. 给电影起个什么名字才是有效的，为什么？

## 创作须知 Barbara Schiffman

Barbara Schiffman，故事分析联合会（Story Analysts Union）会员，为好莱坞大型电影制作公司、有线电视网以及代理机构审阅剧本和图书，还为作家、制片人、导演提供审阅服务并反馈意见以及推介活动培训。

斯蒂芬·金曾写道："最可怕的时刻永远是你还没有开始的时候，开始之后，情况只会越变越好。"

我在大型好莱坞电影公司和有线电视节目制作公司担任故事分析师的工作。所以，我读过的剧本超过 10 000 部。我总是很奇怪，有些作家居然会把基本元素留在了剧本之外。通常他们的脑子里本来是有这些元素的，但是，他们不会把它们写到纸面上来。这样一来，读者、经纪人、制片人、导演、明星以及撰写剧本报告的故事分析师都需要费尽九牛二虎之力才能搞清楚：这个故事发生在何时、何地，谁是主人公。正如你能想象的，这种情况往往会让我们对这个剧本以及这个编剧的兴趣大打折扣。

你需要确保读者想要知道的关键元素都写进自己的剧本，弄清楚到底其中哪些元素是有用的。回答下面这些有关故事的问题，然后再动手写作。这样做还有一个好处，你可以专注于其他重要的叙事方面，比如说主题、情节、结构、幽默或悬念、对白和人物塑造，然后剧本经过你的加工、修改之后，你就可以完成剧本、准备投稿了。

## 练 习

以下是编剧在写剧本时经常漏掉或者没有向读者交代清楚的一些基本问题：

1. **谁是你的主要人物？** 当你第一次介绍正面主角或者反面主角以及其他关键人物的时候，永远要记得写上他们的全名、年龄或者年龄范围，如果你怕人家搞不清楚，还要把性别写上，如果不是白种人，那就要把种族也写上，另外你还要简要描述一下人物独一无二的体貌特征或者性格特点。

2. **故事发生在何时、何地？** 两者都要尽量具体，让读者能在想象中"看到"这个故事。如果故事发生的背景是雨水偏多的西雅图，那么你要让它看上去、感觉起来跟在阳光明媚的迈阿密发生的故事有所区别。如果说故事发生在 1776 年，那么要让人一眼就能看出它跟 1976 年或者 2006 年发生的故事有什么不同，而且感觉到区别所在。我们体验故事发生的时间与地点的途径是人物的行为与穿戴、人们谈话的内容和说话的方式，还有人物身边正在发生的事情。

3. **你的剧本属于哪一门类或流派？** 从第一页开始，这就为你的故事定下了调子与节奏。它是一部黑色幽默影片或者粗俗搞笑的喜剧片，它是一部惊悚片、阴谋片或者黑社会暴力片、恐怖片，还是科幻片或者奇幻影片？每一个电影门类在剧本上都能显示出与众不同的情调。如果读者无法推测你的剧本是轻松的喜剧还是严肃的正剧，他们就不会因为人物经历的事情笑或者哭。

4. **主要人物的动机或者目标是什么？** 另外，他们在实现理想的道路上遇到了什么样的拦路虎？如果他们不能如愿以偿地实现目标，那么将会发生什么情况？如果这部剧本是一个全体演员都要上场的故事，那么编剧理解每个关键人物的这一方面是很重要的。

5. **谁是反面主角，他/她/他们的目标是什么？** 较好的情况是：反面主角是一个人而不是一群人或者一个类似"社会"那种抽象的群体概念。如果反面主角不属于人类，它也应该是具体的东西，比如《龙卷风》（*Twister*）中的龙卷风或者《大白鲨》（*Jaws*）中的鲨鱼。一般来说，反面主角与正面主角存在目标方面的冲突，对峙的张力和拦路虎就是这样营造出来的。

6. **这个故事在传达什么信息？** 观众应该从主要人物的经验中吸取什么教训呢？不然，观众在观看剧情演进的过程中至少要能获得快乐。在你眼里，这个故事之所以重要是因为什么？为什么你想写这个剧本呢？如果你不知道故事传达出来的信息或者它并没有触及你某一方面的情感，那么它就不会给读者和观众带来强烈的冲击。

**7. 你的故事的催化剂和结局是什么？** 在最初的拍摄策划阶段，你就应该暗示故事将走到何处，于是，在故事接近尾声的时候大家就可以感觉到故事要结束了。你要给主要人物的目标设下重重障碍，不断加大赌注，不断提升结局的重要性，张力和悬念要不断升级。

**8. 什么事情影响到了故事结尾的方式与时间？** 主人公已经耗尽时间或者他作出了结束故事的选择，这些安排不光会影响故事的节奏、情调，它还决定了什么内容是观众在银幕上将要看到的以及什么内容是他们不能看到的。例如，《48 小时》（*48 Hours*）里有一个滴滴答答的时钟把时间限定下来；《午夜狂奔》（*Midnight Run*）拥有的时间选项也是相当有限的，在这部电影里，由于那个在匪帮里掌管钱财的暴徒害怕坐飞机，所以为领赏而追捕逃犯的人不得不用公共汽车、火车和汽车等交通工具把他捉拿归案，这样一来，整个旅途就要耗费更长的时间，而且情节也更加复杂。

**9. 你的观众是什么人？** 如果你不知道他们是什么样的人，不知道他们为什么买票来看你的电影或者坚持看这个电视节目不换台，这是难以想象的。你的观众往往是由你的主要人物是什么样的人决定的，而且/或者是由这个故事的内容决定的。

**10. 你的电影要想取得最好的销售业绩，那么它是在电影院放映好呢，还是在电视节目中播放好呢？还是两者一样好？** 如果说这部剧本大受欢迎，那么，要不要把它拍成一部电影大片，它的预算是否要包括成本很高的特技效果？或者这是一部可以独立制作的电影，或者是可以在摄影棚里制作完成的电影呢？如果你的电影是为了在电视台播映，哪个电视网会播放它呢？是 Lifetime、Showtime 还是 USA？如果这是一个规模宏大的世家传奇，它怎样从 HBO 这类有线电视网赢得限制级的或者电视连续短剧的奖项呢？

确保这些问题在你的剧本里都有清晰的答案，透过行动、描述和对白把它说出来。然后，读者才更有可能透过你选择的媒体观看你的故事，为剧本提供最佳的拍摄效果。尤其是对于编剧工作来说，第一印象永远是重要的。

# 电影编剧的四个魔法 Marilyn Horowitz

Marilyn Horowitz, The Horowitz System 的创办人，获奖的纽约大学教授，制片人，影视剧本作家，以纽约为基地的创作教练。她著有 5 本有关电影剧本创作的图书，包括她最近的一部《电影编剧的四个魔法》(The Four Magic Questions of Screenwriting)。

当我卖出自己的第一部小说的时候，买方邀请我把这部小说改写成电影剧本。尽管我在电影学院毕业之前也曾把一部电影短片卖给了有线电视台，但是，把小说改写成电影剧本在我看来仍然是一件不可能完成的任务。情急之下，为了完成任务，我唯一的办法就是迅速掌握电影剧本创作的基础知识。我读了每一本相关书籍，尝试了各种各样的方法，上了很多编剧学习班。这些课程就像数学课一样让我头疼，数学课可不是我擅长的科目。就在制片人打算把改编任务交给别的编剧之前的那天晚上，突然间我的思维豁然贯通了，我已经掌握了其中的窍门。后来，这些窍门成了我编写这部剧本的基本工具，它帮助我成功完成了任务。

亚里士多德的《诗学》一书被人们奉为戏剧结构的圣经。在这部著作中，他指出好的戏剧应该遵守所谓三幕结构的范式。他认为，每个故事都应该有一个开头（第一幕）、中部（第二幕）以及结尾（第三幕）。自从电影工业初创以来，影视剧本的结构模式一贯就是如此。编剧总是为了创作篇幅较长的中部而奋斗，这部分大约占剧本的 60 页篇幅或者电影的 60 分钟，相比之下，第一幕和第三幕总共也不过 30 分钟或者 30 页左右。

我的生活由此迎来了转机，因为我意识到自己可以把第二幕再细分成两个部分：第二幕的第一部分和第二幕的第二部分。猛然间，我的编剧工作变得收放自如而且更加直觉化了。

我是由父母一手带大的。我的父亲是一个律师，母亲则是一名哲学教授。所以，我知道提出问题是找到答案的最显而易见的捷径。针对影视剧本的任何一个方面，假如你提出一个货真价实的问题，然后找到了它的答案，那么人物的动机就在你的掌握之中了。随后你仅凭直觉就能知道应该如何正确地调整故事的情节结构了！正是这个瞬间浮现的念头成了我创作《电影编剧的四个魔法》这本书的缘起。这四个富有魔力的问题是：

　　1. 主要人物的梦想是什么？

　　2. 主要人物的噩梦是什么？

　　3. 他们会为了得到什么人或者什么东西而不惜一"死"呢（真正的或者比喻意义上的）？

　　4. 这个梦想的结局是什么？或者说，什么情况催生了新的梦想？

　　我们试以电影《教父》为例：电影的主要人物包括主人公迈克尔·柯里昂、反派坏蛋堂·艾米利奥·巴西尼。我们可以由此说明这四个魔法的具体运用技巧。

　　下面是《教父》的一个简短的情节概要：

　　迈克尔是一名战斗英雄，他是不可一世的教父维托·柯里昂的小儿子，这个家族是纽约五大犯罪家族之一。他想和家族生意撇开一切干系。所以，当父亲遭到刺杀之后，迈克尔才不得不拯救教父的命，他要杀掉那些企图杀害教父的刺客。当迈克尔在西西里避祸的时候，他爱上了阿波罗妮亚，可是，他父亲的仇家杀死了自己的新娘。迈克尔的心碎了，他变得心如铁石，回到美国。后来，通过血腥的杀戮，他控制了家族生意而且准备带领这个家族进入一个全新的世界。

　　迈克尔给这四个问题提供的答案是：

　　1. 迈克尔的梦想是过一种摆脱黑手党的生活。

　　2. 他的噩梦是不得不卷入家族生意。

　　3. 他愿意为阿波罗妮亚而死，可是却没有这个机会。

　　4. 他失去了自己的梦想，从而变成了新的教父。

　　堂·巴西尼的答案是：

　　1. 他的梦想是要接管柯里昂家族。

　　2. 他的噩梦是他没有那个本事。

　　3. 他愿意不惜一死接管那个家族。

　　4. 他没有接管这个家族而且被杀了。

# 练 习

（A）回答主要人物的四个问题：

1. 主人公的梦想是什么？

2. 主人公的噩梦是什么？

3. 主人公会因为什么人或者什么事而不惜一死，无论是真死或者比喻意义上的？

4. 主人公能否实现他/她的梦想或者找到一个新的梦想？

（B）回答反派人物或者给主人公带来障碍的四个问题：

1. 反派人物的梦想是什么？

2. 反派人物的噩梦是什么？

3. 反派人物会为了得到什么人或者东西而不惜一死，无论是真死或者比喻意义上的？

4. 反派人物能否实现他/她的梦想或者找到一个新的梦想？

（C）简要写出你的故事提纲：

按照这些问题的答案以及基本的故事情节，写出剧本情节的梗概，就像我们针对电影《教父》的做法。

（D）创造距离：

写出提纲之后，最好暂且把它放到一边，以后再阅读它，就好比它是一部现在正在影院放映的电影。如果说编剧看了这个提纲之后感觉这部电影仿佛就在眼前，那么这个剧本进入创作阶段之前的准备工作就算是完成了。如若不然，这个作家就应该回过头来，重新做上面的练习，直到你听到咔嚓一声、万事到位为止。

## 制造不可预测性 Richard Stefanik

Richard Michaels Stefanik，著有 The Megahit Movies，书中分析了在商业上成功的电影中的戏剧性及喜剧元素。他还著有小说《长生不老药》（Elixir）和《纠缠》（Entanglements）。

在观众的眼里，剧情必须是有趣的。如果说编剧写了一部剧本而其中的剧情是观众可以预料到的，那么对于编剧来说，这恐怕是最糟糕的事了！如果观众已经预料到了接下来人物的种种遭遇，那么观众看电影时就会感觉兴味索然。由于这个缘故，我们创造出的剧情必须是观众无法预料的，剧本里的故事要有出其不意的地方和曲折的情节，而这些东西都是观众无法预先料到的。编剧怎样才能做到这一点呢？他们怎样才能设计出一个出奇制胜的剧情呢？编剧可以设计一些子目标，引导剧情发生转折，这样一来，他们的剧情就变成了不可预料的东西。

子目标（或称子任务）指的是人物为了实现其主要目标而必须实现的次要目标。子目标和情节曲折之间有着紧密的联系。当剧中人物探讨自己的计划或者策略的时候，观众就明白了子目标与主要目标之间的关系。当一个子目标的实现并没有取得预期效果，无助于剧中人实现主要目标的时候，情节就出现了曲折。这个方法能够创作出出人意料的情节和不可预测的内容，许多百看不厌的电影都用到了这个方法。

《夺宝奇兵》就使用了这个结构。琼斯的主要目标是要找到约柜。为了实现这一目标，他首先要完成一个子目标，即找到那副水晶头盔。一旦他找到了头盔，他必须使用这个头盔去完成另外一个子目标，即找到灵魂之井的所在。一旦发现了灵魂之井，他接下来必须再把约柜找到，然后他还必须在一伙纳粹党人得到它之前把它弄到开罗。这些全都与这个独一无二的主要目标息息相关：占有约柜。

在影片《绿野仙踪》中，桃乐丝的主要目标是找到一个她将永远无忧的地方。为了实现这一目的，她首先要实现几个子目标。桃乐丝之所以离家出走是为了从埃姆·盖尔的魔爪下拯救小狗陶陶。桃乐丝回到家里帮助她那"生病的"埃姆姨妈，但是一场龙卷风把她吹到了奥兹。这是一个情节曲折。桃乐丝到奥兹寻求巫师的帮助以便把她弄回位于堪萨斯的家乡。这是她在奥兹国度的第一个重要的子目标。

巫师不愿意帮助她，直到她后来得到了邪恶巫师的扫帚。这个出人意料的结果制造了又一个情节曲折。桃乐丝得到了这个扫帚，不过巫师还是没能帮助她回家。此处情节出现了曲折，因为完成一个子目标的后果是出人意料的。桃乐丝的下一个子目标是乘气球与奇才飞回堪萨斯。但是这没有办到，因为气球起飞的时候并没有把她带上。这又是一个情节曲折。最后一个子目标是敲击红宝石鞋的鞋跟发出咔嗒声，然后许愿返回自己家里。接着她真的就回到了家里的床上，回到了位于堪萨斯的农场。在《蜘蛛侠》中，彼得想要和玛丽好。为了赢得美人归，他计划买一辆好车。这意味着他必须先弄到钱。于是，他决定去参加一场摔跤比赛，赚来 3 000 美元。他赢得了摔跤比赛，但是他得到的奖金却不过区区 100 美元，这就是一个情节曲折。

计划或者策略就是人物旨在实现其主要目标而采取的一系列行动。有些可能出现的障碍是他可以预料到的，于是他就要制定出策略以便克服这些障碍。这些计划往往是在剧情的展示部分告诉观众的。计策和战术都是人物与其同伴口头讨论过的。在观众看来，公开展示出来的计划让观众对于即将发生的事件有了预期。

当事态并未如预期那样发展的时候，剧情就变得无法预测了。当崭新的、出乎意料的障碍出现的时候或者计划的战术无法克服障碍的时候，就会形成这种局面。这些出乎意料的故事发展让人们落入了陷阱，这时观众的兴奋就被触发了。编剧只有把人物的计划和策略展示出来，观众才能在心中形成关于未来的预期。

在《星球大战》中，乱党的战略家们打算攻击死亡星球进而摧毁它，但是事情并没有按照这个计划进展，卢克最后摧毁死亡星球还是需要使用蛮力。在电影《指环王》（Lord of the Rings）三部曲中，弗罗多和伙伴们要把指环扔进末日火山口从而将其毁掉。弗罗多本来打算把指环扔进熔融的火山岩浆河流中，但是他没能做到这一点。在最后他与咕噜姆的决战中，咕噜姆从弗罗多的手上把指环咬了下来，后来咕噜姆跌进岩浆河中，这样才把他和指环一并摧毁了。

这样说来，创作不可预测的故事的最有效技巧就是要创造出引发情节曲折的计划和子目标。这样的故事将会惊喜连连，从而获得观众的喜爱！

# 练 习

编排出三个重大的子目标，正面主角为了实现其主要目标必须完成这三个子目标。描述一下他针对每个子目标制定的计划。然后，描述一下什么地方出了差错，以致这些子目标没有实现，这样一来，剧情就出现了曲折，由此故事也就变得更加神秘莫测了。

# 提纲就是生命线 Michael Ajakwe，Jr.

Michael Ajakwe Jr.，两度获得 NAACP Theater Award 奖的戏剧作家/制片人，创作并导演了 9 部戏剧，制作了 16 部戏剧。作为 E! Networks 的 *Talk Soup* 的制片人之一荣获艾美奖，该片主演为 Greg Kinnear，他创作并制作的情景喜剧包括 *Martin*，*Sister Sister*，*The Parkers*，*The Brother Garcia* 和 *Eve*，还有 Showtime 电视台的电视剧 *Soul Food*。他刚刚完成了网络系列喜剧"*Who...*"的第一季。

　　我一向认为，那些初出茅庐的编剧新手与职业编剧的区别在于，职业编剧在黑洞洞的枪口之下或者缺乏灵感的时候，也能写出一部合格的剧本。我们经常听到掏钱雇用我们编写剧本的制片公司、摄影棚、电影院线告诉我们说："我们掏钱给你就是要你干这个事的。"如果说面对压力或者自己不想创作的时候你就无法创作，那么你就不大可能长期端稳编剧这个饭碗。

　　要想完成剧本创作任务，最好的办法就是在开始创作之前就先把剧本大纲写好。写大纲的时候，要做到言简意赅，三言两语就要把电影里的每一场戏做个总结，解释这一场戏里发生了什么事，有哪些人物在场，明确人物在这场戏里起什么作用。大纲甚至可以把一些台词也包括进来。写大纲的时候，往往研究越是深入，大纲里的细节也就越多。有些大纲就像是剧本的缩写版，这才是写提纲的真正用意所在，即要让剧本的具体创作过程变得易如反掌。

　　有些编剧不喜欢写大纲，因为他们感觉写大纲就好比是一件事情做了两遍。一部剧本要写两遍，这岂不是事倍功半吗？还有些编剧则感觉写提纲完全是束缚自己的手脚，创作的时候自己受到了条条框框的约束，创造精神无法自由发挥。我必须承认，写提纲或许是枯燥无味的工作。有时候我写剧本的时候先写大纲，有时候则不写。在我看来，有大纲肯定要比没有大纲好得多，因为你的创作过程要顺利很多，而且效率也很高。虽然写提纲造成了额外的负担,但是提纲还是值得写的。另外,提纲对你形成的束缚作用实际上也不会突破你所允许的范围。你不必拘泥于提纲,提纲可以随时调整,因此,没必要感觉提纲把你绑架了。你不是为大纲打工的,大纲是为你打工的。

关于写大纲的过程,下面有一个很好的比喻。你想找到一件具体的东西,不过,你必须进入森林里面才能找到它。那么,你可以在自己的汽车后面拴一根长长的绳子,然后自己手里拿着这根绳子到丛林里去冒险。不管你走多远或者往哪个方向走,这都不要紧,只要有绳子在手你总能找到走出森林的道路。大纲给你提供的方便也应该类似于此。大纲防止你在创作的过程中迷路,有了这根绳子你就可以追踪剧情的发展,同时确保剧情的结构是有效的。切记,在篇幅为15~20页的大纲中修改你的故事总要比在长达110~120页的电影剧本中修改故事容易多了。

有了提纲,你就不用担心编剧工作进退维谷或者陷入泥潭了,因为每当遇到此类困境时,只要参照一下提纲,你随即就能重返创作的游戏当中。当你想要完成一部剧本却思路不清的时候,或者在交稿的最后期限迫在眉睫的时候,提纲的效果尤其显著。提纲总是能在这种压力巨大的关键时刻,成为最让我感激涕零的东西;因为这时提纲能够挽救剧本的生命。

## 练 习

如果你的剧本构思已经有了眉目,请你抽出30分钟时间为第一幕里的每一场戏写出三句话。只写你从故事推进角度能够预见到的内容。第二天,重复这个做法。不过,这次你需要一个小时,给第二幕的每一场戏都写出短短的一段话。第三天,做法还是一样,不过,这次你要用30分钟时间给第三幕的内容写一个大纲。

把这个简陋的大纲抛到脑后,一周时间之后,拿出这个大纲,把它整理一下。这一次,你要用一个小时把第一幕的三句话扩展成三段话,充实一下场景的血肉。第二天,你要用两个小时把第二幕也这样充实一下。第三天,用一个小时把第三幕也这样处理一遍。

在两周的时间里,一个可用的提纲就准备就绪了,接下来你就可以开始第一稿的创作了。它仅仅需要相当于一天8小时的工作量。

# 打开阻塞、不再自卑 James V. Hart

James V. Hart，成长于汽车影院和周六午后节目的环境中。他的第一部正片电影 *Summer Run* 成为 USA 电影节的开幕影片。他的创作/制片成就包括：*Hook*，*Bram Stoker's Dracula*，*Muppet Treasure Island*，*Contact*，*Mary Shelley's Frankenstein* 和 *Lara Croft*：*Tombraider-The Cradle of Life*。目前在制作他的第一部动画片 *The Legend of the Leafmen*，这是一个基于古代的仙境传奇故事。他的第一部小说 *Capt. Hook-Adventures of a Notorious Youth* 2006 年被美国图书馆协会（American Library Association）提名为"十大青年图书"之一。"Go with gravity"是他创作生涯的箴言。永不服老！永不放弃！

亲爱的编剧同仁们：

为日新月异的影视业创作剧本是我的工作，为了生存下来，我必须找到生存的策略，影视剧本的格式很有局限性，我要揭开这项挑战的神秘面纱。这种编剧方法是一种更加机械的方法。电脑维修人员修理电脑或者汽车修理工维修汽车使用的都是这种机械的方法。有了这种方法，编剧工作就能迅速启动。它能让我摆脱游手好闲的状态，马上进入创作状态。

如果在开始动笔之前你需要等待灵感的降临，那么你还是找一个朝九晚五的工作吧。正如杰克·伦敦所说："灵感？等是等不来的。你必须找到自己能找到的最大的棒槌，追在灵感的屁股后面跑，把它打个魂飞魄散。"

我曾在美国、法国和德国等地参加过编剧研修班，也曾在哥伦比亚大学研究生电影学院和纽约大学担任过助理教授的职务。后来，有几个学生和同事要求我把自己在编剧生涯中每天常用的一套基本策略、练习、启动创作活动的秘诀都写出来。

我的这份秘诀还不到 10 页的篇幅。有了它，你根本用不着掏腰包参加费用昂贵的研修班，也用不着读那些从未写过剧本的作家们劳神费力写出的那类皇皇巨著了。这就是我生存的救命锦囊。对我来说，这些工具是有效的。你要选择适合自己或者对自己有效的那些工具，这就是你最常用的工具。或许，我的这些工具对你来说也是有效的。至少对我来说，这些工具一向很有帮助。

请你牢记，这里提出的工具、技巧和策略并非严格的硬性规定。它们只是运用编剧技法的指导方针。在你能够打破这些规则之前，你必须牢牢掌握并且融会贯通电影剧本创作的基本手法。

在此，我要特别向弗朗西斯·福特·科波拉①致谢，毫不夸张地说，正是他在一次随便谈论编剧事宜的时候给了我这个工具包的第一部分。我还要感谢所有跟我有过合作的导演和制片人，他们分派给我不可能完成的任务以及极具挑战性的任务，这迫使我学到了一丝不苟的职业素养，帮助我经受住夜以继日的创作苦旅，哎哟，一不小心又天亮了。谢谢你们。

# 练　习

**急救箱：永远不要面对一张白纸发呆，一定要确保自己能够回答下面问题中的三个。**

在我眼里，下面的问题是讲故事的三张王牌。一旦你有了创作电影剧本这个念头，你就必须回答这三个问题。在我们合作完成《吸血鬼》（*Dracula*）编剧任务一年之后，弗朗西斯·福特·科波拉把这个练习教给了我。打那以后，我一直在用它。在编剧工作中，我每天都要用到它。如果你能够回答这三个问题，还能额外回答几个问题，那么你就算是准备就绪，可以进一步启动剧本创作了。请书面回答下面的问题：

1. 谁是主人公？他渴望什么？（这一问题不是问他的需求情况；详见下文。）

2. 人物都包括哪些？主要人物必须碰到并克服什么样的障碍才能得偿所愿？

---

① Francis Ford Coppola，1939 年生，美国电影制片人，他导演的影片《教父 2》（1974 年）荣获奥斯卡奖。

3. 最后，主人公是否得到了他渴望的东西？如果如愿以偿得到了或者没有得到，这对于他来说是好事还是坏事？（也就是说，退而求其次，他是否得到了自己需要的东西？）

4. 额外的但是是最必要的问题：为什么我们在乎呢？

你的故事中有什么天大的东西让我耗费生命中的两个小时阅读或观看你的故事呢？

5. 另一个额外而且很重要的问题是：我的主人公需要什么？这个东西跟大家初次遇到主人公的时候他所渴望的东西有什么不同？

**渴望＝物质的东西，由利己主义驱动的向往**

**需要＝内在的欲望与冲突，精神的成长**

注：滚石乐队用下面的歌词把这一区别写了出来："你不可能总能得到你渴望的东西。但是，如果你偶尔尝试一下，你就会发现，你可以得到自己需要的东西。"

6. 加分问题：为什么是现在？为什么这件事情要在现在发生在主人公身上呢？今天有什么事件、什么条件让这个故事发生了呢？为什么不是昨天或者明年呢？

回答这些问题会让你做好准备，创作出一部由人物驱动的电影剧本。针对所有主要人物你都要做一做这个练习，看看他们之间有什么相互的影响。这个额外的问题需要你更深入地理解人物和故事。

**作家是作曲家!**

**导演是指挥家!**

请编剧记住下面这一点：影视圈的任何人都不能和我们搞编剧的相比。在你写上"剧终"两个字之前，诸如导演、服装设计师、布景师、灯光师、摄影导演、制片人、音响师、（演播室内的）吊杆操作员、特技替身、特技效果主管、画家、司机、私人助理、实习生，当然也包括演员在内，这些人都只能干待着，因为他们没事可做。

**你还等什么呢?**

● 永不服老!

● 永不放弃!

# 类型的游戏 Bonnie MacBird

Bonnie MacBird，艾美奖以及 Cine Golden Eagle 奖获得者，作家/制片人，在好莱坞有 30 年从业经验。在 Universal Studios 担任正片电影开发主管 4 年，阅读过几千部剧本，专注于所有室内项目，指导了许多作家。他是迪斯尼电影 *Tron* 的原创作家。

这是一个相当好玩儿的小游戏。我经常与加州大学洛杉矶分校电影剧本创作课程的学生玩这个游戏。这个游戏可分为三个部分，虽然看似无足轻重，但学生却说其结果往往出乎意料而且影响深远。

这个游戏的作用在于提醒我们，主次分明的大脑或许会阻碍创作活动，阻滞在创作剧本时我们需要的那种"流动"状态……它还让我们得到一个意外的教训，说明电影真正让大家喜爱的原因到底是什么。我跟学生玩这个游戏的时候，看到结果自己也会大吃一惊，这说明我的趣味重心的变迁，从而能够让我选出下一次需要专心创作的剧本。

在我们玩这个类型的游戏之前，我给学生介绍了好几种编剧技巧，让他们与自己的潜意识产生联系，让他们能"飞快"地写作，打消内心的顾虑，不加编辑，一气呵成。有一种自由自在的创作方法被我称为"写出写净"，在即将出版的著作中我会详细说明这一方法。这种创作方法类似于纳塔利·戈德堡所谓的"创作实践"和朱莉娅·卡梅伦所谓的"晨起练笔"。

通过很多星期的课堂教学，我指导学生尝试在这种松散的、自由的思想状态下写稿，允许他们以后再开启负责编辑工作的那部分大脑功能。虽然学生对这个练习的兴趣有高有低，做练习的专心程度也各有不同，但是，那些真正掌握了自由创作方法而一刻不停地写作的学生明显进步更快，而且第一稿也写得更加轻松。

后来，我又引进了"悠游"这个概念，这个概念是由心理学家米哈里·契克森米哈（Mihaly Csikszentmihalyi）定义的。悠游是一种神奇的思维状态，在这种状态下时间退出了我们的意识，做手头上的事情会感觉得心应手。这种心理状态关系到创造性活动的成功，从体育竞赛到艺术工作，各种创造性活动的巅峰状态都与此相关。

正如事实证明的那样，我们可以通过不同的途径达到这种悠游的境界。同时，人们也可以抑制这种精神状态。假如你手头的任务过于简单，那么我们惯常的技巧都能应付裕如，久而久之自然就让人厌烦了。而厌烦意味着分心。如果任务过于困难，那么我们就会焦虑不安，而焦虑是专注的敌人。

因此，契克森米哈认为关键在于任务的难易程度要和技能的繁简程度相匹配，难度门槛每次抬升的幅度要足够小，这样一来焦虑就不会打垮我们了。这个理论还有许多东西可说，有好几本专著都是探讨这一理论的。

把这个理论迁移到剧本创作这个领域完全是另一项挑战。许多编剧新手都期待自己的第一稿应该做到完美……或者"唯一"。即便没有人叫他们这样做，即使他们面对的是篇幅很长、花花绿绿的分镜头剧本，他们一次搞定的决心仍然很大。这种预期降低了工作效率而且降低了"悠游"状态的可能性。

因此，我设计了这个电影流派的游戏，只想让他们明白"我一定一次搞定"的期待真的会变成障碍。很多人一起做这个游戏，它的效果最好。

现在让我们试一试吧。你需要一张带格线的稿纸、一支带橡皮的铅笔、一个计时器、一叠便条纸（我指的是那种带黏胶的小纸片）。如果可能，再弄些大一点儿的纸张。另外，你还要准备一些自己喜欢的节奏轻快的音乐，然后把电影类型的清单也贴在下面。如果有很多人参加游戏而且条件允许，你可以把这些电影类型的名字也写在上面，一张纸上写一个，写到大一点儿的便条纸上面，把它们贴在墙壁上。

## 练 习

做这个练习的时候请不要事先偷看纸上的文字。如果你作弊而且先读了上面的内容，练习的效果就没有那么好了。

### 第1部分：按照喜爱程度依次写出10部你最喜欢的电影

第一，拿出稿纸然后从第1行数到第10行。给计时器定3分钟时间。现在，不出声地认真思考，把你最喜爱的10部电影按照你的喜爱程度依次写在清单上。你可以用橡皮擦掉重写。好，时间到。计时器一响你就要停下来。看看你的清单。你感觉这个清单如何？顺序对吗？全都写出来了吗？你感觉做这个练习轻松吗？

大多数学生都讨厌做这个练习。他们也不能确定自己喜爱的电影排序是否正确，或者他们甚至都记不清电影的名字了。这种情况与我们对于自己喜爱的东西的想法恰恰相反。（实际上，在课堂上当我讲到这里时，往往用30秒钟讲完后就要停下来，因为这真的不好玩儿。）随后，我要求他们站起来，伸展一下筋骨，然后重新坐下来，拿出那些便条纸。现在就请你们也这样做吧。

### 第2部分：你喜爱的电影

接下来，我们把计时器定时7～10分钟，下一步你只管随机地在每张纸上写下一部你喜爱的电影名字，顺序随意，类型随意，写得越快越好！这个活动的目的是尽量写出很多便条纸，至少30张，多多益善。经典电影、近期当红电影、最喜爱的老电影、童年记忆中的电影，随便什么电影都可以写出来。

在课堂上，我让学生大声说出自己最喜爱的电影，如果学生听到别人说出自己也喜爱的电影，那么，他们也可以把这些电影写下来。大家一起合作，在这十来分钟时间内学生在便条纸上写出几十部电影的名字，互相笑着大声念出自己喜欢的电影的名字。

不要做任何评判，写出的贴纸越多越好。另外，课堂气氛也很热闹！

如果你是一个人做练习，你可以利用电影的榜单、网站、书籍（只要它们不仅仅是局限于某个电影类型），这可以帮助你刺激一下自己的记忆。尽量迅速地完成这项练习，当你列出的电影大约达到30部时，你就可以做这个游戏的第3部分了。

任何人做这个练习都没有困难。我提醒学生，第一稿的时候就应该有这种感觉。我思考，我观察，我回忆，我想象……我写出来。只管写。快速写。

### 电影类型样本

- 动作片
- 浪漫喜剧
- 恐怖片
- 纪录片
- 艺术电影
- 惊悚片
- 爱情片
- 黑色电影

- 黑色喜剧
- 动作历险
- 讽喻片
- 武打片
- 家庭亲情
- 喜剧片
- 战争与反战
- 神秘片

- 宏大史诗
- 严肃正剧
- 动画片
- 科幻片
- 音乐片
- 奇幻片
- 成人片
- 西部片

### 第 3 部分：出乎意料的类型归类

接下来，我要播放快节奏的音乐，催促学生加快速度，把学生写了电影名称的便条纸都贴到墙上相应的电影类型下面。这里还有一件趣事，学生往往惊讶地发现自己喜爱的电影有很多是他们原以为自己不可能喜欢的电影类型。

如果你是一个人做这个练习，那么，请把便条纸整齐地排列在墙上或者桌子上，按照电影类型分门别类。哪些电影是你"最喜爱的重量级电影"？你是不是很惊讶呢？你多次选择的电影属于什么类型？

写你热爱的东西。当学生惊讶于自己的偏好顺序时，即便眼下这种类型并不时髦，我鼓励他们可以写写那种类型的电影碰碰运气。当红电影往往出自"风格过时"的电影类型，正如俗话所说："风水轮流转"。况且，所有教编剧的老师都会告诉你：作为编剧你只要写出自己最想看的电影，那么你的成功机会就是最大的。

首先要留心哪些电影激发了你的灵感。其次，在这个练习的第 2 部分，我们说过与"自己喜欢的东西"产生共鸣是多么容易的事情，而不要像练习的第 1 部分那样勉强把自己的电影清单削足适履地塞进一个格子里，这时我们甚至连想都没有想这部电影是否属于这一类型。奇怪的是，这两项任务给人带来的不同感受恰好证明了下面的区别：在写稿子的时候，在我们勉强自己要达到完美的时候，我们的内心高度紧张；然而，当我们写出那难以捉摸的第一稿的时候，我们的感觉会大为不同。

　　我们已经见证了现实写作中的"悠游"状态，同时也重新观照了电影真正让大家喜欢的原因。这对于剧本创作来说具有实实在在的促进作用。我希望你们也像我的学生一样喜欢做这个练习。

主　题

# 如何运走一堆尘土 Danny Rubin

Danny Rubin，多年为专业戏剧公司创作，还为工业宣传片和儿童电视节目编写字幕，后来才开始创作电影剧本。他的电影成就包括 Hear No Evil，S. F. W.，并因 Groundhog Day 荣获了 British Academy Award 的最佳编剧奖，以及 Critics' Circle Award 的年度影视剧本作家奖，还获得美国编剧协会和美国电影学院的荣誉称号。他讲授影视剧本创作课程的地点包括芝加哥的伊利诺伊大学、哥伦比亚学院及 National High School Institute；犹他州的 Sundance Institute；英格兰的 PAL 电影剧本创作实验室；纽约的 Chautauqua Institution；以及新墨西哥州的 College of Santa Fe。他目前在哈佛大学担任 Briggs-Copeland 讲师，讲授电影剧本创作。Rubin 拥有西北大学广播、电视、电影硕士学位。他的妻子 Louise Rubin 是一名建筑师兼网络设计师，他们有两个孩子和两条狗。

经常有人鼓励电影编剧要创作"人物性格型"故事而不是纯粹的"情节型"故事。不过，由于即便是纯粹的情节型故事也要涉及人物，因此有时候你自己也弄不清楚到底自己创作的故事属于哪一种。

在人物性格型故事中，人物天性的某种具体因素遇到了重大挑战。只有在特定的情境中，那个特定的人才会遭遇那种挑战，而且，同样的情境在别的人物身上就不会发生那种强烈的对峙状态。举例来说，假如酒吧侍者端了一杯酒给一个刚刚发誓戒酒的人，那么紧张局势很快就形成了；然而，假如侍者把酒端给一个从不喝酒的人，就不可能有这种张力了。

在创作一场戏的时候，如果编剧因遇到硬骨头而大伤脑筋，那么解决之道往往是绞尽脑汁创造出奇制胜的情节，借此营造出一个紧张局势或者解救其主人公于困境。有时候，编剧决定让主人公的电话铃声响起来，这个救命电话不早不晚正巧赶在这个节骨眼儿上。有时候，编剧还要让主人公带上某种暗器。有时候，编剧则要让主人公知道某个机密的密码。这些东西纯属臆造。

当人物陷入麻烦的时候，更好的选择还是寄希望于人物自身。有时候，在重压之下主人公说话结结巴巴的。有时候，由于主人公优柔寡断，所以他无法下定决心。有时候，女主人公害怕漆黑。为了更好地解决故事里的难题，与其说你把自己的情节弄得补丁上面擦补丁，还不如深入人物的内心世界，创造出更加火暴的场面。于是，你不仅要让观众产生情感上的共鸣，还要让他们开动脑筋参与到剧情中来。这样一来，你就能给演员更好的角色让他们扮演，他们表演的空间也更大了。

这条经验在现实世界也取得很好的反响：无论你是士兵、政客、商人、父母或者别的身份，你都会发现，性格才是你的救命稻草。你可以等待外部事件的变化来扭转自己的处境，或者，你也可以深入人物的内心世界，激发他们的勇气、牺牲精神、冷静思考、幽默、领导力或者爱心。人物性格可以成为横扫一切的强大力量。当编剧发现某个人物的某个性格能够持之以恒，而核心冲突对它构成重大挑战时，这就是最好的故事了。

# 练 习

试做下面的练习：

想象一下，你面前有一堆尘土。你笔下的一个人物必须把它从目前的位置弄走，而这个人物以前从来没有做过这种事情，这是他遇到过的最大的难事。

1. 这是一个什么样的局面？
2. 这个人物是什么样的人？
3. 为什么这堆尘土如此难于搬运呢？

首先你要写一个情境，为了增加情节的强度，你必须让这个土堆难于搬运，在这个情境中难以搬运的原因是尘土已经堆积如山。接着，你再写一个情境，这堆东西依然难以搬运，不过，这一次土堆并不大，难于搬运的原因是出于人物自身的原因。

**人物的原因**：这个场面发生在一个葬礼上。一位母亲正在埋葬自己的独生子，铲土埋葬儿子让她心碎。其实，她连铲一铲土都难以做到，这个景象清楚地让观众看到了这位母亲的痛苦程度。在这个铁铲里的土竟然是如此沉重。

**情节的原因**：在这堆尘土下面埋着一个炸药包。拆弹专家需要搬走这堆尘土，同时又不能引爆炸药包，因为如果发生爆炸，那么，这块度假胜地上的儿童、濒危物种、汹涌的人潮都将化为乌有。

正如你能想象的那样，不管铲土的人是谁，每有一锹尘土被移走，我们的心就离嗓子眼儿更近了一点。这是我们判断一个故事是不是情节型故事的方法之一。当然，你可以把这个故事改写成一个人物性格型故事：上一次这个拆弹专家做这项工作的时候，由于过度紧张导致他精神恍惚，引起爆炸，结果十几个人因此命丧黄泉。因此，对于他来说，每一锹的尘土都考验着他的技术和自信，也是功德圆满前的一次考验。

你要亲自做几次此类的练习。现在，你能辨别什么是情节型故事，什么是人物性格型故事了吗？

## 饱含情感的图标 Karey Kirkpatrick

Karey Kirkpatrick，著有并且与人合作导演了《篱笆墙外》，全球票房超过 3.3 亿美元。他的其他影视剧本包括 *James and the Giant Peach*，*Flakes*，*The Little Vampire*，《小鸡快跑》（2000 年获得金球奖提名），*The Hitchhiker's Guide to the Galaxy* 的电影改编，他也是 *Charlotte's Web* 和 *The Spiderwick Chronicles* 的电影制片人。他是电影 *The Road to El Dorado*，*Spirit: Stallion of the Cimmeron* 以及 *Madagascar* 的编剧及剧情顾问。他已经完成 *Imagine That* 的导演任务，即将为 Nickelodeon/MTV 的电影 *The Best a Man Can Get* 担任制作、导演以及联合编剧。

在写作的时候，我总是问自己："我如何才能把它展示出来而不是直接把它说出来呢？"人物的精确定位最好通过行动表现出来，尤其是在电影编剧工作中，找到运用视觉方式传达人物形象的方法是非常重要的，因为除了使用画外音之外，人们很难钻进人物的脑壳从而知道他们的所思所想。

正是因为这个缘故，我经常给别人介绍我在电影学院学到的一项技法：**饱含情感的图标**。其实，我说的意思大体上就是这个词语的内在含义：一个对象因其代表的某种事物而充满了某种情感的共鸣。一个明显的例子是一个小小的金盒子，盒子里保存着已过世的爱人的照片。如果金盒子的主人突然间一脸茫然，开始百无聊赖地摆弄这个盒子，我们就知道他或她正在思念自己早已过世的爱人。这是窥探人物的心灵缩影的奇妙办法。

我最喜爱的两个饱含情感的图标是电影《低俗小说》（*Pulp Fiction*）中的那块手表，还有《肖申克的救赎》中的那只口琴。

先说说那块手表吧。布奇（布鲁斯·威利斯饰）这个人物为了把自己那块手表弄回来，甚至打消了越狱逃跑的念头，并因此忍受了残酷无情的折磨（包括虐待狂般的中世纪酷刑室）。难道说是因为手表很值钱吗？不。

因为这个手表图标已经被注满了一种情感。为了给这块手表注入情感，导演塔伦蒂诺甚至让观众看了整整一场戏，听了大段大段的独白（从演员克里斯多弗·沃肯嘴里说出来的这段台词精彩绝伦，让人记忆犹新）。这给这块手表注满了情感价值。这是他祖父的手表，后来传给了他的父亲，在越南河内的一所监狱里父亲坚持多年把它戴在一个非常不便的地方。这样做的目的是把这块手表传给自己的儿子即布奇。如此一来，这块手表变成了想念父亲、表达孝思的符号。没有了这块手表他就丧失了与过去的一切联系，同时让父亲狱中为他所做的事情蒙羞。

在《肖申克的救赎》中，主题完全是关于希望的，即在监狱那种毁灭灵魂、没有希望的监禁状态中人们怎样才能保住希望的火种。当安迪（蒂姆·罗宾斯饰）说到自己还抱有重获自由的希望的时候，瑞德（摩根·弗里曼饰）告诉他在监狱这种地方希望是一种危险品。当安迪得知瑞德在入狱之前（即他还有自由的时候）曾经吹过口琴这件事情后，安迪送给了他一只口琴作为赠物。由此，这只口琴变成了希望的象征。瑞德接到礼物的时候非常生气，随即把它收藏起来。后来，经过安迪坚持不懈的努力，狱方设立了一个图书馆，他还为瑞德争取到了图书馆管理员的差事，这比他之前的工作好多了。这时，他从盒子里把口琴拿出来，然后用很小的力气试着吹了吹口琴。他吹了一个音符，仅仅只吹了一个音符。而我们心里一下就明白了，因为这个图标饱含情感而且代表希望，所以瑞德肯定是在考虑有关希望的事情。安迪越狱逃跑以后，瑞德也获得假释，临走时他带的财物很少，其中就有这只口琴。现在，吹口琴成了他的家常便饭。在墨西哥，他与安迪重新取得了联系，当然他还要把这只口琴随身带上。事实上，电影的最后一句台词还在说"我希望，我希望"。

我自己经常使用这个技法。在《小鸡快跑》（*Chicken Run*）中，那个脾气暴躁、好斗的前英国皇家空军小鸡福勒怀疑美国公鸡洛奇（梅尔·吉布森配音）是一个冒牌艺术家而且不值得信任。事实果真如此。但是，福勒后来变得温和起来，而且还把自己旧日的战斗勇士勋章赠给了洛奇，这个勋章是因为他战斗英勇而荣获的表彰。于是，这个勋章图标成了饱含情感的象征，因为现在它意味着那个最怀疑洛奇是个懦夫的人现在已经转而信任他是个勇士了。当洛奇决定要抛弃这些小鸡而不是告诉他们真相的时候，他把这个勋章留下了，把它放在福勒的枕头上。这让我们知道他心里在想什么：他并不勇敢，他配不上这个荣誉称号。这个图标使得我们得以运用这个视觉缩影。在整整一组镜头的表演中，影片中并没有任何人物对白。

有些编剧使用饱含情感的图标命名自己的电影，比如，《红色小提琴》、《玻璃动物园》、《塘鹅暗杀令》、《马耳他之鹰》……恕不赘述。

# 练 习

花上 15 分钟时间，在家里四处走走，或者翻一翻存放所有小的闲置物品的抽屉。在你身边准备一个垃圾桶，把废品扔掉。任何你不能抛弃的东西就是蕴涵情感的东西。把你不能抛弃它的原因写下来，它对你有什么意义，是谁送给你的，如此等等。接下来，想一想你手头正在创作的故事里的人物，想一想你能给他们什么样的图标，以便提升情感的清晰与深刻程度。

# 真爱无面具 Michael Hauge

Michael Hauge，好莱坞故事与剧本顾问，他与影视剧本作家、小说家以及电影制片人合作，改进影视剧本、电影项目以及开发技能。他对作家、制片人、明星和导演进行项目培训，包括威尔·史密斯、朱莉娅·罗伯茨、珍妮弗·洛佩兹、克里斯汀·邓斯特、查理兹·塞隆和摩根·弗里曼，还有各家大型制片公司和影视业网络。他著有 *Writing Screenplays That Sell and Selling Your Story in 60 Seconds: The Guaranteed Way to Get Your Screenplay or Novel Read*。

每当客户写的影视剧本或者小说里面包含爱情故事的时候，我总要问他们下面这个问题："为什么这两个人会相爱呢？他们在人生旅程中遇到很多人，为什么单单这两个是命中注定的爱人呢？为什么他们互相吸引？为什么他们彼此相属？另外，虽然你在他们的爱情道路上设置重重困难和阻碍，为什么到了故事的结尾两人还能终成眷属呢？"

对吧，我猜这里我一共提了五个问题，不过，你应该已经知道我的主要观点了。

在电影和小说中，正如在现实生活中一样，美貌、两情相悦以及爱情的魔力可以点燃最初的爱情火花，不过，真实、持久的爱情则拥有更加深刻的根源。因此，为了让自己写的爱情故事不仅真实可信，而且满足观众的情感要求，在创作之初你必须研究一下主人公的幕后故事。

你要问自己的第一个问题是：主人公心理上的伤疤是什么？过去的什么事情或者处境给主人公留下了深深的伤痕，以至于他压抑自己的痛苦，埋藏了自己的回忆，而不能面对它、治愈它呢？

我们用几个经典的爱情故事为例说明一下：

在《泰坦尼克号》中，罗丝是由母亲带大的（大概父亲不在身边），母亲总是教育她说，一个希望自立自足的女人最后总是竹篮打水一场空。在《美丽心灵》（*A Beautiful Mind*）中有人告诉约翰·纳什说："你有两个大脑，却只有一半心灵。"换句话说，别人想让他确信自己没有爱的能力。在《怪物史瑞克》（Shrek）中，主人公告诉驴子唐基说，别人看到他走过来的时候就会转身而逃，"他们甚至连一次机会都不给我"。

在故事的开头，主人公在情感方面非常担心自己重新经受那种心灵的创伤。主人公永远不愿意公开承认或者暴露出这种恐惧感，这是一种无意识的恐惧心理。不过，这种恐惧还是给主人公的所作所为设定了一个框架。当我们容易受伤或者心怀恐惧的时候，我们就要千方百计地保护自己。于是，我们穿上一身无形的盔甲，以免自己再次忍受那种痛苦。慢慢地，我们形成了一种自我认同，给自己戴上了面具或者伪装，我们以此面具示人，以便保护自己免受情感方面的伤害。

所以，在现实生活中罗丝是个被包养的女人，包养她的那个男人是个行事高调、浮夸自负、支配欲强、不讲道德、感情迟钝的人。她嫁给他仅仅因为他是个百万富翁，能够养得起自己和母亲。约翰·纳什创造出的世界则完全是一个想象的世界，主人公得到了他自以为永远无法从别人那儿得到的深厚友谊、爱情和生活意义。而史莱克则生活在一个由铁丝网围起来的沼泽地里，铁丝网上挂着"请勿靠近！"的牌子。这是一个完美的象征，说明主人公在情感方面已经与世隔绝而且陷入了身份认同的危机。

既然如此，上面这些问题与爱情故事的创作又有什么关系呢？简而言之：**主人公的爱情的意义在于为自己的生活找到一个人，这个人看到了主人公假面底下的精神实质，而且这个人愿意爱上主人公的真实面貌。**正如电影《甜心先生》（*Jerry Maguire*）中桃乐丝那句精彩的台词所说："我爱他。我爱他。我爱他是因为他有追求，我爱他是因为他距离自己的理想仅有咫尺之遥。"

这种真正的自我就是我所谓的"人物的本质"。它指的是主人公在剧情发展过程中有潜力实现的自我。如果主人公鼓起勇气，抛开层层情感盔甲，冒着碰壁以及遭人遗弃的风险，追求自己真正想要的生活，那么，她就会赢得与真爱一起幸福生活的权利。要是主人公没有那份勇气，最后也不愿冒险一搏，他就是一个悲剧的主人公，最后还是孤零零的一个人。

当罗丝遇到杰克的时候，她找到了适合自己的如意郎君，这个男人也看出她渴望成为的那种热情、自立的女人。罗丝还依恋着卡尔（这个男人体现她的身份），同时她又钟情于杰克（这个男人体现她的本质）。在这场爱情的拔河中，她挣扎着。在这个过程中，她逐渐脱掉了自我保护的面具，冒着竹篮打水一场空的巨大风险，无论是物质上还是情感上的风险，她要勇敢地和心爱的人生活在一起。

当约翰·纳什心目中的向往和他对艾丽西娅的真爱被无情地撕裂开来、无法两全的时候，艾丽西娅选择跟他在一起，支持着他的本质。她拉着他的手指着自己的头说，"也许答案不在这里"。然后，她拉着他的手放在自己的胸口上说，"也许答案在这里"。两个人能够坦诚相待，因此他们是心心相印的。

这就提出了爱情故事创作的一项重要原则，这种从身份到本质的蜕变过程是你可以利用的内容：在身份这个层次上，故事里相爱的两个人必须是相互冲突的，然而在本质这个层次上两个人则是息息相通的。如此一来，两个相爱的人需要互相吵架、说谎、误会或者分手，之所以如此总是因为两个人或者其中一个人已经缩进了自我保护的面具里面了。在他们倾心相爱，关系越来越亲密，而且诚实地表白的时候，两个人都永远或者至少暂时脱掉了这种面具，这时他们的本质就被揭示出来了。

这就是为什么在影片中的做爱场面之后往往是真正脆弱、诚实、情感亲密的时刻。因为主人公冒险脱掉了自己的身份盔甲而露出了恐惧之情，或者暴露了自己的真正本质。换句话说，主人公必须脱光衣服才能赤诚相待。

从身份面具到情感本质的蜕变过程正是人物发展弧线的本义所在。你知道，理解主人公的心理创伤、信仰、恐惧、身份面具与情感本质之间的联系纽带不仅能使爱情故事更加火暴，而且还是你展示人物成长的工具，同时能够让你触及观众情感的更深层次。

当主人公最深刻的欲望是要赢得梦中情人的爱情时，他面前的成功之路只有一条，而且只有这条小径真正能让他如愿以偿，那就是他必须直面自己内心最大的恐惧，抛掉自我保护的面具，从而变成他真正所是的那个人。这就是这种感情被称为"真爱"的原因。

# 练 习

当你塑造人物、创作爱情故事的时候，你可以用下面的问题重新考验

一下你的主人公:

1. 我的主人公的心理创伤是什么?

2. 这是一个单一事件还是一个持续发展的情境?

3. 我如何能把这个创伤向观众揭示出来呢?是在序幕部分还是在开幕第一场?抑或是用一个闪回的倒叙镜头呢?要通过对白吗?还是通过某个东西（照片、报纸头条之类)?

4. 那个让人受伤的经历制造了什么样的无意识的信仰?

5. 作为那个信仰的后果,主人公在情感方面最深刻的恐惧是什么?

6. 我的主人公向世人展示的什么身份面具有利于保护自己免于暴露那种内心的恐惧?主人公的本质是什么?在其身份面具下面隐藏着什么样的真相?他到底是什么样的人,或者说他有可能成为什么样的人呢?

7. 随着故事的推进,我的主人公需要采取什么样的行动才能向观众展示下面的情况,即他正在抛弃那个身份面具,从而过渡到自己的本真情感中来呢?

8. 我的主人公的爱慕之情需要引发什么样的行动才能展示下面这个事实,即她看到了他身份面具下面的本质,从而让两个人在本质层次上产生共鸣了呢?

9. 在电影高潮部分要发生什么事情才能说明主人公已经完全卸下了这种身份面具,通过活出真正的自我从而赢得了另一个人的爱情呢?

# 寻找普世的主题 Jen Grisanti

Jen Grisanti，2008 年 1 月发起成立了 Jen Grisanti Consultancy Inc. 公司，这是一家专门帮助有才华的影视剧本作家打入影视界的顾问公司。Jen 指导作家打造他们的素材，修改推介文案，并且找准职业定位。

什么是普世永恒的主题呢？它是一种吸引普罗众生的经验之谈。它的具体表现就是观众关心你的故事，牵挂你的人物。有些编剧既能在构思方面臻于炉火纯青的境界，又知道如何在技术层面很好地将自己的构思付诸实施。我欣赏这样的编剧。

2007 年 5 月，我丢掉了 CBS/派拉蒙公司的饭碗。此后，我一度感觉非常失落。不过我也有了一种心神清爽、豁然开朗的感觉，这让我惊讶不已。一方面，我一直向往无牵无挂的自由感觉；另一方面，没着没落的感觉又让我非常厌恶。我喜欢睡到自然醒，我非常厌烦无缘无故却非得早起。自从毕业以来，我已经在公司过了 17 年的集体生活。由于 Spelling 公司和 CBS/派拉蒙公司是姊妹公司，所以实际上我是在一家公司工作了 15 年之久。我应该如何为自己未来的生活做好打算呢？

我开车到位于比格萨的艾斯兰参加了一门名叫"收尾与转折"的培训课程。9 年前，由于我一心扑在工作上，疏于夫妻恩爱，因此我离过一次婚。眼下我好像又经历了一次离婚。现在我之所以给你们讲这个故事是因为在艾斯兰的培训班上我做过的一个练习。玛丽·戈乐登森是这门课程的主讲教师。她是《该行动了！没有人来救你》（*It's Time！No One's Coming to Save You*）一书的作者。玛丽曾要求学生做过一个练习，让我们把自己迄今为止的生活经历列出一个表来。她要求学生把人生路上的每个高低起伏都描绘出来并且做上标记。然后，她要求大家把自己预期从现在起直到死亡为止将会经历的高低起伏都描绘出来。她还让我们挑选死亡时的年龄。随后，我们站起来把自己的故事讲给教室里的所有人听。

这个练习有点儿吓人，然而却非常有价值。当我开始上她的课的时候，班上总共有 14 个素昧平生的同学。一开始，当我听到别人的故事的时候，我感觉自己经受的痛苦比起有些同学来说根本不值一提。不过，我继续听他们的故事的时候，我才认识到大家原来是如此相似。我们认为自己的故事难以启齿，只有自己才知道这种痛苦。不过，我最终认识到，其实这并没有什么好难为情的，反正故事是否合格或者孰优孰劣并没有什么要紧。我们的故事就是那样的，只不过是自己的经历而已。当我们能够游离于自身经历之外，而且利用它通过虚构的情节向别人传达故事中的美感的时候，我们就能够给自己疗伤，同时也能用一种四海之内皆兄弟的方式与别人接触。这就是你找到普世主题的方法。

# 练 习

怎样才能找到普世永恒的主题呢？我的回答是：在我们自己的故事里。回首自己的人生道路。想想自己经历过的所有的第一次：第一次骑自行车，第一次在学校度过一整天而不想父亲，第一次参加体育活动而且玩得很欢，第一次取得了好成绩，第一次受到惩罚，第一次感觉到真正的孤独，第一次接吻，第一次坠入爱河，第一次心碎，第一次听说父母离婚，第一次感受到友人或情人的背叛，如此等等。这个清单是无穷无尽的。即便表面上看，大家的经验不大一样，但大家都有一些共同的经历。可是，别人对于苦乐酸甜的体验和我们的体验却是不一样的。因为对于相同的经历大家的体验与解读各有特色，这种特色正是编剧们希望找到的东西，即我们自己的声音。

在影视剧本中，普世的主题是能把我们吸引进去的黑洞。《星际旅行》（Star Trek）用奇妙的方式探索了逻辑与情感相互对立的矛盾思想。《午夜巴塞罗那》（Vicky Cristina Barcelona）则仔细研究了在爱情与选择的范围内，混乱的状态与可靠的安全感两相对立的主题。在电影《福斯特对话尼克松》（*Frost/Nixon*）中，尼克松打电话给福斯特说他们两个人都是在寻找一条重返赢家讲坛的道路，但是，赢家只能有一个。《窃听风暴》（*The Lives of Others*）的剧本写得很好，忠诚这一主题得到了编剧的深思。发现这样的重大时刻就是你的目标。

# 构思的提炼 Stephen Rivele

Stephen Rivele, 著有 7 部图书, 与人合著了许多正片电影剧本, 包括威尔·史密斯的《拳王阿里》及奥利弗·斯通获得奥斯卡提名的《尼克松》的电影剧本。他与人合著了(*Copying Beethoven*)和 *Like Dandelion Dust*。最近的作品包括有关迈尔斯·戴维斯、杰奎琳·肯尼迪的电影剧本以及为斯蒂芬·斯皮尔伯格准备的新项目。

虽然我也经常听别人谈论有关影视剧本创作的图书,不过直到不久之前,我从来没有读过这类书。去年夏天,我买了一本有关电影编剧方面的书,坦率地讲,书的内容确实让我大感震惊。简单地说,作者是这样认为的:影视剧本是一种机械的形式,如果你按照某个公式规定的顺序把各个部件组装完毕,它就会生成一件美的东西、一个财富的源泉。

在我看来,这完全是胡说八道。它违背了我对于写作的一切信仰、思想或直觉。影视剧本并不是机器,它的部件也不是机械的,而且也没有哪门子公式能把它们组装成一个整体。在我的概念里,影视剧本是一个有机体,一个活生生的东西。它的创造不能通过机械的方法完成,就像是养育孩子不能采取机械装配的办法一样。如果你要培育活生生的东西,那么你就需要有更多的想象力、思想、感觉、希望、失望、发明、灵感、关爱、洞察、真诚和爱情,而不是依靠机械地了解如何正确地把部件装配起来,或者如何在第 60 页达到某个情节。

开门见山地说,你必须有一个构思:这个构思要么拥有强烈的戏剧性,要么拥有喜剧构思的原创性,其动人程度足以使与你素不相识的亿万观众产生共鸣。其次,它必须是只有你才能用独具一格的语言讲述的东西,或者你能充满自信地认定这是观众要听的东西。它必须有足够的分量,而且拥有普世的价值。它必须是一条真理。

电影未必是每一种构思的恰当媒介,因而你必须明确自己要说的东西是否只能用电影的形式展现出来才能取得最佳的效果。你必须问自己,你的想法是不是适合电影独有的表现形式?如果不是,那么你就要用其他的媒介表达出来。你可以写一首很好的诗,或者一部重要的小说,或者一部很好的戏剧。这样做也许要比你花一辈子时间写电影剧本但最后却以失败告终的情况要好得多,不要剃头挑子一头热,一心想着和芮妮·齐薇格或者威尔·史密斯共进午餐。

# 练 习

首先你要仔细研究自己的构思,由此确定用电影剧本实现你的构思是最好的选择。然后,把构思压缩到最简练的程度。你必须能回答下面的问题:这部剧本是关于什么事情的?你的答案不能超过两句话,一句话更好,要是一句话再压缩到一个词,那就更好了。不够简洁只能说明你的剧本缺乏有机统一性。如果你需要赋予剧本以整一性,那么你必须拥有强大的想象力。当我们谈论剧本的中心思想或者重大意义的时候,我们指的是作品背后的意象,还有通过电影这一媒介传达这种意象的方法。

《尼克松》(*Nixon*)是一个枝节横生的爱情故事;《拳王阿里》(*Ali*)讲述的是一个人追寻上帝的意志的故事;《复制贝多芬》(*Copying Beethoven*)则讲述了一个年轻女孩爱上了一个将要成为上帝的人的故事;迈尔斯·戴维斯的剧本讲述的是一个男人决定要么演奏音乐要么干脆死去的故事;而《杰奎琳·肯尼迪》(*Jacqueline Kennedy*)的剧本讲述的是一位不同寻常的女性尝试如何在自己的私人生活与社会活动的夹缝中为自己的命运寻求平衡点的故事。

在每个剧情转折、场景变换、新人物引入的时候,言简意赅的主题句就是你的向导。它决定了你要写什么人、什么事,确定其在剧本里的价值如何,因为你选择的场景或者人物必须为这个中心思想服务。我发现这条真理永远是正确的。每当我无法确定如何压缩内容,拿不准故事的发展方向,或者不清楚应该专注于塑造哪个人物的时候,我就要返回那个主题句,然后问自己:这个场景或这个人物或这句对白是否能为中心思想服务,是否能够阐明中心思想呢?

许多年轻的编剧往往在这个地方迷路。电影剧本创作指南书籍给他们提供的标准答案是：剧本必须以事件为单位，甚至还会说，剧本写到了某一页的时候你就应该写到某类事件。然而，正如我刚才说过的，这完全是胡扯。电影剧本的确应该是由一系列的事件构成的，这些事件是银幕上发生着的而且观众可以看到的事件，但是其有效的唯一前提是意义作为这一系列事件的统帅。人物不是结构的统帅，情节也不是，意义才是结构的统帅，真理则是一切的统帅。因为电影剧本和其他艺术形式一样，它存在的目的就在于把一条真理从作者传达到观众那儿去。在我眼里，电影剧本创作的基本原理就在于此：从本质上讲，电影剧本并非事件的简单罗列，而是真相的层层揭示。

由此看来，编剧必须知道真相，把真相呈现在观众面前，这个真相为你提供了自由的创作空间，从而使你的剧本栩栩如生。

# 对白里的主题句 Barry Brodsky

Barry Brodsky，爱默生学院电影剧本创作认证班的主管，1998 年以来他在此讲授电影剧本创作。他还在 Lesley 大学的 MFA 短期创意写作培训班以及波士顿大学的电影学院讲授电影剧本创作。他在几次全国性的剧本创作竞赛中崭露头角，有两部电影剧本签署了交易合同。

在这个待售剧本的创作与营销竞争异常激烈，几乎互相残杀的竞争氛围中，大家都认为假如在前 10 页篇幅之内你不能诱使读者上钩，那么，你就要成为别人的盘中鱼肉了。你的剧本会被丢进废纸篓里，在那里，破碎的美梦和拧弯的曲别针已经堆积如山，到了那里你的剧本也就泥牛入海了。你要在 10 页之内把读者搞定。那么，你有什么猛料能够诱使鱼儿上钩呢？

当然，你需要一个让人不得不心悦诚服的人物或者诡谲离奇的传奇人物或者超级迷人的主人公。强烈的视觉背景对此也有帮助。干脆利落、说服力强的对话也没有什么坏处。大家都同意，剧本的前面数页里要具备这些优点，而只有部分编剧能够实现大多数此类优点。另外，在你与读者首次见面打招呼的时候，你还有一个可以自由支配的工具，它也可以吸引读者的眼球，给他们一个明白无误的路标，直指故事的核心地带。它的作用就像是闪烁的霓虹灯招牌，面对读者说：电影的内容就是这个了！这就是**对白里的主题句**。

所谓对白里的主题句就是指剧本最前面 10 页里点题的一句话，它能让读者明白电影打算讲什么故事。在《21 天内如何创作一部电影》这本书里，维奇·金说过，通常在最前面的三四页内你要说出一句对白，这句对白要说出电影"追问的核心问题"。作为编剧，你应该不仅要专注于提出问题，而且要更加直截了当地向读者展示剧本的主题。

可怜的梅尔文·尤德尔刚刚把那只可爱的小狗沃德尔从公寓楼道里的垃圾管道里扔了下去，这时小狗的主人西蒙刚好从公寓里走了出来，走进了楼道，呼唤他的狗。他问梅尔文是否看到过这只小狗。梅尔文对西蒙出言不逊，说他有同性恋恐惧症，这时西蒙的朋友弗兰克出现在楼道里，梅尔文就说他也是同性恋。弗兰克想对梅尔文饱以老拳，不过西蒙劝阻了他，把他拉回自己的公寓，当他们各自回家的时候，梅尔文和西蒙说了这一场景的最后两句对白：

### 梅尔文

希望你能找到它。我爱那条狗。

### 西蒙

你什么东西都不爱，尤德尔先生。

西蒙刚才说的那句台词是电影《尽善尽美》（*As Good As It Gets*）对白里的主题句。在剧本的第 4 页，开头就是这么一句话。至此，读者马上就明白了，这个故事是关于可怜的梅尔文·尤德尔寻找爱情的历程。既然已经看到了刚才梅尔文的情况，读者就会接着翻看下面的内容，以便发现接下来到底会发生什么事情。

在剧本第 1 页，弗兰克·加尔文被介绍成一个酒鬼，一位专门承办交通事故损害赔偿的律师。他私下里买通了殡仪馆负责承办丧葬事务的人，这样他就能轻松地把名片递到因丈夫在车祸中丧生而极度悲伤、精神恍惚的寡妇手里。几场戏之后，加尔文故伎重演，另一家举办葬礼的家庭也中了他的诡计，不过那个死去的男人的儿子识破了他的诡计把他赶出了家门。这人的儿子知晓了真相，即加尔文根本不认识自己的父亲，而且他是个不讲道德的律师，他的目的就是从亡故亲人的家属那儿骗取律师费。正当丧葬承办人把加尔文带出门外的时候，这人的儿子大声说出了他的对白里的主题句："你以为自己是谁啊？"读到这句话时，我们已经读完了第 3 页的最后一段。

电影《大审判》（*The Verdict*）的主题是弗兰克·加尔文对于自我身份的认识。他还是多年前那个有点儿理想主义的律师吗？那时候，他曾以为法院是一个人们可以获得公平正义的地方。不然，他还能是观众眼前这样的一个人吗？而现在他只是一个失手之后才洗手不干的酒鬼，现在他不就是想顺手牵羊地赚点儿钱吗？再读几页之后，读者又找到了另一个对白里的主题句，这话是弗兰克旧日的律师事务所合伙人米奇说的。他发现弗兰克昏倒在办公室的地板上，他把弗兰克救醒并且严厉地批评了他，然后米奇说了下面这句话："不见棺材不落泪，你真是死不悔改。"读完6页内容，读者就已经知道，这个故事的主人公必须洗心革面才能找回自己的真正身份。

单亲妈妈萨米告诉八岁的儿子鲁迪说，特里舅舅要来家里住一阵子。在剧本的前几页，作者让我们明白了人物的幕后故事：萨米和特里的父母在车祸中双双丧生，当时两个人都还是小孩子。两个小孩子参加父母的葬礼这个场景让我们牵肠挂肚。现在我们知道，他们至少有两年时间没有见过面了。然后，我们看到特里向女友希拉借钱，因为他要去看望自己的姐姐，他需要盘缠。女友借钱给他后，他还不满足，要求借更多的钱。他要求女友从她哥哥那儿借钱，而女友不想央求哥哥，因为"这意味着我必须跟哥哥说话"。特里不是一个很随和的人。在第10页，他说出了这部剧本对白里的主题句："我不是别人嘴上说的那种人。"

由肯尼斯·罗纳根担任编剧、导演的电影《你办事我放心》（*You Can Count On Me*）讲的是一位辛勤工作的单身母亲和她那个从不学好的兄弟之间关系不睦的故事。每隔几年时间，弟弟就来找她要钱，这让她烦恼不堪。在剧本的前10页中，读者看到了姐弟二人一勤一懒、对比鲜明。读者也知道了特里的一句台词。现在，读者期待这部剧本要展示特里是否像"大家"嘴上说的那样真的是个败家子。

迈尔斯开车带着一个很快就要结婚的朋友杰克到加利福尼亚乡间葡萄园去旅游观光。回到家里，杰克告诉未婚妻和岳父岳母说，迈尔斯的小说马上就要发表了。通过两人在汽车上的对话，我们知道这部小说只不过才有一个小出版商读过而已。迈尔斯斥责杰克添油加醋地拿自己的小说吹牛。他们争论杰克是否应该跟别人谈论这本小说。然后，在第8页开头，迈尔斯说："我已经不在乎了。就是这么回事了。我不在乎了。"而读者知道，亚历山大·佩恩和吉姆·泰勒联手创作、导演的《杯酒人生》（*Sideways*）要探究的主题之一就是迈尔斯接下来会不会重新开始"在乎"起来。

在接下来的几页中，迈尔斯在母亲家停下车来，走到自己的房间，从一个秘密的藏匿地点拿出钱来。他看到了自己和一个女人的结婚照。我们已经看到，迈尔斯过的是单身生活，这相当于委婉地说，他生活得有点儿懒散。对于一部貌似完全由人物驱动的剧本来说，到了第 10 页，什么东西或者什么人将会让迈尔斯重新"在乎"起来呢？这个问题应该是迫使读者继续往下读的一个悬念。

## 练　习

1. 看看你自己的剧本。在开头 10 页之内你是否有一个"对白里的主题句"？如果没有，想出一句这样的话。然后，准备改写一下，如有必要，你要让这个主题句的作用贯穿整个剧本。

2. 观看下面的电影并且/或者阅读它们的剧本：《卡萨布兰卡》、《末路狂花》（*Thelma and Louise*）、《唐人街》（*Chinatown*）、《冒牌总统》（*Dave*）、《死亡诗社》（*Dead Poets Society*）、《生命因你而动听》、《非洲女王》（*The African Queen*）、《几近成名》（*Almost Famous*）、《赌侠马华力》（*Maverick*）。看看你能否在电影开头 10 分钟之内找到一个对白里的主题句。

3. 观看 10 部你从前没有看过的电影。看看你能否在开头 10 分钟找出一个对白里的主题句。如果没有，假装人家掏钱请你插写一个，写出一个主题句，并把它放在前 10 页内。

# 情感的纲要 Karl Iglesias

Karl Iglesias，影视剧本作家，剧本顾问，擅长研究读者对于书面剧本的情感反应。他著有 *Writing for Emotional Impact：Advanced Dramatic Techniques to Attract*， *Engage and Fascinate the Reader from Beginning to End* 和 *The 101 Habits of Highly Successful Screenwriters*。他任教于加州大学洛杉矶分校的作家培训班、Writers University 在线培训班，并在 Screenwriting Expo, The Great American Pitchfest, Sherwood Oaks Experimental College 和 Santa Fe Screenwriting Conference 开设培训工作室。他还定期为 *Creative Screenwriting* 杂志撰写电影剧本创作专栏文章。

下面的练习是我在加州大学洛杉矶分校"为了影响情感的写作"的课堂上给学生出的一道列提纲练习的题目。这门课程关注讲述故事中一条不可动摇的真理，即这门课程不是要你知道在剧本的某一页上人们身上发生了什么事情，而是剧本对于读者的思想感情产生的影响。换句话说，这门课程关注的是如何让读者在情感方面参与到剧情中来。这是万变不离其宗的东西。你的任务就是诱惑读者，吸引他们一页一页地读下去，以便知道接下来的事情。你要深刻地吸引他们，把他们彻底迷住，让他们把自己的思想感情拿出来，融入你创造的想象世界中。你要让读者忘记下面的事实，即他们其实不过是在阅读纸面上的文字。为了实现这个目标，你必须让读者最大限度地振奋精神，把他们的情感融入剧情中来，这样才能把故事讲好。

即使你已经读过电影剧本创作指南类的图书，参加过研修班，而且掌握了编剧的规则与原理，你仍然只能算是成功了一半。原因在于你的结构可能是坚实牢靠的，情节点也各就各位，主人公沿着自己的既定方向前进，可是这并不意味着你拥有了一部伟大的剧本。我不能准确说出我读过多少这样的剧本，它们结构牢固，中规中矩，却依然让人烦得要命。大家都讨厌那些把好故事讲得很糟的电影编剧和制片人。

永远不要忘记，在剧本层面上，你是唯一要对读者的情感反应负责的人。如果这种反应不是你想要的，如果读者不仅没有被迷住而且还烦得要命，那么这就说明你犯了大错。一切都没戏了。

在课堂上，我引导学生不要把自己最终写出的提纲当作 110 页的结构蓝图来看待，而是要把它当作自己的一项承诺，即它能满足人们深刻的情感体验。无疑，码完 110 页的文字，使用正确的格式，再写好嵌条台词、描写、对话，这全是小菜一碟。如何始终维持读者的兴趣，而且在情感方面打动读者，这就是另一回事了。

情感是非常关键的，因为情感体验不仅是叙事的精髓，也是好莱坞的卖点。好莱坞做的就是情感搬运工的生意。制片公司做的是人类情感的买卖，他们搬运的是情感的体验，这些体验被精心包装在影视作品中，每年交易额达到百亿美元之多。

如果你不信，看看电影的宣传片以及报纸广告，你就知道制片公司是怎样给自己的"情感邮包"做广告的了。下一次当你看到电影宣传片的时候，你要与它保持情感上的距离，带上自己的批评分析上阵。请注意，电影广告从场景中摘出的每个画面或者转眼即逝的镜头是如何瞬间唤起一种特殊情感的，所有画面都向观众作出了一个承诺：这里有一种奇妙的情感体验，这种体验值得你花 10 美元去看一场电影。

报纸广告和影评家旗帜鲜明的激赏也是同样的情况。仔细关注它们，你就会看到诸如此类的话语："从头到尾都吸引你的眼球，活泼有趣，坚韧不屈，深刻强烈，而且变化莫测，一部令人惊愕、难以忘怀、激情澎湃的观看体验，血脉贲张，超级感人，吸引力强大，场面雄壮，紧扣人心，一次不可思议的旅程，包你情绪沸腾，相当满意。"你什么时候看过电影广告里说过"结构完好，情节很棒，对白新颖"这样的话呢？没有。通常你看到的更多的是情感方面的夸大其词，这些广告语就是给你开出的情感支票，是你看了电影之后的体验。

你的剧本能够向读者兑现这些承诺吗？你需要好好想一想，你的每一个场面是否都能够在读者身上唤起某种可以预期的情感效果。下面的练习正是情感的介入点。

## 练　习

　　想一想，作为电影观众和故事的读者，当你观看一部最爱的电影或者阅读一个剧本的时候，你喜欢体验到什么样的情感。下面是一些最普通的情感：娱乐、期待、好奇、浪漫情事、紧张气氛、悬念、奇迹、舒缓、希望、担忧、震惊、恐惧。请大家不要忘记观众对于正面主角的移情心理和观众对于反面主角的憎恨心理。

　　接下来，想一想你希望读者在阅读剧本的时候拥有什么样的情感体验，然后，把你想要得到的情感反应融入每个重大的情节之中，或者写进情感提纲中去。

　　这个练习的关键是它迫使你从情感反应的角度看待情节。完美的剧情梗概应该拥有上述形形色色的情感，而不能只是毫无情感色彩的事件，或者简单地重复某个情感而惹人厌烦。举例来说，如果一部恐怖片一味地营造恐怖气氛（恐惧—恐惧—恐惧，还是恐惧），那么这就是一部糟糕的恐怖片。

　　下面我们以《星球大战》的第一幕为例，假如我要给这个故事规划一个情感梗概，这个梗概会是下面的样子：

　　1. 莉亚公主受到黑面人达斯·维达的追捕而且被抓获了（对于莉亚公主的敬畏与同情，对维达的仇视，紧张情绪）。

　　2. 但是，公主设法把秘密计划还有一条信息输入了机器人 R2D2 和 C-3PO，这两个机器人想方设法要逃跑（惊喜，紧张情绪，希望）。

　　3. 在塔图因这个荒凉的星球上，我们遇到了卢克，一个农场上的孤儿，他梦想着成为一个战斗机飞行员以便抵抗坏蛋（移情作用）。

　　4. 卢克偶然收到机器人 R2D2 传来的消息，而这条消息原本是要传给欧比旺的（出乎意料，好奇）。

　　5. 机器人 R2D2 起飞去寻找欧比旺，后面跟着卢克和机器人 C-3PO（出乎意料，紧张情绪）。

　　6. 他们遭到沙漠行星人的包围（紧张状态，恐惧，担忧）。

　　7. 但是他们却被欧比旺救起（出乎意料，放心，期待）。

　　8. 欧比旺把卢克介绍给军队并且介绍了卢克父亲的情况，他父亲是一个杰迪武士（洞察、期待）。

9. 机器人 R2D2 播放了莉亚公主的消息；欧比旺要求卢克参加这次探险之旅，但是卢克拒绝了（紧张状态，失望）。

10. 卢克回到家里发现帝国风暴部队已经把农场烧掉，而且杀害了他的叔叔婶婶，这一切迫使卢克接受欧比旺的请求，到阿尔德兰去（震撼、期待）。

# 生活何处不喜剧 Paul Chitlik

Paul Chitlik，影视剧本作家/制片人/导演，曾为所有大型广播网和 studios 创作剧本。他因在 The Twilight Zone 的工作而获得了 WGA 奖提名，还获得了 GLAAD Media Award 奖提名，而且获得了 Genesis Award 奖。他的书 Rewrite：A Step-by-Step Guide to Strengthen Structure，Characters，and Drama in Your Screenplay 于 2008 年由 Michael Wiese Productions 公司出版，目前已经重印。

教人写喜剧可是一件棘手的差事。一方面，没有什么人能够教别人幽默感，这是喜剧作家必需的天性之一；另一方面，你可以教人一些技巧，把故事变得更有趣一些，如何设置情境、赢得笑声，还有屡试不爽的"规则"（创作根本没有真正的规则可言，但是确实有"门路"），这可以让你更快地让剧本有趣起来。

我曾经为电视节目创作剧本，也曾在洛约拉马利蒙特大学和加州大学洛杉矶分校讲授影视剧本创作。这些经验告诉我，人们有大堆大堆好玩儿的经验，无论是一个情境还是一句话都可以成为值得汲取的创作素材。不过，他们通常并不知道从何处着手。下面的练习有两个目的：一是回忆那些真正重要的素材；二是一种完全不同的功能，即让班上的学生放松一下，凝聚他们的注意力，随后让他们在课堂上想说什么就说什么，不用怕，因为这是老师的要求！

为什么我希望大家能够想说什么就说什么呢？难道我真的允许你在课堂上随心所欲吗？是的。因为你说话越是不受约束，那么你内心的顾虑就越少，那些有趣的东西就越容易出现。接下来，在充满喜剧作家的"教室"的思想旋涡中（这里的喜剧作家多达 30 位，少则两位），你要在几秒钟时间内想出某种好玩儿的事情，这是有帮助的。如果你知道自己如何进入那种思想状态，从记忆里挖掘出有趣的联想，那么，你得到的成果就大大超出游戏本身了。如果你不能放松，那么在你说出"不过，关键词很好玩儿"这句话之前，你就已经出局了。

那么，有什么秘诀让小组凝聚起来呢？有什么办法打开下意识的大门呢？

# 练 习

1. 写喜剧是天下最容易的事情，只要你能牢牢记住生活中最好玩儿的经历就算万事大吉了。你只需要最好玩儿的那一件事情。然后，把它当成一场戏，篇幅不要超过 5 页。我经常把这个练习布置成家庭作业，下次上课时要求学生在课堂上给大家读一读。当我们完成自己的作业并且听完 12 篇这样的习作之后，任何故事都能让我们放声大笑，而且增进大家的互相理解。试想，你在半小时之内听到了 12 个人最有趣的生活经历，这肯定很好玩儿，对吧？确实如此。这也能把全班同学凝聚成一个集体，产生信任和信心，并且打破大家对于表演的恐惧感。

2. 不过，还有一个更加深入的办法。这是练习 2 训练的内容。人们常常说："如果那件事发生在我身上，会是悲剧；如果发生在别人身上，那就是喜剧。"每个人的说法会略有不同。因此，在下一次课上，我就要求大家写出生活中最悲伤的时刻。这个练习的功能是类似的：作为一个班集体大家拧成了一股绳，学生从自己的现实生活中寻找素材，同时大家也学会了从悲剧中寻找滑稽的东西。

可是，这个办法也不总是奏效。有不少班级的学生听到极端危险的故事都是眼泪汪汪的样子。甚至有的班级的故事根本没有让我听到任何有趣的事情。我听了所有人的故事，有人说自己的一条金鱼死了，有人说到父母去世的情形，还有人说自己跟所爱的人分手了。不过，即便是透过眼泪，大家也几乎总能找到某种对于编剧来说有用的内容。有时候，我就让他们想一想《玛丽·泰勒·摩尔秀》（The Mary Tyler Moore Show）中讲述小丑查克尔斯之死的一场戏，作为活跃课堂气氛的经典小插曲。

因此，我要告诉你这个编剧的是，完成这些练习，看看自己和读者是开怀大笑呢还是根本不笑。等你写得足够多，你就会写出一部既好玩儿又辛辣刺激的电影剧本了，更不要说自传体的电影了。嘿，等一下，正好我也想写出这样的电影。

# 改变你的视角 Michael Ray Brown

Michael Ray Brown，好莱坞剧本医生，Story Sense 的创办人。他是七家大型片场的故事分析师，他对于电影 Lethal Weapon，Braveheart，Red Corner，Contact 和 Hart's War 的开发都有贡献。他现在是影视剧本作家，经常就影视剧本结构问题发表演讲。

　　大家在上学期间都研究过莎士比亚的《哈姆雷特》，迄今为止其电影改编版本已经超过了60部。在这出戏里，罗森克兰茨和吉尔登斯特恩是两个朝臣。他们只是在很少几场戏中露过面，然后就消失了，舞台上再也没有他们的影子。后来，另外一个朝臣告诉哈姆雷特说，"罗森克兰茨和吉尔登斯特恩死了。"

　　假如我们从这两个不成气候的人物的视角来讲述这个故事，情况又会怎样呢？这正是汤姆·斯托帕德在其戏剧《君臣人子一命呜呼》（Rosencrantz and Guildenstern Are Dead）中所做的事情，后来这部剧本被改编成了一部电影，两位主角分别由提姆·罗思和加里·高曼饰演。在这出戏中，斯托帕德同样还是在探索那些存在主义的主题，不过，其风格与莎士比亚迥然不同。他甚至还穿插了一场乒乓球比赛。这么一来，这个故事产生的现实共鸣远胜于原著。这部电影不再是讲述13世纪发生在丹麦的那个老掉牙的故事，而是讲述了我们大家在面对日常生活时的那种无助感。

　　每个故事都有一个叙事视角。故事审视人类处境的角度正是赋予故事以意义的关键。观众（包括制片人）往往喜欢立场鲜明的故事。假如正面主角冒险进入一个陌生的世界，无论是他的肢体还是他的精神，他就是我们的替身，他替我们采取行动。我们要透过他的眼睛来体验这个故事。我们与他达成了身份上的认同。这吸引我们融入了他的故事。如果我们总是不断地采取不同的视角，大家的认同感也就因此变得四分五裂，从而稀释了参与感。这么一来，故事的情感效果可能就会大打折扣。

在担任顾问期间，我注意到，许多剧本都有一个共同的毛病，即缺乏焦点。我经常问我的客户：这是谁的故事呢？有时候，剧本在前面数页往往要引进许多人物，以至于没有一个人物是作为故事紧紧围绕的核心而出现的。甚至在你与主人公产生认同感之后，你还要问自己："我是否应该从那个人物的视角来讲述这个故事呢？"

假如《出租车司机》（Taxi Driver）是从哈维·凯特尔或者乔迪·福斯特饰演的人物视角来讲述的，那么这部电影就会大为不同。我们往往不会认同"孤立、疯狂的枪手"这种人物原型，不过，我们理解，特拉维斯·比克尔之所以采取如此极端的行动乃是出于深恶痛绝的情感和无能为力的挫折感。另一方面，《低俗小说》中的视角变迁、移步换景正是这部电影迷人的地方。

由罗伯特·布列森编剧的电影《驴子巴萨特》（Au Hasard Balthazar）讲的是一个女孩遭到自己那个虐待狂情人的虐待，不过，故事的讲述方式完全是从一头驴子的视角出发的。意大利电影《有你我不怕》（I'm Not Scared）拥有一个简单的情节，却非常有吸引力，这都是因为它有一个强有力的观察视角。其中的主人公碰到了勒索赎金的情节，几乎没有一场戏是主要人物不上场的。

如果在正面主角得到信息的时候我们也得到信息，我们就会与正面主角产生认同。如果我们抢先一步得到信息，我们就会发现自己有一种比主人公更优越的信息优势。这可能让观众产生期待，从而让观众如临深渊般地紧张起来，尤其是当正面主角由于缺乏这一信息而陷入危险境地的时候。那么，随之而来的问题就是：如果说我们改变了自己的视角，那么我们能否由此获得某种洞察力，还是我们只会让观众保持距离呢？

主要人物（我们透过他的视角观看这个故事）不必是正面主角（他对于一个目标的追求驱动着情节前进）。在福尔摩斯的故事里，谁才是主要人物呢？不是福尔摩斯，而是他的助手。华生自始至终是故事的讲述者。他的视角甚至让福尔摩斯的侦探方法更有神秘感，更加令人称奇。

神秘之处往往是从这位侦探的视角来讲述的。侦探问的问题也是我们想问的问题（如果我们足够聪明可以提出正确的问题的话）。另外，他往往看到了观众无从看到的东西。假如我们在一个神秘谋杀案中采用了罪犯的视角，我们就会与杀手产生认同。我们拥护他的价值观念（或者缺乏这种价值观念），因为我们穿着他的鞋子走路。我们无能为力，只得赞成他们摆脱因犯罪而陷入的困境，而不必受到惩罚，无论这种情况在道德上多么让人内心充满矛盾。这也是《天生杀人狂》（Natural Born Killers）引起了如此多的争议的原因之一。

小心翼翼地选择你的视角是很重要的，不过，不要因为害怕而不敢尝试新的视角。比如说，如果神秘谋杀案的叙事视角不是警局的侦探，而是受害者的配偶，那么这个视角将会赋予这个故事更多个性化的质感。

## 练　习

从你写成的剧本里选取几场戏，从中挑选出一个小人物，从这个小人物的视角出发，重新改写这几场戏（甚至整部剧本）。把这个人物没有出场的每个场景都剥离掉，看看你是否仍然能够讲述这个故事。假如不能，看看是否有某个全新的故事自发地呈现出来。

在现实生活中，我们全是正面主角。你会发现，除了把这个小人物变成主要人物之外，你还可以把他变成正面主角。比起原剧本中的正面主角的奋斗，我们可以证明小人物的奋斗或许更能引起观众的思想共鸣（而且也许更能切中你的主题）。

举例来说，假如你的故事讲述的是一个痛苦的离婚故事，你可以试着透过这对夫妻的独生子的视角来讲述这个故事。甚至你还可以从一个宠物的角度来讲述这个故事。不过，切记，这是一部电影，而不是一本书。你不能进入主要人物的内心世界。电影和小说不同，在电影中观众受到了限制，他们只能看到画面、听到声音。想象一下，你正通过一个摄影机的取景器来看每一场戏，你告诉大家的只是自己的所见所闻。

即便你回过头来，从最初的视角来讲述这个故事，你现在对其他人物也有了更多的洞察。你已经突破了人物的表面，与之产生了更深刻的认同。当你改写这部剧本的时候，你能更好地理解人物的行为动机。无论你是改变一句台词还是增加一个动作，都能够让此前扁平写实的一场戏更加立体生动。解放思想，从各个角度琢磨你的故事，你看到的种种可能性会让你大吃一惊。

# 对立面的统一 Scott Anderson

Scott Anderson，Harvard Square Scriptwriters 的主任。20 世纪 90 年代初以来他一直担任专业影视剧本作家，目前在波士顿的爱默生学院任教。

关于英雄与坏蛋，人们有一个普遍的误解，即认为他们是对立面，一个好，一个坏。可是，在最好的影视剧本中情况往往不然。虽然两者之间冲突激烈，而且坏蛋更加强大（至少在故事的开头要占据上风），正面主角（英雄）与其对立面（坏蛋）之间往往拥有许多共同的东西。

在《星球大战》里，"卢克，我是你的父亲"这句台词说明正面主角与其对手之间拥有许多共同之处，此外我们还有更多的例证。就拿《绿野仙踪》这部电影来说吧。桃乐丝和埃姆姨妈的相似程度如何？第一个问题是：埃姆姨妈是什么样的人呢？她是一个卑鄙自私的老处女，摇身一变就成了邪恶的西方女巫。她希望把陶陶从桃乐丝身边带走，因为这条狗刨坏了她的花园，并且赶跑了她的猫。桃乐丝向家人和朋友寻求帮助，但是最终选择逃跑，这样她才可能把陶陶带在身边。

桃乐丝来到了奥兹。在这儿她遇到了那个没脑子的稻草人（化装成愚蠢的智慧）、缺心脏的铁皮人（化装成无情无勇的同情心）和怯懦的狮子（化装成怯懦的勇敢）。她学会了认识智慧、同情和勇敢，而且把这些性格特征内化为自己的品质。在这个过程中，她开始明白了翡翠城的本来面目，它是一个社区，也明白了男巫的本来面目，他只是一个平常的人。

当桃乐丝牺牲了自己与男巫/奇迹教授一起乘坐他的热气球回家的机会，这彰显了她身上的这一变化；她没有选择在奥兹与陶陶待在一起，她这样做并不是只图自身的安逸，而是为了小狗陶陶的舒适生活。她在态度与行为上的这一转变表明她已经做好返回现实世界的准备，她想成为一个拥有智慧、同情心和勇气的人。

这么说来，桃乐丝和姨妈埃姆相似程度如何？如果说桃乐丝没有学会这些教益，童年时代的她是专横自私的，她长大以后原本会成为这样一种自我的更大版本，换句话说，她长大之后会像埃姆姨妈一样。所以，桃乐丝的对手就不只是她奋力反抗的人，而且是按照原有的生活轨迹将变成的那个自己，假如主人公没能成功地从故事本身的寓意中吸取教训的话。

由肖恩·康纳利、艾德·哈里斯和尼古拉斯·凯奇主演的《石破天惊》（*The Rock*）这部动作/历险电影也是一个例证。在电影的开头，哈默尔将军（哈里斯饰）把军功章全都留在了妻子的墓碑上。他放弃了继续留在军队体系的选择，而且不惜以身试法帮助自己手下的老兵。在电影的开头，古德斯比德医生（凯奇饰）告诉自己的未婚妻说，他不想要孩子，因为在一天真正糟糕透顶的工作之后，他已经打算放弃这个世界了。随着剧情的发展（归功于约翰·帕特里克·梅森，一个很好的友军人物，由康纳利饰演），古德斯比德医生重新找回了勇气、同情心和智慧，这让他再次对这个世界有了信心。

爱情故事又是什么状况呢？绝大多数也是一样。在大多数爱情故事里，正面主角的对手并不是什么坏蛋，恰恰相反，对手代表了爱情的利益所在，正面主角为了赢得爱情必须吸纳其对立面的价值观念。

《土拨鼠之日》（*Groundhog Day*）就是一个很好的例子。气象员菲尔（比尔·默里饰）开始的时候是一个自私自利、自我膨胀却又滑稽可笑的人，最后他变成了一个关心别人、慷慨大方、幽默有趣的人。同时，在这个故事的发展过程中女主角丽塔（安迪·麦克道威尔饰）则依然故我，没有什么变化。她既是正面人物的对立面又是其追求的目标。

在另外一类爱情故事中，男女主人公在两人互相磨合的过程中都要改变自身，比如说电影《当哈利遇到萨莉》（*When Harry Met Sally*），或者《校门外》（*The Sure Thing*）。

关键在于：无论是哪种电影类型，正面主角的转变必须传达故事的价值观念和主题，而这些变化要通过人物所做的选择得到传达。无论是好是坏，这些学习的经验或者转变的瞬间创造了正面主角的人物发展弧线。

# 练　习

下面这个练习能够帮助你更好地理解你的人物，同时也让你明白，人物的发展弧线或者转变需要传达故事的价值观念和主题。

1. 写出你的正面主角及其对立面之间的一句对白，这句对白发生在故事开始的地方，在这段谈话中对立面正在向正面主角解释双方之间的相似程度以及原因。

2. 在故事结尾处，再写一段对白，这时正面主角正在向其对手解释，现在他们两个人存在着多大的差异。无论如何，在电影剧本中你肯定不会使用这些对白，不过，它们能帮助你理解人物以及他们发生了什么变化（或者什么变化也没有）。

3. 现在，想一想你的正面人物必须学会什么东西，他必须如何改变自己，才能在故事的结尾站在其对手的对立面。把他需要学会的东西列出一个清单，然后挑出三项内容。请你写出三场戏，其中正面主角学会了这些教益。

4. 为了使故事更有吸引力，让你的正面主角作出一些选择，这些选择将会让他更像其对手。这是冲突的源泉，既包括人物的冲突，也包括故事的冲突。如果这是一个有关复仇的故事，那么主人公的复仇行为可能步步升级。挑选出正面主角的三个选择，这三项选择能够把他从复杂的目标那儿拖开，而且在他变成自己必须变成的那种人的过程中成为目标的拦路虎，请你围绕每个选择各写出一场戏。

# 创意罗盘 Michael Feit Dougan

Michael Feit Dougan，第一部正片电影剧本是 *Public Access*，1993 年荣获圣丹斯电影节最佳影片奖。他的职业为影视剧本自由作家、剧本医生、故事顾问、电影剧本创作讲师，与人合著有《开发数字电影短片》（*Developing Digital Short Films*）。

在创造的愿景或者忠于自己的灵魂都得到满足的情况下把自己的电影剧本卖出去是难能可贵的。追求圆满的故事结局亦然。

当我的剧本第一次终于卖出去的时候，我的信心大增，感觉自己与电影剧本创作有缘。不过，我的第一次失败，我的第一部最终没有完成的剧本，也曾让我怀疑一切，感觉一切全完了，不可救药了。为了给自己的故事找到完美的结尾，我宁愿出卖自己的灵魂。我需要一种工具帮助自己发现并且探究其他的叙事选项。经过勤奋学习、刻苦钻研，我终于设计出了一个我一直沿用至今的工具：**创意罗盘**。

创意罗盘能让你探究一切选项，从而扭转剧情的走向，找到一个令人满意的结尾，满足正面主角的向往和需求。所谓渴望指的是正面主角的外部欲求或者目标，这些内容和故事情节联系在一起。需求是人物最内在的欲望或者忧惧。这些内容全都源于内心世界，它表达了故事的主题。

创意罗盘的指针指向四个可能的结局，具体结局视人物的需要和/或目标能否实现而定。要么是完胜的结局，强者恒强，人物同时实现了向往与需求；要么是惨败的结尾，弱者更弱，人物的渴望与需求都没有实现。

然而，一个目标的成功与另一目标的失败混合在一起揭示出了一种更加微妙的过程，即存在主义的故事结尾和超验主义的故事结尾。在这样的结局中，人物为了实现需求却把渴望牺牲了，或者为了渴望而牺牲了需求，正如赢得了局部战争的胜利，却输掉了战争的大局，或者相反。

# 练　习

**运用创意罗盘需要有五个步骤：**

1. 确定正面主角。故事里的这个核心人物会有挣扎、调适、坚持不懈或者最终失败。在我们这个例子中，这个人物是一位电影编剧。

2. 明确人物的目标，写下他的渴望与需要。这些目标应该用一个短句写出。例如，正面主角渴望的是"剧本畅销"，他需要的则是"保有愿景"，即故事的整一性。

3. 画两个电话拨号盘，一个套在另一个里面，形成一个八角罗盘。内圈的拨号盘表示人物的渴望与需要，他的得或失。外面的拨号盘指向四种可能的故事结尾。

4. 在左上角写出这个渴望的成功实现，在右上角写出这个需求的成功实现。没有实现的渴望写在右下角，没有实现的需求写在左下角。

然后，把罗盘上相邻的点连起来，以便揭示四种不同的故事结尾。"北方点"代表最后大获成功的结尾：编剧保住了自己的愿景，同时剧本也卖出去了。"南方点"代表悲剧的结尾：即便把剧本折中处理之后，剧本仍然卖不出去。

这个练习现有的结尾是让正面主角实现了那个"渴望"，即卖出剧本，但是却为了商业原因而牺牲了故事的完整性。在那个超验主义的结尾中，正面主角保有自己（及其故事）的灵魂完整无缺，但是剧本却没有卖出去。如果运气好，可能另有一个珍爱这部剧本以及编剧愿景的制片人把它拍成了一部奥斯卡获奖影片。

5. 最后，根据个人风格以及想要传达的信息或者主题选择最有效的结尾。一旦这个罗盘揭示出了故事的结尾，那么你就可以写出这部剧本的提纲，详细描述正面主角面临的挑战、行动、决策，然后由它们引向先前你已经选择好的结尾。这样一来，创意罗盘就帮助你找到了故事的结尾，同时无须以牺牲自己的灵魂作为代价。

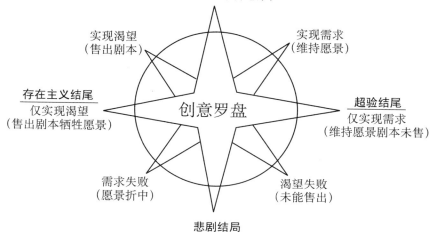

# 打造场景

# 节奏、层次与敬业精神 Michael Genet

Michael Genet，因为替 Focus Features 的 *Talk to Me* 节目工作而荣获 2008 年度电影杰出意象大奖。他与人合作为斯派克·李创作了 *She Hate Me*，还为 Daniel Rosenberg 创作了奥林匹克正剧 *Dream Racer*，目前正在为 Johnathan Dorfman 和 Gail Egan 创作 *Witches Brew*。

几年前，我还不是电影编剧，而是一名戏剧演员。那时候，我到康涅狄格州沃特福特参加在那儿举办的尤金·奥尼尔戏剧家大会。我很幸运，我们公司里面最当红的编剧和导演都参加了这次会议。著名导演包括刚刚去世的劳埃德·理查兹，编剧则包括学院奖获得者约翰·帕特里克·尚利和普利策奖获得者奥古斯特·威尔逊。

奥古斯特和我交上朋友是在耶鲁大学上演保留剧目的剧院，当时正值他的新作《篱笆》（*Fences*）首演之后的第二天晚上，主演是著名演员詹姆斯·俄尔·琼斯。演出后，他带我出去喝酒，我们谈了三个小时，其中他逐字逐句地为我背诵了他的一部剧本，这部剧本的开头、中间和结尾正是他即将面世的最新力作《乔·特纳来了又去了》（*Joe Turner's Come and Gone*）。我清楚地记得，酒吧里很是喧闹，他说的话我只能听到一半。不过，这没有关系。因为奥古斯特讲故事的风格很有节奏感，在我看来这种节奏要比莫扎特、巴赫或者勃拉姆斯的节奏还优美。当奥古斯特"讲"故事的时候，我就像是在听摩城经典唱片的那种特色鲜明的急促鼓点，或者艾拉·费兹杰拉即兴狂喊乱叫、让人难以置信的即兴反复吟唱。自不待言，他给我留下了深刻的印象。

那年夏天，我们都参加了奥尼尔编剧大会，住在当地专科学校的宿舍楼里。一天晚上，大约凌晨两点，我们两个人都在走廊里埋头走向各自的房间。走到半路，我停下脚步，问奥古斯特成为伟大编剧有什么秘诀。我知道这是没话找话，不过，当时我真的很想让他传授更多东西……说什么都行！让我大感意外的是，他压根儿没有认为我是没话找话。事实上，就这个由头他侃侃而谈起来。后来，就在学校宿舍楼的走廊上，奥古斯特说出了一句我听过的最深刻的话。他说："每当你坐下来写作的时候，永远要以恰如其分的敬业精神来对待编剧工作。"

这句简单的话像一把刀一样刺透了我的心。我完全呆住了，动弹不得。他说的话对我的震撼是如此巨大，以至于我连自己是怎么走回房间的都不知道。这时已是凌晨 4 点。我居然没有意识到我们两个在走廊里站了两个小时。夜深人静的时候，我们居然就编剧工作畅谈了两个小时。我由此得到的收获是："每当你坐下来写作的时候，永远要以恰如其分的敬业精神来对待编剧工作。"

后来，每当我坐在键盘前面，决定动手创作的时候，我就回想起奥古斯特说过的那句话，充满敬业精神地对待剧本创作。然后，我迅速开动脑筋，寻找我认为任何剧本都要必备的第二个重要的元素，即节奏。

节奏是调味品。从本质上讲，它是编剧的声音。每个剧本都必须有节奏。每个场景、每个人物、每句台词都必须随着编剧的节奏而律动。没有节奏的剧本是不堪阅读的。没有节奏的电影是不可看的。

然而，找到剧本的节奏貌似简单，其实不然。对于作家讲的每个故事，节奏都是与以前自己讲的故事有所区别的。节奏是无法作伪的，也是不能复制或者勉强的。故事的内容决定了故事的节奏。如果我们是精明的编剧，那么我们就会意识到自己只是故事的催生婆。因为每个剧本都有那么一个瞬间，此时人物将会接管叙事，编剧则是照单全收，因为人物要为自己发言了。当然，这种境界的前提条件是编剧已经对自己的故事有了适当的敬意。

## 练 习

作为一名演员，我总是给我出演的每一场戏都来打个分，从 1 分到 10 分。我的意思是说，每一场戏我都想达到 10 分的水平，发挥自己最佳的表演水平，从而最大限度地用具体表现来塑造自己饰演的人物。绝大多数"好"演员往往能达到 6 分或者 7 分的水平。真正伟大而且敬业的演员很少会对低于9分的表演水平心安理得。此外，如果他们在某部具体的电影、电视剧或者戏剧中表演时间足够长的话，他们甚至会得到10分。当这种情况出现时，你往往就会听到某个人宣布说："奥斯卡奖得主是……"

我们这里的练习就是想让编剧也尝试达到同样的水平。一旦你已经掌握了自己的故事，那么请你把自己的每一场戏的丰富程度拆解成10个级别，看看自己能够达到哪个水平。为了做到这一点，抓住剧本或者故事的节奏是很有必要的。耐心与决心或者我所谓拒绝安于平庸也是你发挥潜力写出最佳剧本的关键因素。我发现有许多编剧只是安于基本的场面描写或者人物对白，当他们为了剧情而创作的时候这种情况尤其明显。但是，如果我对你说，如果你开始在某个地点挖金子，只要再向下深挖一寸你就会挖到一块闪闪发光的金子，你肯定会继续向下挖，不是吗？问题在于，一旦你挖到了那个金块，你会因此而满足吗？或者说接下来你还会继续挖下去，直到你挖到一块更大、更好、更光芒四射的金块你才会罢手吗？

这就是这个练习的实质。说真的，它的真正意义在于以适当的敬业精神对待你的剧本，最后你就能发现它自身的节奏。

请你写出一场戏。它可以只有三四页那么短，或者达到五页纸。把它写出来，然后反复读几遍。听听它的声音。抓住它的内容。然后，感觉一下它的节奏。当你完成这个任务之后，你要问自己这场戏处于什么水平？你是否一下子就找到了金子？如果不出所料，这块金子是否让人心满意足呢？或者说你是否愿意再向下挖几下，也许一直挖到10分的水平上，这时你便创造出最饱满、最丰富、从电影角度看最刺激的场景来了呢？在我看来，正是这一点把一般的影视剧本和优秀的剧本区别开来，同样也把好的电影剧本与真正精彩的剧本区别开来。

有时候，搞创作就像是做科学研究工作。科学界那些划时代的巨人们为整个世界发现了伟大的对策，可是这种成就是建立在千万次令人身心交瘁的实验的基础上的。我有一部电影剧本名叫《阳光皇家》（*Sunny Royal*），这是一部浪漫喜剧。我把这部剧本的核心问题放在最前面，我知道在结尾处这个问题必须得到回答。这个问题是：女性是什么？这肯定是个仁者见仁、智者见智的主观问题。它没有唯一正确的答案。但是，既然这部电影提出了这个问题，那么我必须给出一个答案。或许我的答案非常深刻而且境界悠远，以至于每个看过剧本的读者或者看过电影的观众都满意我这个答案，也就是说，这个答案真正印证了他们自己想说却未曾说出的想法。为了实现这个终极目标，我记得自己真的坐着熬了 8 个小时，绞尽脑汁想找到一个答案。最后，这句话成了男主角的一句台词。为了一句台词我居然熬了这么长时间，我感到自己脑袋都晕了。不过，我 8 个小时苦思冥想的最后结果是这句台词和这场戏达到了 10 分的水平，就此而言它绝对是满分。

最后买单的还是你。尊重自己面前的编剧工作。抓住故事的节奏，然后开始深入挖掘，当人物和故事的发展弧线从你的脑海里自由奔涌而出的时候，看看你能达到哪个水平。

当然，这只是一种方法。不过，这种创作方法的回报通常是不可估量的!

# 此处无声胜有声 Colleen McGuinness

Colleen McGuinness 的电视成就包括 NBC 的医疗题材正剧 Mercy，Miss Match，North Shore，还有斯蒂芬·斯皮尔伯格制作的电影 On the Lot。她有几部电影正在片场开发过程中，包括改编意大利电影《完美男子汉》（L'Uomo Perfetto），该片的制片人是 Denise Di Novi，导演是 Peter Chelsom。McGuinness 毕业于哈佛大学英语系，是哈佛的优等生。

　　本文的标题是一首霍尔与奥兹乐队（Hall and Oates）的歌名。要是你是一位影视剧本作家，这也是一句值得牢记的至理名言。电影编剧的工作之一是为每场戏提供脉络结构和浓淡层次，观众可以由此展开深度挖掘，进而发现人物真的想要什么，而不是他们口头声称自己想要的东西。一个人物试图掩饰什么？潜台词是什么？还有什么咽下没说的话？

　　当我的第一部电影剧本大功告成的时候，一位好友读了一遍之后就说这部剧本的潜台词用得好。我感谢他的褒奖，不过我并不知道他说这话到底是什么意思。潜台词是什么东西？我的剧本里面真有潜台词吗？我并没有刻意添加任何潜台词，不过，这部剧本是由人物驱动的，而且人物当然也不会坦率地把自己欲求的内容和盘托出。我判断自己在这部剧本中使用潜台词只不过是瞎猫碰到了死耗子。然而，在创作其他剧本的时候，由于最初的焦点在于必需的情节和事件，这让我不得不考虑如何在恰当的地方埋伏一些潜台词。我必须确保写出的每一场戏的色彩不能过于单调。确实，每场戏都发生一件大事，不过，埋伏在事件下面的内容往往更是决定事情成败的关键因素。

　　在电影剧本中使用潜台词有各种各样的方式。有时候，潜台词是通过对白得以实现的：人们嘴上说的是一回事，而意思却是另外一回事。有时候，潜台词可以通过背景信息得以实现：人物不必说太多，但是他们所处的环境会把一切都说清楚。尽管如此，潜台词几乎总是通过行为而得到落实的。人物正在做的哪些事情才能揭示其真正的意愿呢？

要回答这个问题，我们可以从三个角度来看待一场戏。（1）这场戏中的主要事件是什么？（2）潜台词是什么？（3）怎样才能把这个潜台词有血有肉地展现出来呢？

让我们看一个非常简单的例子，摘自我最喜爱的电影之一：《红粉佳人》（Pretty In Pink）。在一场关键的戏中，布莱因（安德鲁·麦卡锡饰）走进了音像店，安迪（莫利·林沃德饰）在这儿工作。这场戏的主要事件是他要从她的店里买录像带。潜台词是：他喜欢她，并且想约她出去。你可能有了进一步的发现，即他选择了跟她在她的店里调情，也许他这样做是想让她感觉更加舒适自然，并且想加深自己对她的了解。

在这场戏的第二部分，达基（乔恩·克莱尔饰）碰响了火警电铃（这场戏的主要事件），这一事件让安迪不得不离开了布莱因。这个意外打断了布莱因的如意算盘，还没等两人搭上话，布莱因就离开了音像店。在我看来，这些事件里有很多潜台词：布莱因夺门而去，这是否意味着要么他还没有完全钟情于安迪，要么他还没有下定决心跟安迪发展关系呢？由此，我们是否感觉他心里在爱与不爱这两个世界之间纠结呢？相比之下，在这场戏的大部分时间里，安迪稳坐钓鱼台，有着清醒的自知之明，踏踏实实地做着自己的工作。不过，由于这件貌似紧急的事情把她拖开了，她要先把火警处理一下。这是否说明了她在生活中的难题的本质呢？这是否体现了她的人物性格？在隐喻意义上，她是不是在为身边的人灭火呢？

要把潜台词埋伏在影视剧本里面，我们必须知道在现实生活中我们怎样寻找潜台词。作为电影编剧，我们在观察人们的行动的时候需要一双更加敏锐的眼睛。如果你停下脚步琢磨一下，你就会发现绝大多数人尽力隐藏自己的真实感受。有个人得到了破格提拔，成了你的上司，老于世故的你会对他说"祝贺你高升"，而不会说"那个职位本应该是我的！你太让我眼红了"。醉鬼往往也会强装清醒，让人看不出他喝醉了。假如跟你恋爱半年的情人跟你分手了，你会尽量忍住眼泪，然后告诉对方说"咱们两个在一起真的不太合适"，而真相却是你真的希望两情相悦，而且你为此差点儿把眼珠都要哭出来了。影视故事就像现实生活一样，每一场戏都有一个重要事件，它们都有潜台词，而潜台词往往是最有趣的部分。

## 练 习

1. 抽出一定的时间，比如一小时、一天、一周，随便多长时间。观察一下人们口是心非的情况，即人们嘴上说的是一回事，而他们所向往的其实是另一回事。人们如何掩饰自己的行为呢？在你与妈妈爸爸、兄弟姐妹、男女朋友、同事、邻居、朋友乃至杂货店里站在你身边的消费者互动交流的过程中，有没有潜台词呢？看看你能不能找出现实生活中 10 个有趣的潜台词。

2. 观看你最喜爱的电影，然后找出每一场戏中的重要事件和潜台词。一开始，你可以简单扼要地描述其中的潜台词，正如我上面以《红粉佳人》为例所做的那样。虽说《迷魂记》(Vertigo) 或者《莫扎特传》(Amadeus) 这类电影可能情况更加复杂，你也可以如法炮制。不过，开始的时候你要选择一部自己早已烂熟于心的电影做练习，你会惊奇地看到在你眼里电影里的潜台词是多么清晰。另外一部潜台词用得很好的电影是《普通人》(Ordinary People)。

3. 我相信剧情提纲、目录卡片、即擦白板都是有益的，随便你使用什么方法，只要能把故事结构列出来就好。在写提纲的时候，你要保证自己吃透了每一场戏的多重意义。当你给剧本里的每一场戏做目录卡片的时候，你首先要写出这个重要事件。然后，写出其中的潜台词。第三，注明你打算传达这条潜台词的方法。是否一切元素（行为、布景、服装、色调等等）都在排着队支持你想在重要事件里埋伏的潜台词呢？确保你清楚自己要说什么，同时，不要口无遮拦地把自己想说的大部分内容都用嘴说出来。

# 多亏有点儿自知之明 Tommy Swerdlow

Tommy Swerdlow，和他的伙伴 Michael Goldberg 著有影视剧本《冰上轻驰》，从此开始了在家庭电影方面的成功，包括 *Little Giants*，*Bushwhacked* 和 *Snow Dogs*。他们的电视节目 *Brutally Normal* 2001年在 WB 播映。他还非常骄傲于他们是《怪物史瑞克》的原创作家。虽然这部电影 8 年后才发行，他们创作的"驴子"式人物仍然存活下来。他独立创作了好几部试播节目。他与人合作制作了即将上映的电影 *The Warrior's Way*，并且协助了剧本创作工作。

在匿名戒酒者协会的《大书》（*Big Book*）中有一句最强有力的话：自知之明终将让我们一事无成。虽然对于打架斗殴和吸毒来说情况确实如此，但对于电影剧本创作来说自知之明却是不可或缺的！

在从事编剧工作（我所谓编剧指的是影视编剧）之初，我既写诗也当演员。换句话说，我的声音是诗意的，听得清对白的余韵，知道演员是否喜欢编剧放在自己嘴里的台词。我曾经写过一出戏剧，里面既有疯子的吵闹又有即兴的说唱，真正杂糅了小众文化和大众文化的诸多元素。这出戏大体上讲的是两个小伙子在抽大麻的时候，谈论各自的女朋友。每天一支大麻烟是他们的"圣经"里规定的"定例"。那个与我一起演戏的演员介绍自己的一位好友给我们当导演。他对于这部剧本的评论让我震惊不已。"没有冲突，没有剧情……不要误会我的意思，我很喜欢这部戏……不过，它还能写得更好一些。"

那一天开启了我们之间长达 13 年之久的合作伙伴关系（令人悲伤的是，我的合伙人迈克尔·高德伯格于 2000 年身患重病），而且不管怎么说，我们创作了一些非常好的作品，包括让我们名噪一时的所有电影（不要误会我，我为自己的作品感到骄傲，但是，在现实世界中自我利益是创造力的敌人，编剧拥有顽固的利己主义思想）。当迈克尔要求剧本需要有戏剧性冲突或者利害博弈的时候，我就正式迈上了成为戏剧家兼电影编剧的旅程。迄今为止 21 年过去了，我终于感觉自己对故事和结构有了些许理解。可是，理解永远不能取代过程。我所说的过程是指电脑打字的时间，这确实是一种苦熬。

知道这一点有好有不好。在我看来，我写得最好的电影剧本还是我的处女作——《乌托邦林荫道》（*Utopia Parkway*），尽管写作过程历尽曲折艰难。今天我仍然希望能够把它完善，为此我已经写出了很多稿，出了好多版本。我所说的"最好"是指最有个性。不幸的是，这个"个性化"故事的主角是一位病入膏肓的 70 岁老先生（人物原型是我的父亲，他患了帕金森症）。即便在独立制片人那里，这种强烈的个性化剧本也不大可能具有商业价值，而且，随着时间一年一年地过去，似乎它更难有商业价值了。

回想 1992 年，《乌托邦林荫道》（丝毫未经修饰的第一稿）让我们与一位伟大的经纪人签约。今天，好莱坞的气象变了，这种事情几乎不可能发生。但是，我仍然相信你的第一部电影剧本应该是非常个性化的故事，是他人无从道出的故事。不过，要是你有某种巨型炸弹拼命也想掏出来闹个一鸣惊人，那当然就更厉害了。

《冰上轻驰》（*Cool Runnings*）是一部类似的而且大家不至于闻所未闻的电影。多年来，我对这部剧本（还有电影）的喜爱与日俱增，不过，它与《乌托邦林荫道》完全不同。这并不是说哪部剧本出了毛病。每部剧本都有自身的美感与目标。然而，知道你在写什么，为什么人而写，大家有什么期待，这些都能给你带来不可思议的好处。我们称之为"项目的认知"。

当然，商业利益着眼于上述因素。眼下，我们还是谈谈创造性的因素，谈谈"自知之明"的问题。**你要知道自己属于哪一类编剧。**如果说你属于非常结构化、剖析型的、组织型的编剧，那么，你最好还是不用提纲、直接进入创作阶段的好。如果你更偏向于发出"纯粹的声音"（我自认属于此类编剧，尤其是我最初搞创作的时候），这种编剧最初的冲动是赋予自己的人物以空间，让有趣、强大的思想自发流溢，那么，你最好在编写提纲或者布局谋篇方面多花一点工夫。

**扬长避短不可为。**你的强项会自然而然地发挥出来。你要尽量诚实地面对自己，明确自己的优势与劣势，找到你信任而且尊敬的人来读你的作品。俗话说旁观者清，当我读你的剧本的时候，我可能是清醒的，但是轮到我读自己的作品的时候就不行了。你的剧本永远要让别人读一读才好。我坚持认为，当我们在**做困难的事情而不是水到渠成的事情**的时候，我们更能牢牢把握作品及其创作过程的本质。对我来说，创作常常是让人心力交瘁的苦役，需要苦苦煎熬才能渡过难关。可是，对我而言，写出很棒的一句台词、一个场景或者一部剧本都是一种内心高度满足的创作体验。

# 练 习

1. 把一场戏的提纲完整地写出来（这要么是你刚好写到的内容，要么是你为了做练习而专门写的一场戏）。这里有什么人？发生了什么事？逆转在什么地方？所谓"逆转"就是指关键信息暴露无遗或者扭转乾坤的事。这些情况发生在什么地方？想一想你打算用多少页的篇幅写完这场戏。如果说你写的是一部剧本中的一场戏，你要问自己：如何才能把它融入到剧本整体中去呢？有没有任何关键的情节或者情节的伏线是你可以植入此处的？有没有任何可以提前在这儿揭示的东西？现在，请你写出这场戏。（所谓"召回"指的是你在剧本里提前埋伏的线索，这些线索要等以后才起作用。）举一个简单的例子来说，假如你的主角是被养父母领养的，那么你可以让他在前面的一场戏里突然大声打了一个喷嚏。后来，当他与疑为自己"生父"的人谈话的时候，这个人也突然打了一个同样厉害的喷嚏。这个例子非常普通，但是你的"召回"可以有好多种新颖的创意。

2. 请你写一场戏，绝对不要使用提纲，也不要对未来有什么预期。只管写出来。内容可以是任何事情。你的人物可以面貌一新。他们也可以说些让外人莫名其妙的话，用叽里呱啦的方言讲话，或者带有复杂的口音。你懂的。只管胡吹海侃吧，孩子们，胡吹吧。

3. 看看你写完的两场戏，把它们合并成一场戏。这只是做练习，不要在乎结果如何。你不必把它们对等地混在一起。不过，你要明白当你把这两个貌似风马牛不相及的场景创作捣碎、混合起来的时候会发生什么情况。

# 那后来呢？<sub></sub>Sara Caldwell

Sara Caldwell，著有 *Splatter Flicks—How to Make Low Budget Horror Films* 和 *Jumpstart Your Awesome Film Production Company*，她与人合著有 *So You Want to Be a Screenwriter—How to Face the Fears and Take the Risks*。她曾写有数百篇行业内的电子书、文章和评论，也投稿给 Constructing Horror. com，这个网站专门服务于恐怖片作家。此外，她还在 Santa Clarita 的 College of the Canyons 讲授电影剧本创作以及电影制作课程，她经常出席业内会议，诸如洛杉矶电影剧本创作博览会，并发表演讲。

　　好的故事讲述方式就是要让读者或者观众渴望知道接下来即将发生什么事情。好的恐怖电影也可以利用接下来发生的事情让我们大吃一惊。用出乎意料的情节把已知与未知联结起来，这就是悬疑的本质。

　　在恐怖片里，我们创造的是新奇的世界，在这个世界里我们的理性思维无法轻易派上用场。这是一个黑暗的世界，我们认为是真理的东西的基础都被打成碎片，这里是诸如幽灵魔鬼、阴阳交替、泥胎傀儡以及其他不洁之物的邪恶之源。在这个世界里，随着不可预测的事件的恐怖程度不断升级而且越来越频繁，人物丧失了控制局面的能力。

　　显然，我们过着平庸乏味的日子，根本没有什么悬念可言，更谈不上有什么绝对的恐怖给这种无聊带来一些生机。一般来说，我们的日子是按部就班而且是可以预测的。即便我们打破生活的常规，比如说我们外出旅行，参加特殊的活动，尝试新鲜的体验，可是通过以往的经验、调查研究或者道听途说，我们仍然可以对即将发生的情况有所准备。有时候，我们也会突然遭遇出乎意料的情况，比如说汽车蓄电池突然没电了，公司突然炒了我们的鱿鱼，虽然这些情况也会让人非常痛苦，不过经过长期历练，我们已经有应对策略以便控制这些局面。

　　但是，当一件出乎意料的恐怖事件发生时，比如说你乘坐的飞机出了故障或者你在国外某个城市迷了路，一旦你的直觉发出了高度警惕危险的信号，你的所见所闻就会立即强化这种恐惧感。由于恐惧而产生的应激性的警惕状态会让你浑身起鸡皮疙瘩，在电影剧本里你的人物大部分时间都处于这种状态，而且随着剧情发展这种紧张状态还会不断升级。

很可能你也曾经历过类似的恐惧时刻。下面是我亲身经历过的两件可怕的事情。有一次，我乘坐的飞机马上就要离地升空的时候，机组人员突然大声叫喊，要大家马上转移到飞机前部去，因为承重失衡会有飞机尾部触地的危险。在我 10 岁那年，我在国外的城市迷路了，然后就在马路上到处乱跑，边跑边哭，最后一对英国夫妇看到了我的不幸遭遇，他们帮助我找到了母亲。在这两种处境中，由于我的精神都处于高度警惕状态，所以我对这些事情的记忆分外清晰。在当时看来，这样的事情算是糟糕透了，可是，当你创作"接下来发生什么事"的时候，这些回忆就变成了有用的素材。

在上述两个情境中，我的预期被可怕的出乎意料的情况打碎。接下来会发生什么事情？飞机会不会水平滑行甚至发生坠机事故呢？我会不会找不到妈妈或者被人绑架或者受到伤害呢？虽然两件事情最终都有惊无险，但我记得当时我脑子里想象出了种种危险的意外事件，直到今天我还能记得这些想象的大概。你要记住这样的可怕时刻，然后问自己"如果……会怎样"这个问题。把这个思考过程应用在处于危险之中的人物身上，那么，你想出的出乎意料的东西肯定会叫观众大吃一惊。

## 练　习

把你生活中最可怕的一个时刻发生的事情写下来，包括细节，比如你看到了什么、听到了什么。描述一下你有什么感觉。写到最可怕的时刻，你就停下笔来，这时你的心跳加快，你觉得自己的心脏就要炸了。然后想一想最后有可能出现的最糟糕的情况。哪个情况是最可怕的？为什么？有没有比死亡本身更可怕的情形呢？

既然如此，如果接下来你要继续维持这种恐惧感，你应该怎样写呢？在这个事件之后你可以写出什么东西让恐惧感进一步升级呢？比如说，在国外某个城市里，有个外表友善的老太太看到我在哭，她把我带到她的家里。进门后，她锁上了门，然后，我看到在她的厨房餐桌上摆着刑具。随着剧情的发展，你要一点一点地增加悬念，即便这个做法似乎显得滑稽可笑。一旦你感觉达到了恐怖的极点，人物所处的处境也要同步增加恐怖气氛，从一开始就要做到绝对同步，然后不断累积恐惧感，慢慢地把恐惧感放大到极限。同步提升你自身的恐惧感和你虚构出来的恐惧感，这是很好的创作方法，可以催生更多的想法，而这些想法制造出来的东西肯定会把人吓倒，其效果会超过运用老套公式产生的效果。

## 为概念服务的场景 Craig Kellem

Craig Kellem, 原创节目 Saturday Night Live 节目组的副制片人兼人事顾问。他制作了 The Rutles, 然后成为 20 世纪福克斯电视台的开发主管。此前在环球影业担任副总裁, 负责喜剧开发, 他也是一个编剧/制片人。后来他成为环球影业的 Arthur 公司的执行副总裁, 负责电视节目的开发、销售与制作。1998 年, 他创办了网站 Hollywoodscript.com, 该网站致力于帮助作家开发项目。

在电影编剧这一行,"概念"这个词往往与电影的总体构思有关。一旦概念已经到位, 随后你就要营造相应的场景以便讲好这个故事。理想的情况是, 编剧想尽办法找到了很多令人满意的场景, 这样做的目的并非仅仅为了给故事增加层次, 而且也是为了激发我们发自肺腑的喜悦。不过, 这种情形很少见。主流的态度似乎还是得过且过, 通过一个个辅助性的或者过渡性的场景艰难前行, 蓄积能量, 等待着前面不远处就要到来的精华部分。

这个做法算不得精明!

职业编剧知道所有场景都是重要的。当真正卓越的东西成为整部剧本的标准配置的时候, 补漏填白或者过渡桥段就没有用武之地了。每场戏都应该拥有自身的魔力、存在的理由、精确性和强度。

在这一方面, 各场戏的概念应该被分别考虑, 这是你保持诚实的有效途径。诚实的态度是让你的创作流水线运作的前提条件, 以免你为了制造精彩的瞬间而写出太多拖沓冗长的文字。我们可以用电影《城市滑头》(City Slickers) 中的一场戏为例说明这种情况。这场戏说的是比利·克瑞斯多和孩子们驾车回到农场。人物在路上讲述自己生活中最美好的日子和最糟糕的日子, 由此"回家"这一"补白"场景升华成了一系列不可磨灭的电影镜头。如若不然, 这场戏该是多么无聊啊! 不能让观众单单跟着人物从 A 地到 B 地再跑一趟, 恰恰相反, 编剧写出的这段旅途是值得观众回忆的。在这个功劳记上功劳簿很久之后，这个回忆还将伴随着我们。

让我们想想科恩兄弟的任何一部电影，他们的电影依靠"小东西"取悦观众而长盛不衰。在电影《谋杀绿脚趾》（*The Big Lebowski*）中，谁会忘记绰号为"城里人"的杰弗里·勒博斯基在超市买牛奶的那场戏呢。当他来到收银台的时候，不光胡子上面沾着牛奶，而且付款的时候，连一个69美分的纸盒子也要用支票付款！

在编剧圈里，急急忙忙地写完最后一稿可能是一种普遍的毛病，它对于保持最佳的创作态度丝毫没有好处。因此，我鼓励你们要抵抗住那种匆忙冒进的冲动，把剧本写得"足够好"。花点儿时间去做一些额外的润色工作，事无巨细地去做，因为这是润物细无声的功夫，随着效果的逐渐累积，小不同可以造就大不同。场景是培养故事的心态、调子和情感共同成长的食粮。因此，一定要保证让每一帧画面、每一句台词都注入一种灵性，用整一性、想象力和灵魂浸润它们。

# 练 习

列出一个清单，写出10个场景的潜在构思，无论概念大小。到了开发项目的时候你就可以用到它们。当你衡量每一场戏的时候，问问自己：上述场景除了对于整体剧情的"功能性"有帮助之外（也就是说，主人公必须从某地方以某种方式出场，在某一页之前遇到某个人，如此等等），是否还能在更广的范围内，比如在潜台词方面或者人物塑造方面可以有任何在给定的时刻被摊开展示的包袱呢？除了功能性地提供那种"必需的"节奏之外，这场戏还能起什么作用？

比如说主人公迷路了，他必须在加油站停下车子，找人问路，你能不能在主人公与指路人的谈话中揉进新的东西（哪怕只是短暂的），进而揭示出主人公的某种新信息呢？或者，它能给更大的故事增加幽默感、死亡事件或者什么预兆吗？比如说主人公问路这样的小事，你能不能不说"请问，你知道到某地怎么走吗？"这样的话，而是把这件小事变成非同小可的事情呢？你如何能用微妙的手法把汽车维修站这场戏升华为人物的一场戏剧性经验呢？

这种小事可能很简单，比如说，单身的主人公正在等待维修工补胎，这时他偷看到另一辆汽车上一对漂亮的年轻夫妇逗小孩子玩耍，主人公眼里充满了羡慕之情。或者，除了问路之外，他还要给汽车加油，随着油价数字在汽油泵上面不断上涨，他也忍耐到了极点，以至于加油工都感觉到了主人公担心囊中羞涩的尴尬，因此他们交换了一个眼神，这真是令人心碎的一瞥。

做完这个练习之后，额外找点时间，给每一场戏都增加一些分量。然后，反复琢磨一下，这个做法可以怎样进一步升华已经写好的东西，相信所有额外的补笔修饰最终都将给你带来巨大的好处。

# 打造强劲的场景 David Atkins

David Atkins，自 1990 年担任职业影视剧本作家以来，为派拉蒙、索尼、华纳兄弟、梦工厂、MTV、狮门影业以及米高梅做编剧工作。影片包括《亚利桑那之梦》，主演为约翰尼·德普和杰瑞·刘易斯，这部影片在柏林电影节荣获银熊奖，还有 Novocaine，他同时担任该片导演，主演为 Steve Martin 和 Helena Bonham Carter。他在纽约大学的 Tisch 艺术学院主持电影系的研究生电影剧本创作及导演专业，还在哥伦比亚大学的研究生电影项目任教。

我非常喜欢制作精良的场景。每一个真正精工细作打造出来的场景，当它悄悄地融入到故事中去，只消两分钟时间就能起到巨大的作用。当初我开始以编剧为职业的时候，我确信，成就一部伟大的电影剧本的因素是对白。比如说，简练有力的俏皮话、突然冒出的笑话、一句警句妙语，如此等等。然而，随着时间流逝，我渐渐意识到，当然是有些懊悔地意识到：人物之间的对白虽然是剧本必不可少的元素，但并非最重要的组成部分。在对白后面发生的情况才是真正算数的。

请不要误解我的意思，我仍然看好对白的重要性。最好的对白不让你知道它要起到什么作用，直到对白说完你才知道它的效果。对白时而唇枪舌剑、你来我往，时而迂回包抄、围魏救赵，在即兴对白中闪烁着卓越的才华。通常，在枯燥乏味或者思想迷离的间隙往往是对白出现的地方，对白的奇妙之处在于它正好模仿了人们在现实生活中的说话方式。你只有等到一场戏的高潮部分，才会陡然醒悟到底发生了什么事情，随后才知道这场戏骗过了你的眼睛。因为当所有人物貌似在琢磨应该如何说话或者从各种各样的台词中漫步搜寻的时候，其实他们眼前的行动却在严格沿着自己既定的日程表前进。

这个练习就是围绕这一目标设计的：如何写出一场戏，让其中的对白和行动不仅貌似真实、忠实于生活、轻松、随便、和风细雨、举重若轻，而且还能体现出人物热切要求实现某个具体目标时表现出的紧张状态以及聚精会神的状态。这个练习让你专注于编剧需要完成的任务，同时让人物专注于自己需要完成的任务。

好吧，大家先抛开下面这个魔咒：写作真是死难。我不知道你怎样做到的，但是我肯定不会到外面兴高采烈一整天。在早餐之前，我要匆匆赶出 20 页篇幅的剧本。我确实需要哄着自己才能把字写到纸上来。对我来说，一张空无一字的白纸实在是太可怕了。因此，假如有一个办法把那张纸变得不再空白，那么我肯定每次写作都要用到它。

这就是为什么每次开始动笔写戏之前我总是先要扎实地做好两项准备工作。第一，我要明确这场戏的意图。假如这场戏在整个剧本里并没有什么具体的作用，那么，马上就把它忘掉好了。第二，我必须知道每个人物在这场戏中要做什么事情，他们的戏剧性行动是什么。正如一场没有意图的戏一样，没有实质行动的人物也纯属多余。如果他在一场戏中没有什么任务要完成，那么，干脆把他从中解放出来吧。

我喜欢把一场好戏比作是一次粗暴有力的刀剑格斗，从头到尾都是劈刺和格挡。敌对双方中的任何一方都有一个互斥同时又明确具体的目标，也就是说，都想把对方一剑解决。我之所以说这个目标是"双方互相排斥的"是因为最后只能有一方可以如愿，另一方必败无疑。如果来个双赢，那么故事就没有任何张力可言了。两个剑客的水平越是旗鼓相当，双方的格斗就越是精彩。双方的剑术变化越是多样，格斗动作也就越是令人眼花缭乱。类似地，一场戏中的人物为了实现在那场戏中的目标必须使用他们最精通的任何武器（顺便说一句，他们使用什么样的工具反过来也正好揭示出他们是什么样的人物）。

# 练 习

你的第一目标是明确这场戏必须完成什么任务，这样故事才能向前推进。这个任务应该用一句话概括。比如说，你确定了这场戏的目的在于"表明弗瑞德全心全意地深爱着威尔玛"。那么，你就赋予了这场戏一个使命，在这部剧本中它也就有了存在的理由。

下一步，你要确定在这场戏内每个人物各有什么样的目标。你要明确地用戏剧性的方式说出每个人物具体要做什么事情进而完成自己的任务。开始的时候，你要在页面顶端写上："弗瑞德渴望……"然后要为你的人物至少自由联想出 6 个不同的"做什么"的清单。使用动词的时候你要格外小心谨慎。正如表演艺术一样，你希望每个表示动作的动词都能够驱动人物向目标迈进。下面举几个例子：

- 使我的对手在他编织的谎言中露出马脚。
- 甜言蜜语地讨好老板，好让他批准我早早下班。
- 诱骗一个大腕儿，让他相信我就是自己所说的那种人。

注意上述动词的选择。你要使用"露出马脚"，"讨好"、"诱骗"这样的动词。对于演员来说这些动词才是可以表演出来的，所以编剧也要多使用这样的词语。想象一下，你的人物可以使用五花八门的办法以便"抓住对方的把柄"。他可以要花招、迷惑对手、穷追猛打、骚扰对手、赢得对手的信赖、说谎欺骗、令对手眼花缭乱或者误导对手。下面是一些指导原则，当你为人物选择最恰当的目标的时候，你可以考虑应用这些原则：

1. 让你的人物在本场戏中的目标与他在整部剧本中的总体渴望保持统一。

如果在一场戏中贝蒂渴望赢回巴尼的爱，那么，就不要给她设定下面这个目标，比如"确信巴尼一无是处"。这样一来，你让巴尼认为自己一无是处，那么以后再对他表现出多少爱意他也不会回到她身边的。想一想你的人物在整个故事中渴望得到什么东西，然后，在每场戏中都给他确定一个具体的目标，确保实现具体的目标之后他就距离实现总体目标更近一步。

2. 目标要有明确的限定性。

外延不确定的目标，比如"拯救世界免受邪恶之苦"之类就不符合要求，因为我们无从知道到底什么时候人物才算实现了目标。目标要明确地限定下来，还要给它规定一个终点。比如说，"讨好一个过于秉公办事的秘书，让她批准、安排你和老板见一次面"这个目标显然已经给这场戏限定了时间。一旦安排好了预约时间，这一场戏就结束了。至此，你知道自己可以继续往下进行了。

3. 目标要有趣或者演员演起来很带劲。

你的人物将要竭尽所能地追求这个目标，所以你必须给他使起来顺手的东西让他表演。如果一个人物不得不做一件无聊的差事，比如说，"送个信儿"，那么，这场戏肯定枯燥乏味得很。假如是"投下一枚巨型炸弹"。这个任务表演起来就有好戏看了，同时目标也很明确。顺便说一下，有趣总是好事。如果写起来好玩儿，那么读起来就有趣，演员表演起来也觉得带劲，这样，观众看电影时也会觉得兴奋。

4. 确保目标有待在另外一个身上得到考验。

为了让一场戏具有活力，人物之间必须你来我往地互动起来。这是一场戏的张力所在。也就是说，人物之间要互相竞争，每个人物都想实现自己的目标，同时还要阻止他人实现目标。如果说在一场戏中一个人物的日程表跟另一个人毫不相干，那么，就根本谈不上相互竞争。没有了相互竞争，一场戏就根本没有张力，没有了张力，你的剧本就毫无戏剧性可言。

好吧，现在该你把它写在纸上了。开始，你要在页面顶端写上"我的人物渴望……"然后，你要给人物自由联想到许多可能的目标。不要冥思苦想，尽快把目标写出来，随便想象一下人物在这场戏中要完成什么任务。无论你想到了什么，尽量多地写下各种不同的行动。无论如何糟糕的想法你都要把它们写出来，至于如何糟糕或许你也永远无法弄明白。不要忘记你的动作动词。不要思考；只管写。

当你写完以后，你至少拥有 6 个强大的潜在目标供你选择了。现在，把那些似乎不可行的、写起来好玩儿的或者符合人物身份的选项下面画线标示出来。在脑海里搜索一下，写出其余的可能选项。哪个最有效呢？哪个看起来最好玩儿呢？最重要的是，哪个选项是你最想写的呢？因为到了最后，你最想写的选项几乎每次都是最佳的选项。

当你识别出最佳选项之后，在它旁边画一个星号。这就是你的人物在这场戏中的目标。重复这个过程，给每个人物都选定目标。无论人物的作用有多小。切记，每个人物在一场戏里都要有点儿事情做一做，否则你就根本不应该把他们写进来。一旦你给每个人物都安排好了目标，剧本创作的准备工作就算完成了。按照这个方法，你写出的场景一定拥有强健有力的人物、锋利无比的兵刃，演员演起来也会感觉有趣的。

# 故事的画面讲述 Larry Hama

Larry Hama，电视动画片编剧，在人们过去所谓的"开发地狱"工作。他与 Gabrielle Kelly 合著了电影 *All Ages Night* 的剧本。他最知名的身份是漫画图书作家，长期为 Marvel Comics 创作 *GI Joe* 和 *Wolverine* 的漫画。

　　刚刚出道的时候，我负责画卡通图画以及情节串联图板，所以每当我读剧本的时候脑海里浮现出来的首先是视觉画面。后来，我第一次创作剧本就是给连环漫画书编写故事。刚开始的时候，我发现假如创作的时候你只是一个劲儿地敲键盘，那么你的思维就会转向故事的对白部分。结果，我最初写出来的作品总是对白太多而动作太少。于是，我重新区别轻重缓急，当我把动作摆在第一位的时候，一切似乎都各就各位了。

　　我这里说的不只是舞蹈表演的动作。我打算把整个故事想象成一部无声电影的画面。我把人物的发展、重要的情节、人物的目标等等都嵌入视觉画面之中，这样一来我就不必在展示部分就把人物引进故事中来。以后我还可以专注于创作简短的人物对白，对白既不能承担情节解读的重任，也无法承担掩饰逻辑瑕疵的责任。

　　虽然为影视故事绘制串联图板是我驾轻就熟的老本行，可是，我发现利用视觉画面把商业广告片画在串联图板上更是让我受益匪浅。广告时间是如此短暂，以至于你很难清晰而简洁地把广告信息传达出来。由于在这个产业链中情节串联图板画师位于最后一个环节，他的完工日期永远是昨天，所以你必须抖抖机灵、马上找到解决方案。

　　几年前，我曾在莫斯科的一家电影学院里担任一个视觉叙事研修班的主讲教师。我要求全班同学从自己的剧本里挑出一场短戏，然后把它画在剧情串联图板上面。我并不要求学生具备很高的绘画水平。学生可以画一张速写草图，甚至也可以画一张地图，标出人物的位置及其运动的轨迹，就像橄榄球比赛时使用的位置示意图。即便你使用最简单粗糙的图表，也可以把人物、行动和视觉展示部分的连续拍摄镜头都呈现出来。

我很难想到还有比谢尔盖·爱森斯坦和黑泽明更加细致入微的编剧兼导演了。众所周知，这两位都喜欢把自己想象中的画面草草地画在纸上，有时画面的内容很笼统，画的东西也很随意。或许你以为，既然这两位艺术家的想象力是如此发达，照理说他们对于整体画面应该是成竹在胸的。不过，他们发现先把自己的想法画在纸面上还是有益的，随后他们才会让这些画面在摄影机前面立起来。

这并不是说你应该把这个镜头描述出来。我的意思是说，为了让视觉叙事变成一个诸多事件相互连贯的完整链条，你应该尝试从各个可能的角度琢磨一下这场戏。即便你不必在剧本里逐一写明，只要你懂得这种排序的底层逻辑，它就可以帮你把所有画面联成一体。多换几个角度琢磨一下或许可以让你看到哪处无意中捅破了第四堵墙①，或者发现一处穿帮镜头，那你就得在银幕上巧为补救、打好圆场。（"哎哟，我想，我们在实验室那会儿，难道你没有看到我偷偷地往口袋里塞了一只毒丸吗，嗯哼？"）

# 练　习

选择一场不是主打动作牌的戏，比如说在饭店、客厅或者马路上表演的戏。这场戏只有两三个人物，而且要与外部环境有关。即便这场戏通篇都是人物对白，也不要使用对白的创作思维。让故事通过画面传达出来，不过，要避免无声电影中情感表露过度夸张的问题。有时候，长时间的沉默无语、迟缓的动作甚至纹丝不动的肢体语言能取得比口头表达更好的效果。假如你连一张笑脸、一个圆圈都画不出来，那么你就再加一条注释："她不好意思地笑了笑，然后背过身去。"假如你是在带索引号码的卡片上

---

① 第四堵墙，为戏剧术语。在镜框舞台上，一般写实的室内景只有三面墙，沿台口的一面不存在的墙，被视为"第四堵墙"。

绘制一帧帧的画面，你可以给卡片重新排序、重新分类。你甚至能够抓拍到那些可以摆姿势的人形道具的数字化画面。前提是要记住，你不是在导演电影而是在给故事安上视觉的器官，这样一来，你对故事的理解就能更上一层楼了。

# 文字底下还有什么 Allison Burnett

Allison Burnett，影视剧本作家、小说家，他是电影 Autumn in New York，Red Meat，Feast of Love 和 Fame 的编剧。他最近面世的小说是 Undiscovered Gyrl。

平庸的电影场景与伟大的电影场景之间的鲜明差距之一就是有没有潜台词。如果你打开电视，看看普通的肥皂剧或者黄金时段的电视剧，你很快就会发现，这些人物总是很清楚自己的思想感情，他们不光乐于坦然地把自己的内心世界公之于众，而且说话的时候往往还用手指着对方的鼻子。无论在现实生活中还是在优秀的艺术作品中，永远不会有这种情形。

在表层意识的思想层面之下，我们还有一个更加广阔、有趣的潜意识世界。这里有恐惧、怨恨、创伤、希望、回忆和渴望。如果你不信我的话，那么请想一想自己的梦境。旁观者清，我们很容易在别人的言语与动作中看出这种神秘力量发挥作用的迹象。但是，我们往往无法从自己的言语与动作中找到这样的线索。换句话说，我们嘴上说的和正在做的实际上很少反映自己的真实意愿。最优秀的戏剧家知道这一点，而且在其剧本的每一页里面都有这种情形的反映。

挑选一部你崇拜的电影剧本，然后从中挑出你最喜欢的几场戏。接下来，问自己下面这两个问题：第一，表面上看，这场戏讲的是什么事情？第二，这场戏真正在讲什么事情？这两个问题的答案几乎总是两码事。现在，拿出一部你并不崇拜的剧本，再试着回答上面的两个问题。两者的答案几乎总是一样的。

潜台词是创意写作的第三个维度。正是潜台词让剧本充满了情感的共鸣、高尚的情操以及诗意的朦胧。如果没有潜台词，你写出来的就是肥皂剧、喜剧小品、搞笑漫画或者卡通片。潜台词就像是金属器物上面精致的古色与锈蚀。人们需要长年累月的积累才能学会创造，而历史只用几秒钟时间就能抹杀一切。我发现，电影公司最糟糕的编剧就是铜锈打磨师！他们能把潜台词的一切迹象全都打磨干净。还有，有的演员因为喜欢临场即兴发挥自编台词而落入陷阱。他们不仅说起话来唠唠叨叨，而且，由于瞬间的情绪激发，他们还会把潜台词一五一十地说出来。

# 练 习

构思一个简单的戏剧情境。比如说，一个中学男生跟一个同班女生放学后一起走路回家。他们在女生的家门口逗留了一两分钟。男生请女生星期六晚上出去约会。她说行。他们分手了。

首先，写这场戏的时候，你知道男生从小学开始就爱上了那个女生，但是，女生一直对他不理不睬。男生很清楚假如自己要求她外出约会，肯定会遭到女生的拒绝。既然我们是练习潜台词的运用，我们当然不允许男生直接向女生表白自己的感受。不过，这个信息应该在这场戏中有所反映。我们应该能感觉到男生的爱意，而且在表白行动进行时他的心还像揣着一只小兔子一样突突直跳，生怕自己遭到拒绝。

写完这一场戏之后，你可以再换一种写法。这一次，男生从来没有注意过这个女生，但是，他刚刚得到小道消息说，那个女生其实从上小学起就爱上了自己。他很是高兴，而且男生第一次注意到她是那么漂亮，他决定约她出来。要求还是上面那样，任何事情都不能直接说出来，但是，这一次男生的策略是不是改变了呢？他的行动和措辞又会有什么变化呢？尽量让这一版本的文字与上一版本接近，词语仅仅略作改动，足以反映男生刚刚知道这一实情即可。

最后，再用另外一种方式写出这场戏。这一次，男生和女生是孩提时代的青梅竹马。但是，他们的友谊仅仅限于学校的围墙之内。周末他们从来没有一起出去玩过。最近，这个男生开始感觉到自己对女生萌生了浪漫的想法。约她星期六晚上出去这件事情改变了两人之间普通的同学关系。他正在迈向一个危险的领域。

好了，请把你写的三场戏给几个要好的读者看一看。等他们读完之后，问一问他们对于三场戏中的人物和情境各有什么认识。直接用文字表述出来当然是再简单不过的事情了；而用潜台词间接地进行表现则要难得多。看一看，你是否把潜台词和人物埋藏在心底的思想感情传达给读者了呢？

# 为电影而写的场景 Stephen V. Duncan

Stephen V. Duncan，著有《电影剧本创作门类：如何创作畅销流行影视剧》（*Genre Screenwriting*：*How to Write Popular Screenplays That Sell*）和《电影剧本创作的成功之路：如何为电影电视写剧本》（*A Guide to Screenwriting Success*：*How to Write for Film and Television*）。他与人合著了荣获艾美奖的CBS 电视连续剧 *Tour of Duty*，以及荣获艾美奖提名的 TNT 原创电影 *The Court-Martial of Jackie Robinson*。他是一名副教授，任洛杉矶洛约拉马利蒙特大学电影电视学院电影剧本创作系主任。

从本质上讲，电影是一门视觉艺术。然而，我发现电影编剧新手往往忘掉了自己在现实生活中也曾当过电影观众这个事实。非常普遍的现象是，没有经验的编剧往往一到创作电影场景或者一组镜头的时候就变成了话痨，只管唠叨一些无关紧要的事情。你不能一方面把人物对白当作推动剧情发展的引擎，另一方面又指望由这种场景构成的电影在整体上能够具有强烈的戏剧效果。

这个问题的有效解决方案之一就是灵活运用场景的七个元素。你最初使用它们的原因是为场景拟出梗概，不过，在剧本修改的过程中这种方法尤其值得一试。我常常很惊讶的是，有些编剧居然不懂得一个场景或者一组镜头的定义。在编剧工作中，准确把握这个定义很重要，因为剧本毕竟不同于长篇小说或者短篇小说，电影剧本经过导演和制作团队的解读或者转述之后，剧本里面的场景最后都是要在银幕上播映的。在剧本修改的过程中，编剧首先要改写剧本的格式使其符合电影拍摄的需要，给每场戏都加上一个标题，说明它发生在室内或者室外，准确、具体地标明故事发生的时间和地点。一场戏发生的地点只能有一个。一组镜头则包括一系列不同的场景，它们要在更大的故事框架内讲述一个相对短小的故事。下面我把这七个元素列出一个清单，同时还列出了你应该自问自答的问题：

一个正面主角。在这场戏中，谁拥有那个"最具戏剧性的需求"？换句话说，这个人物在这场戏中渴望什么？

一个反面主角。在这场戏中，谁是阻碍主人公实现戏剧性需求的拦路虎？反过来，对于正面主角来说这也同样很重要。在这场戏中这个反派人物渴望什么？为了创造出冲突，他们应该具有对抗性。如果说他们各自都渴望得到同一件东西，那么，他们实现目的的手段必然有所不同。不然，你写出的这场戏就会让读剧本的人厌烦（最终，也会让观众生厌）。

中枢人物。在这场戏中，谁是支持正面主角并且/或者反对反面主角的人物？在一场戏中，这样的人物要实现两个目标：一是使正面主角和反面主角持续处于冲突状态；二是为这场戏中的焦点矛盾提供不同的视角。

对白。某个人物如何与人互动呢？是直接通过口头表达，还是通过非口头的潜台词（比如动作、反应或者干脆沉默不语）或者两者兼而有之？例如，一个人物可能嘴上会说"我爱你"，然后她扭过头去，通过她的面部表情向观众揭示她是在说谎。

意图。各个人物为什么要在这场戏中出现？演员们称之为"动机"，在为一场戏创造冲突的时候，它是背后驱动冲突的力量。

潜台词。在每场戏下面有什么情感正在暗中冒泡沸腾起来？这场戏传达的真正意义到底是什么？这个元素需要从银幕故事的主题思想方面找到暗示线索。

上下文。这场戏与前一场戏及后一场戏有什么关系？对于同一场戏来说，这个元素要使编剧要么赋予它一种强烈的悬念，要么赋予它一种喜剧的情调，甚至无须改写就能实现这一改变。

虽然这七个元素可能看起来很简单，不过，电影剧本是否具有生命力还要看编剧写出的场景能不能令观众满意，而且这些元素可以有效地帮你练习电影剧本的创作风格并提升剧本的思想内容。

# 练　习

我们先从一句话的构思开始。下面这些是我用来给一场戏捕捉灵感的：

"一对夫妻在阁楼上找到一双陈旧的尖头皮鞋。"

"一个家庭宠物给主人带来了一点儿理性的思考。"

"婚姻中的不忠。"

"与外星人面对面地对峙。"

"结婚 20 年的丈夫居然是一个连环杀手。"

"一见钟情。"

练习的目标是要提高创作出符合电影需要的一个场景和系列场景的能力。从上面的句子里挑出一个（或者自己构思），然后用下面三种不同的方式写出来：

1. 第一种方式是只使用口头对白。篇幅要短一些，两三页即可。

2. 下一步，只使用动作和非口头元素写出这场戏。你要把口头的台词转变成观众可以看到的动作和反应。

3. 最后，重新创作这场戏，专注于提高画面的视觉效果，不过，这一次你要写出一句对白，以便人们捕捉这场戏的潜台词（主题）。

你可以对这个练习进行升级改造，具体方法是根据同一个想法写出一个篇幅 6～8 页的系列场景。每个场景都应该使用这七个元素，而且这一系列场景在整体上也要用到这七个元素。首先，尝试只使用口头对白写出来，然后使用一句明确主题的台词，最后写出一系列场景，综合运用口头对白、非口头的台词和观众可以看到的动作。

当你完成整个练习时，你综合利用视觉元素及听觉元素创作戏剧性场景的能力将会得到显著提升。

# 对白，背景，潜台词 T. J. Lynch

T. J. Lynch，因电影剧本《智慧的开端》而荣获 Academy of Motion Picture Arts & Sciences 颁发的 Nicholls Fellowship 电影编剧奖。他是正片电影 A Plumm Summer 的原创作家，该剧 2008 年在小范围内首演，2009 年录制 DVD 发行。他是美国与加拿大两国公民，居住在洛杉矶，为影视剧作家新秀做剧本咨询工作。

　　人物对白有点儿像是球场上两个球门之间的比赛场地，运动员在此往来奔波、汗流浃背。对白必须让人听起来"自然"。另外，它还必须透露一些消息。这两个目标经常是互相矛盾的。编剧要对展示的内容进行掩饰伪装，方法之一就是利用潜台词。潜台词的灵活运用是最难掌握的电影剧本创作技巧，同时，如果潜台词能够运用得当，剧本就会变得极其优美雅致。

　　潜台词是未经明言的东西。在现实生活中，人们往往不是直肠子，不会把自己的想法一五一十地说出来。他们要避免直来直去的说话方式。他们有意隐瞒真相，闪烁其词。他们要给人留点儿面子。潜台词指的就是言下之意，也就是人们所说的话背后的含义。只要有可能，你就要让人物嘴上说的与他们实际想的有所不同，这样的剧本往往是好的。

　　一个合理的问题是："如果人们嘴上说的不同于心里想的，那么他们又凭什么认为我们明白了他们心中所想的呢？"答案在于上下文。这场戏的背景是什么？人物之间的关系是怎样的？他们之所以同台露面是因为互相之间有怎样的联系呢？更重要的是，他们各自的行为是怎样的？

　　我们嘴上说的东西跟我们通过行动表现出来的东西是一样的。假如我们轻轻地拍打着自己的手指，那么，我们一定是无聊了。如果说我们在摆弄手表带，那么我们肯定是在关心时间的问题。如果在不太好玩儿的情境中我们也要笑，那么我们肯定是焦虑不安的（很可能因为我们正在说谎）。

行为是一把钥匙，它为我们打开了一场戏中的潜台词。如果一个人物只管把什么东西说出来，我们只是从表面来接受它。不过，如果说他/她的行为与其正在说的东西有某种互相抵触的地方，那么，我们就有了潜台词。突然间，观众需要同时解码两个各自独立的音轨，这是一个更加有趣的两股力量相互抗衡的情况。言行之间的分歧允许观众捡拾隐藏在言语背后的意义的落穗。

下面是一个潜台词的例子，它选材于我的影视剧本《智慧的开端》（*The Beginning of Wisdom*）。新的女管家观察到哈利，一个新近丧妻的农民，因为妻子的亡故而心神恍惚。她富有同情心地说："你一定很爱她。"哈利则回答说："她做得一手好饭。"一开始，他这样回答的时候脸就红了，这个问题似乎有点残酷。不过，在这场戏的上下文以及前面的所有场景中，我们认识到，他的回答的实际意思是说："我当然爱她。她关心我的每个需要，她是我的生命。不过，我因为她的亡故而过于悲痛，不忍心直接说出我对她的爱。"

# 练　习

让我们做一个练习。从你手头的电影剧本中挑出一场戏来。不要选择热闹的动作场景，最好是两个人物对话的一场戏。这里的对白是不是刚刚好？我这么说的意思是说他们嘴上说的是否恰好是他们心里想的？要是这样那就太好了！现在，你有机会把潜台词注入场景中了。

现在，请重新把这个场景改写一下。首先，看看把人物放在室内表演的情况。当他们说话的时候，一个人物背对着另一个，这样一来上下文会有什么变化？难道说他在刻意隐瞒什么东西，害怕自己的表达会露出马脚吗？或者说他根本没有兴趣听她要说的话？她的情况又是如何呢？她是不是站在门口仿佛害怕他走进来，或者准备好随时气哼哼地离开此地？

下一步，你要赋予他们每个人一种行为，这种行为与他们所说的话有所抵触。如果说他向她保证说，他在他们的婚姻中是幸福的，那么为什么他还要拨弄他的结婚戒指，仿佛戴在手指上面不舒服似的？如果说她微笑着并且保证说她信任他，那么为什么她的双臂是交叉着抱在胸前的？为什么她同时又要啃自己的指甲直至触及痛处？设计他们之间你来我往的互动，以便让我们从他们所说的话和所做的事那里得到等量的信息。

潜台词是电影编剧最好的工具之一，潜台词可以用非言语的方式一点点地展示出来。比起纯粹的对白，潜台词能让剧本的读者（更希望说有朝一日你的电影观众）更加完整地融入进来。此外，它能够强化你的人物，因为你给予人物一个说谎的选项，而观众也获得了看透这些谎言的智力空间。言语往往是骗人的，而行为却常常能够揭示出一个被深藏的真相。

# 一页人物简介 Valerie Alexander

Valerie Alexander，职业作家，积极的 WGAW 会员，自从 2003 年以来担任青年故事讲述者基金会的专职导师。她为 CubeVision 开发了电视连续剧 Gangster, Inc.。她的银幕改编作品包括 Jane Hitchcock 所著小说 Social Crimes 以及 Michael Chepiga 的舞台剧 Getting & Spending。

在这几页篇幅里，我提出了很多好的建议，告诉你在开始创作之前需要知道的一些事项。在我看来，最重要的事情就是认识你的人物。如果你认识了他们，真正知道他们里里外外的情况，知道他们的喜好与憎厌，他们的个人风格、怪癖、道德素质、伦理观念、内在精神，那么你就肯定能够避免没有经验的编剧们常犯的两个错误：

1. 让所有人都以同一个声音说话；

2. 让一个人物做某些完全不符合他性格特点的事情。

测验你对人物的认知程度的最好方法之一就是写一份一页长度的人物介绍。

## 练 习

首先，写出你希望观众了解的主要人物的情况。我需要让观众知道的主人公的五个最重要的性格特征是什么？（请不要包括诸如头发颜色或者身高之类的东西，除非这与你的故事高度相关）。

现在，请你写出一场戏，把这些内容都传达给观众，而且不要用对白的方式传达。换句话说，任何人都不会说"哎呀，女士，你看上去好孤独呀"之类的话。你要让她的孤独感自然流露，用看得见、摸得着的东西表现出来。

　　针对主人公做完这个练习之后，再挑出两三个重要的配角人物，为他们每个人都写一场戏。这些场景应该不多于一页纸的篇幅。

　　对于我的主人公，我想把这个场景制作成电影的第一场戏。它可能跟电影的其他部分没有什么关系，但是它开启了一个快照式的印象，让观众知道这个人是什么样的人，直到最后大家知道整部电影要讲一个什么样的故事。

　　举例来说，下面一页就是我的一部剧本的第一场戏。

**淡入：**

透过一个大鱼缸的背面，我们看到了亚历克斯被水歪曲了的脸庞，这是一个迷人的半老徐娘，蹲在她的两个女儿旁边，梅乐迪，8 岁，坦尼娅，5 岁。

她们三个人一边看鱼，一边快活地有说有笑。两个小女孩兴奋地指着不同的鱼类，说这条鱼那条鱼是她们的最爱。

当女孩子盯着鱼看的时候，亚历克斯站在一边，环顾四周在找什么人。她看到了他。

**亚历克斯**

　　托德。

托德，她的丈夫，是一个有派头的、英俊的男人，他走了过来。这是一个完美的美国家庭一起出游的画面。

亚历克斯偏头示意，而托德也点头回应。

**托德**

　　嗨，孩子们，我们拿甜点去吧。

他牵着两个女孩的手，带她们离开了鱼缸。

亚历克斯转身，向柜台后面的一个男子打了个手势。

**亚历克斯**

　　那一条。

她指着一条虹鳟鱼，那个男人则用渔网把这条鱼打上来。

原来他们并不是在一个宠物店或者水族馆里。这个地方是一家高档食品店。（店员敏捷地把这条毫无防备的鱼抛到一张铁板上，然后，咣的一声砍掉了它的头。）

现在，还有些关于亚历克斯的情况是你不了解的，比如说她以什么为生或者她的家庭背景，但是你要思考一下你已经知道的情况。

（注：这里并没有加上嵌条语句，这并非意外的失误。这场戏如果是从"室内：杂货店，白天"开场的话就丧失效果了，所以我还是选择不写这一部分，这没问题。如果你的作品足够吸引眼球，那么大家往往并不在意你是否打破了常规。）

现在，我们再回过头来谈谈我们对于亚历克斯的了解：

1. 她是已婚的。

对于她的婚姻生活你有什么了解？他们一家人出游，他们无言地理解对方的需求，他们似乎是一个好的团队。总体上你可以说这是一个好的婚姻，而且或许还会进一步说这是门当户对的婚姻。

2. 她是一个母亲。

她是一个好母亲吗？她跟孩子们有说有笑，喜欢陪孩子们玩耍，但是当要做有点可怕的事情时，她确保孩子们得到了保护。她不让自己令人不快的行为被孩子们看到。

3. 这个家庭并不贫穷。

实际上，他们的生活很不错。在他们购买食品的杂货店里，在顾客买鱼之前，鱼还在鱼缸里游泳。

4. 她是残酷无情的。

你看出即将发生的情形了吗？你知道这条鱼即将身首异处了吗？这很重要。我希望观众从一开始就要思考亚历克斯能做出什么事情。他们还应该认识到，这部电影里的事情似乎发生在一个供人们休闲娱乐的水族馆里，而结果表明这完全是另外一种地方（一条无辜的鱼突然间变成了血肉横飞的尸体）。

5. 在亚历克斯和托德之间，做恶事的人是她。

读者很可能从中读出更多的东西，不过，在我开始创作这场戏之前，我想要传达的内容就是这些。

这个剧本得到了三家不同的制片公司的青睐，并且打算把它拍成电影，他们派了两名导演还有一个大牌电影女明星拍摄这部电影，直到今天这个剧本仍然是我主要的写作标本。虽然剧本经历了无数次的开发研讨会，而那场戏即剧本的第一页，从未有任何改动。真可谓一字不易。

这就表明，你知道自己已经完全掌握了这一技能。

所以，在开始创作剧本之前，要想一想你要讲述的那些故事。写一场戏，尤其是开场的一场戏，在一页内把一切全都传达出来，不要使用人物对白告诉观众人物的性格特点。如果你能做到这一点，你就真正掌握了电影剧本创作的一个关键。

# 超越反讽 Howard Allen

Howard Allen，专业演员、剧作家、导演、影视剧本作家兼文学经理人/戏剧编剧，其从业背景是新闻记者。他是第六届年度影视编剧博览会的主旨演讲嘉宾。他的制片公司是 Coyote Moon Films。他是电影 *Se Habla Espanol* 的编剧兼导演。

电影剧本创作更接近于叙事诗歌和连环画故事的写作而非文本小说的写作。这似乎没有什么值得大惊小怪的。编剧的最终产品是为其他合作方尤其是演员和导演而准备的一幅草图，故事的讲述还要由别人最终完成。由于本人常常是演员、导演一肩挑，编剧这项工作还让我深刻理解到电影的故事讲述方式确实有其好玩儿的地方。

虽说如此，电影这种叙事形式至少赋予了编剧一种吸引观众（读者）眼球的叙事手法，这就是所谓"**戏剧的反讽**"。戏剧的反讽比朴素的反讽更有一种优势，它能在观众身上创造出莫名其妙的期待和紧张情绪，能让观众不断地预测剧情的发展，而紧张的情绪则能让他们忐忑不安、如坐针毡。

请不要误解我的意思，朴素的反讽也具备娱乐效果：即便是最浅薄无知的女性，假如她只有成为哈佛法学院的优秀毕业生才能赢得自己钟情的男友的话，她也可能成为哈佛的高才生。电影《律政俏佳人》（*Legally Blonde*）讲的就是这样的故事。有时候，一个非常诚实、有爱心的单亲妈妈也可能陷入危险的黑社会犯罪活动，假如说她必须赚钱给孩子们购买一栋更好的移动房车的话，她会不惜把毒品藏在汽车后备箱里走私毒品。《冻河》（*Frozen River*）这部迷人的影片讲的就是这样的一个故事。

不过，现在我要告诉你们，在上面这两部电影中，戏剧的反讽多于朴素的反讽。在戏剧的反讽这个小小的机器里面包含两个有效的部件：其一，观众至少要知道一个人物的秘密；其二，观众至少要知道另一个不知道这个秘密的人物。

观众非常喜欢跟一个自信满满的电影编剧（或者剧作家、小说家）一起玩这个游戏。比如说，当我们知道这个冒似浅薄的女人刻意隐藏了自己在哈佛大学法学院学到的真正能力和知识水平，不让任何人知道，这就会带来非常搞笑的效果。电影《律政俏佳人》就是这样的游戏。或者当我们知道这个诚实的单亲妈妈不得不小心隐藏贩毒活动，以免她的孩子们、前夫、家人甚至对她很有好感的当地警长知道自己的犯罪活动。在《冻河》这部电影中，对于那些站在梅利莎·里奥一边的观众来说，他们的紧张情绪是可以清楚感觉到的。

此外，有的电影完全是建立在**戏剧的反讽**之上的。在研修班上，我喜欢举的两个例子分别是《窈窕奶爸》（*Mrs. Doubtfire*）和《亡命天涯》（*The Fugitive*）这两部电影。

电影《窈窕奶爸》的秘密是什么？当然了，观众知道，罗宾·威廉姆斯饰演的人物也知道，甚至包括主人公弟弟的同性伙伴，即那个擅长特殊化妆效果的专家在内，大家都知道这个苏格兰籍保姆正是罗宾想要给自己的孩子们找到的陪伴者。然而，罗宾的妻子和孩子们以及旧金山市的其他人全都不知道这一点。在这部电影绝大部分时间里，喜剧性的极端紧张状态都是由此派生出来的。

电影《亡命天涯》有什么秘密呢？当然，不光观众知道，而且由哈里森·福特饰演的金勃尔医生还有那个独臂男子也都知道，金勃尔医生并没有杀害他的妻子。联邦法院执行官（汤米·李·琼斯饰）、警察、他所在研究所医院的同事们以及芝加哥所有其他人都不知道他是一个逃脱了警察追捕的好人，他想证明自己是清白无罪的，而绝不是一个逃脱罪责的杀人犯。在这部电影绝大部分时间里，重重悬念都是由这一点派生出来的。

## 练 习

让我们马上做做下面的练习吧：

拿出你自己写的一个故事或者影视剧本。写下你的正面主角给你的朋友们留下的深刻印象，这样的人物我们称之为叙事视角或者视角人物。写下这个人物在一场戏中或者在整个故事中想要达成的目标。他是否把这个目标向他人透露过？不管目标有没有被透露，你都要另写一个人物，保证这个人物对于这个秘密目标完全不知情。现在，请给那个正面主角兼视角人物写出一场有对白的戏，这个秘密目标仍然埋在这个人物的心底。看一看，这样做能给故事带来多少额外的紧张情绪？

接下来，你要找出或者创造出一个人物，由这个人充当视角人物的对立面。请你写出一场戏，让这个反面人物策划出一种真正对你的视角人物构成重大威胁的事情。现在写出一场对白戏，其中正面主角和他的对手（仍然不知道其中的秘密）要进行一场谈话。你在观众或者读者中间激发的火花就来源于这种戏剧的反讽。

针对任何你看过的好电影，你都可以进行这种研究。你可以等以后再感谢我，当你在奥斯卡颁奖晚会上致辞的时候。

# 人物的发展

# 说说人物塑造 Syd Field

Syd Field，著有 8 本有关电影剧本创作的书籍，包括 *Screenplay*，*The Screenwriter's Workbook* 和 *The Screenwriter's Problem Solver*。目前在南加州大学任教，主持职业创作硕士课程、影视剧本创作以及故事讲述的研修班。他是 20 世纪福克斯、Touchstone Pictures、TriStar Pictures 和环球影业的影视剧本顾问，也一直与许多知名电影制片人合作。

从"淡入"到"淡出"，人物的塑造是你从头至尾都要考虑的问题。在这个过程中，你的知识和技能也在不断提升，随着你不断深入人物的生活，你对人物的生活体验也在不断增加。

人物的塑造可以有很多不同的方法。有的编剧花费很长时间不断思索自己的人物，当他们感觉自己"认识"了人物的时候，就会马上投入创作，还有些编剧会为了刻画人物的性格而详细列出一个清单；有的编剧把人物生活的主要元素写在 3cm×5cm 的卡片上；有的编剧则要写出笼统的提纲或者画出人物的行动图。有的编剧查阅杂志报纸上的人物照片以便想象出自己的人物相貌如何。当他们说"这就是我的人物了"这句话的时候，他们就会把那些照片贴在书桌的上方。这样一来，在创作的时候他们就能和自己的人物"在一起"了。有的编剧则把一线影星当作其人物的样板。

任何便于你塑造人物的方法都是你手头的好工具。选择自己塑造人物的方法。你可以从上述方法中选择一个，也可以把上述方法全都用上，或者一个也不用。这没有什么关系。关键在于这些工具是否有效。找到适合自己的方法，以自己的风格塑造人物。这个方法必须适合你，这才是关键所在。

最具洞察力的人物创作工具之一就是为人物写传记。人物传记的写作是一种自由联想、按部就班的创作练习。这可以揭示人物过去的生活经历，从人物出生到你的故事开始的时候为止。人物传记要捕捉而且明确识别出影响人物的种种力量，物质的因素和情感的因素，内部因素和外部因素，在人物风格养成的这些年中，这些因素铸就了人物的行事风格。这是一种揭示人物性格的过程。

一切还要从头说起。首先，你的人物是男是女？故事开始的时候他有多大年纪？他在哪儿生活？在哪个国家或者城市？他出生在什么地方？他是一个独生子，还是一个有兄弟姐妹的人？他与兄弟姐妹的关系是好还是不好，还是很难讲呢？他是否喜欢冒险？你认为自己人物的童年是幸福的还是不幸的呢？不幸的原因是由于疾病还是身体缺陷？在生理上或者医学上这是不是很难解决的问题？他与父母的关系如何？他是不是一个爱给父母惹麻烦的淘气包？或者他是不是一个安静而孤僻内向的孩子，总有心事而不喜欢社交活动？他的性格是不是倔强任性，而且经常跟权威发生冲突呢？你是否认为他是一个爱参加社交活动的人？他是否容易跟人交朋友？与亲人和其他孩子合得来吗？你想说他是一个什么样的孩子？好孩子还是坏孩子？他是一个喜欢外出、外向的人呢，还是一个害羞谨慎、内向的人呢？让你的想象力充当自己的向导吧。

# 练 习

为你的两三个主要人物写人物传记，篇幅为 7～10 页，如果有必要也可以加长。专注于人物的早年经历。这个人物是在哪儿出生的？他的父母是做什么工作的？他和父母之间关系如何？他有没有兄弟姐妹？他们的关系如何？是和睦还是互相怨恨的？

弄清楚这个人物在人生第二个十年和第三个十年中有什么其他的社会关系。看看这些关系如何养成了他的性格。记得亨利·詹姆斯的启发理论：每个人物都要照亮主要人物。

在你开始创作人物传说之前，花几天时间想一想你的人物，然后额外抽出一段时间，不受干扰地连续创作两三天。没有电话，没有电视，没有电子邮件，没有电子游戏，也不接受朋友来访。降低灯光亮度或者打开某种轻柔的音乐可能也有帮助。然后，"甩掉"所有涉及人物的思想、台词、想法的东西。只管让人物自发地呈现出来。不要担心语法、标点符号、拼写，或者潦草的字迹。只管让你的思想流溢到纸面上，不要担心任何其他的事情。你并不需要把这些文字给别人看；这只是你使用的工具，当你想象人物的时候就要"逐渐了解他们"。如果你需要在影视剧本中把人物传记这一部分写进去，那也好。不过，只管把你的人物写到纸面上。自由联想。让人物知道他们是什么样的人。

对于人物的职业、个性、隐私情况也做同样的处理。写一两页有关人物生计的内容，他的社会关系以及特殊的习惯或爱好。你甚至可能进入人物"生活中的一天"，然后写出他的一天是什么样子。从起床时候开始写，直到他上床睡觉为止，通常一天里他都要做什么事情？用一两页篇幅把这个内容写出来。如果你需要写更多，就写更多好了。如果你能少写一点儿就完成任务，那么就少写一点儿。

如果你发现自己对于人物生活有些不大明确或者无法确定的内容，请你用一两页的篇幅把这些东西写出来。如果有必要你就做做研究工作。自由联想。你和人物之间的关系是挚友的关系。你决定哪些东西是你需要的，然后清楚地把这些内容写出来。

如果你不知道自己是否应该写某件事情，那就先写出来！这是你的剧本，你的故事，你的人物，你的戏剧选择。当你完成了这项任务之后，你会了解你的人物，仿佛他们是自己的好友一样。

# 给我真相或者死亡！Bill Johnson

Bill Johnson，著有一本创作练习册 *A Story is a Promise and Deep Characterization*，他还在主办一个通过评论流行电影来探究故事讲述原理的网站。他在 Screenwriting Expo 以及美国各地的创作会议上讲授故事讲述课程。

为了满足观众的需要，故事听起来必须是真实可信的。创作听起来真实可信的故事的一个途径就是要让故事讲述者了解如何才能创造出具有我所谓的"戏剧性真相"的人物与情境。

在《绿野仙踪》中，桃乐丝希望找到回家的路，铁皮人则希望有一颗心脏，稻草人想要一个脑子，怯懦的狮子则想要勇气。

洛奇渴望出人头地。

绒布兔子希望变成真的。

哈利·波特则希望合群。

每个人物都拥有一个真正的目标，这种渴望决定了他们的一切。因为这些目标需要有一个结局，所以它们具有戏剧性。桃乐丝找到回家的路了吗？洛奇出人头地了吗？哈利合群了吗？绒布兔子变成真兔子了吗？

每个故事包括其中的每个重要人物甚至故事的环境都可以体现一种戏剧性的真相。反过来说，一个人物、重要的情节或者场面描写本身并不体现戏剧性的真相，因此，这些东西的风险在于让观众感觉它们只是原封不动搬上银幕的现实生活，而且显得过于烦琐。

桃乐丝的年龄是 12 岁，深色头发，这些都是字面上的。字面是描述性的，而戏剧性的真相则能烘托出人物的本质而且揭示他或她有什么渴望。

我们利用引见人物之便不妨让观众了解人物的一些戏剧性真相，这样做的目的并不是说我们在剧本的第一场戏中就必须"说漏一点儿嘴"。不过，为了理解一个故事、一个人物的戏剧性真相，甚至是理解环境的真相（环境是堪萨斯州，《绿野仙踪》的故事似乎确实如此），你就要拥有一个罗盘，指导你用什么词语来营造那些你要传达的人物目标以及重要的视觉画面。对于电影剧本创作来说这是生死攸关的，因为言简意赅是必要的。

许多编剧往往倾向于使用冗长乏味的字面描述。这样的描写丝毫不能说出任何戏剧性的真相。比如说，一个女人是个金发女郎，29 岁，喜欢体育运动。一个男士 32 岁，身体壮实，英俊潇洒。

我经常读到一些剧本，人物虽然能在剧情方面起到某种作用，也在场景中现身，不过这里的人物和情节并不能体现出任何戏剧性的真相。这样的故事也可以有一个结局，不过，这就像一只碗里盛放着制作蛋糕的所有配料而不是一个做好的蛋糕。这种故事和人物是无法令人满意的。这种字面真相最常出现在故事的开头部分。这种做法让剧本的开头变成了整个故事中最虚弱的部分。

我发现，许多编剧都懂得剧本永远不要让人一目了然，不过，这却让许多电影剧本变得意味含混。

# 练 习

为了帮助作家写出一个戏剧性的真相，我使用下面的图表。我要求编剧首先要明确自己的人物到底是什么样的人。然后，我要求编剧写出一句含义暧昧的话，同时这个人物的真正目标却丝毫不能透露。然后，再写出一句话，戏剧性地暗示这个人物的真相。

理解一个人物的真相能够帮助编剧作出选择，这种选择既是戏剧性的又是暗示性的。

在故事的开头，用某种清晰而直接的表达把某件事情告诉读者，即便只是寥寥数语也可以讲出人物或者故事的环境。让读者渴望知道更多情况，渴望与人物一起踏上故事的旅程。然后，你就拥有了比现实生活更高大的人物，他从纸面上走下来，自动地嵌入到读者的想象中。

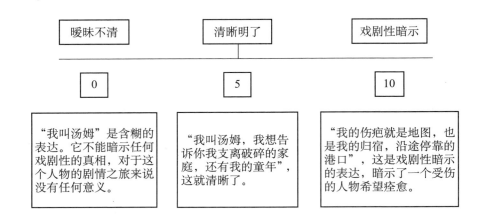

# 人物塑造的功与过 Linda Cowgill

Linda Cowgill，获奖影视剧本作家，讲师，著有 *Writing Short Films*，*The Art of Plotting and Secrets of Screenplay Structure*。目前，她是洛杉矶电影学院的院长，并担任教师。她与家人居住在圣莫尼克。

电影编剧新手最难以掌握的就是积极有力的正面主角。消极无力的正面主角在很多影视剧本中随处可见。作为电影编剧课程的主讲教师兼影视剧本顾问，我对这种现象司空见惯。不过，不要一味听取我有关这一问题的建议。我有一位读者朋友，他为克里斯·哥伦布的制片公司审阅过1 000 多部剧本，准确地说是 1 492 部剧本。根据他的经验，无论是编剧新手还是经验丰富的老手，消极无力的正面主角都是最为常见的错误。即使是那些跻身于制片公司第一梯队的编剧也会犯这个错误。

一个消极无力的正面主角在一段时间内也可能会吸引读者，不过，当情节跟随正面主角一起迈着沉重的步伐从一场戏到下一场戏蹒跚前行，似乎并没有什么真正目的的时候，这个故事就丧失了张力与动力，而观众自然也就意兴阑珊了。

初出茅庐的编剧往往错误地把强有力的主人公与其起伏跌宕的经历混为一谈。此外，这些编剧往往透过人物对白告诉观众人物的生平事迹，而不是通过动作来展示人物。即便他们明白"要展示，不要说"这句话是电影编剧的古训，但是他们还是无法领悟其真正含义。他们要么在人物倒叙部分向观众提供信息，要么在某些场景中向观众"展示"人物的背景。或许人物的生平事迹很有趣，但是这些东西并不足以吸引观众的眼球。观众不愿意听人物讲述这个故事；他们想要看到这个故事。观众想要看的人物是那些采取切实行动而且不断推动故事在自己眼前发生的人物。此外，观众还希望看到人物与人物互动的情形。这样做的重要意义在于，人物的某一性格特征的显著程度（这里的人物指的是大写的"人"）是需要通过故事里的冲突来加以考验与证明的。

戏剧艺术需要行动与冲突，它不仅要通过营造紧张情绪和磅礴气势来抓牢观众的眼球，而且还要让这个人物接受严酷的考验。在极端的情况下，人物基于自身的局限与选择而最终采取的行动往往能够证明这个人物到底是什么样的人。这也是真正能够吸引观众来到影院看电影的原因。

我们怎样才能塑造出一个积极有力的正面主角呢？简单的回答是：他必须拥有某种自己非常渴望得到而且愿意为之奋斗的重要目标。

屡见不鲜的是，初出茅庐的编剧赋予其正面主角的渴望是过于抽象空洞的东西。我的学生会说，"我的人物渴望爱情"。但是，假如你连正面主角心目中的"爱情"到底意味着什么都弄不清楚的话，你就没办法给这个故事画出一个蓝图来。罗密欧渴望得到朱丽叶；她代表了爱情。虽然双方家庭之间存在冲突，但他仍然按照自己的欲求采取行动。具体的欲求对象把抽象的渴望变成了观众心目中真真切切的东西，说明了人物为什么要做他所做的事情。

有人反对我这样突出强调"渴望"的作用，他们认为渴望会把情节变得平淡乏味。假如渴望是驱动人物与故事的全部力量，这么说或许是对的。为了让渴望或目标起到作用，那么，它必须具有戏剧性和危险性，而人物为此采取的行动必须是强有力的。举例来说，《夺宝奇兵》或者《侏罗纪公园》都是这样。

不过，渴望只是这个等式的一部分。伟大的编剧塑造出来的人物是由形形色色的欲求驱动的。这样的欲求包括渴望和需求。如果我们聚焦于这些内容，我们就能揭示出人物各种不同的侧面。

渴望是一个目标，是人物自觉自愿地渴望实现的明确目标。需求则是一种驱动人物采取行动的无意识的欲望。如果你采访你的人物，问他渴望什么，他就会告诉你他渴望什么以及为什么。可是，他的"为什么"也许并不是真正驱动他行动的力量，但是这个"为什么"或许说明了他如何看待自己的行动。

需求刺透了人物的表层而且影响着人物的行动内容与行为方式，而且通常是以出其不意的方式。在电影《革命之路》（*Revolutionary Road*）中，埃普丽尔需要离开自己那桩无法令人满意的婚姻。但是，她的目标是说服弗兰克辞掉工作，举家迁居巴黎。在她的需求和渴望之间存在的冲突为她的故事带来了一个痛苦、悲惨的结尾。

有时候，在人物明确说出的目标、渴望和其无意识的需求之间存在互相冲突的地方，这是故事中最吸引人的东西。从《卡萨布兰卡》到《朗读者》（*The Reader*），这类电影都利用了这种目标与需求之间的不匹配性，从各自的故事情境中潜心挖掘到了戏剧性的潜力。

假如说没有一个全面对抗的反面主角，正面主角仍然必须面对一个强大的冲突。无论是《潜水钟与蝴蝶》（*The Diving Bell And The Butterfly*）这类电影还是《触及巅峰》（*Touching The Void*），人物都必须面对某个一以贯之的戏剧性冲突，这样才能创造出一个引人瞩目使人欲罢不能的故事。

# 练 习

一旦我们已经知道这个人物是什么样的人，下面四个简单的问题可以帮助你找到创造积极有力而非消极无力的人物的办法：

1. 我的人物渴望什么？

确保主要人物的直接目标和远期目标是具体清晰的、难以实现的。这个直接目标必须包含足够的惯性，在整部电影的放映过程中驱动情节的发展。在《贫民窟的百万富翁》这部电影中，贾马尔渴望得到拉媞卡，而且为了得到她，他付出一切都在所不惜。

2. 为什么他渴望得到它？

人物目标的理由必须可信又是真实的。贾马尔渴望得到拉媞卡的理由是他爱她。

3. 他为什么不能得到它？

当正面主角/反面主角之间的一种具体关系为剧本定下基调之后，对于这个问题正反两面的回答应该是截然对立的。在电影《福斯特对话尼克松》中，大卫·福斯特之所以希望采访尼克松不光是因为他要揭露臭名远扬的水门事件，还因为他想给自己带来的一种威望；尼克松之所以愿意接受采访则不光是为了赚一点儿外快，他还认为自己有实力把这个轻量级的电视人搞得无法招架。这两个人物都没有真正理解自己即将面对的对手的实力。

4. 他需要什么东西？

一个人物的需求要么可以引发更多的冲突，要么会成为冲突双方的调和剂。两者不论哪一条，需求往往都是与人物的发展弧线联系在一起的。在《朗读者》和《革命之路》这两部电影中，我们看到人物的需求摧毁了他们。在《贫民窟的百万富翁》中，贾马尔的需求维持着他的生活并且让他充实起来。

所有重要人物对于这些问题的回答，你都要时刻放在手头上。这些问题不光帮助你理解他们是什么样的人，也让你明白驱动人物的力量是什么，这样一来它们同样也能驱动情节的发展。这是一个久经考验的方法，它可以把一个消极无力的正面主角变成一个积极有力的正面主角。

# 像演员一样把握人物！ Madeline DiMaggio

Madeline DiMaggio，作家/制片人/顾问，制作完成的电视及电影时长达 45 小时，包括情景喜剧、一小时戏剧、电视前导试播片、肥皂剧、动画片、有线电影和正片电影。此前她签约派拉蒙公司从事剧本创作，目前是 Honest Engine 电影公司的合伙人。目前她正参与创作电视台电影节目，服务于 Incendo Productions 制片公司每周一次的 PANIC。著有 How to Write for Television。

电影编剧往往忙于辛勤创作，我们则停留在人物的表面。编剧告诉他们到哪里去，而不让他们与我们交谈。而恰恰是在这样的瞬间，我们能感觉到，奇妙的情况就要发生了。

最初干上电影这一行的时候，我是一名演员。我发现表演艺术的技巧非常适合于帮助编剧用"内行的眼光"来看待问题。

《关于施密特》（About Schmidt）这部电影开始时是一个私密的时刻：施密特坐在一个打扫干净、没有窗户的办公室里面，他抬头看着时钟，随着时间一分一秒地流逝，他越来越接近自己的退休时间了。时钟每滴答一声，我们就感觉到他的生活正在悄悄地溜走，我们感觉到了他的担心。当整点钟声响起的时候，他站起身来，最后一次环顾四周，随即关上了办公室的门。从这一时刻之后，施密特需要在自己的生活中寻找新的人生意义。我们嘲笑他，我们跟他一起哭泣，因为我们害怕自己将来也会像他那样。无论在现实生活中大家的境况如何，我们都能因为这个人物的无聊生活而产生身份认同。施密特这个人物是由杰克·尼克尔森扮演的，这是一个被层层解剖过的、头脑空虚又缺乏自身活力的人，以至于你会为他感到痛苦。

或许你会说正是由于尼克尔森的精彩演技才造就了施密特这个人物，但是也正是施密特这个人物把尼克尔森的天才演技激发出来，让他渴望扮演这个角色。施密特这个人物是由小说家路易斯·贝格利塑造出来的，经过了电影编剧亚历山大·佩恩极好的加工，显然这个人物的里里外外都让人感受到了。

在电影《充气娃娃之恋》(*Lars and The Real Girl*)中，南希·奥利弗把拉尔斯刻画为一个感情受到伤害的年轻小伙子。他生活在自己兄弟房后的一间车库里。我们一开始就遇到了拉尔斯，他穿戴整洁正准备上教堂，当他从窗户里面向外看，感到的却是内外悬殊恍如隔世。他的房间陈设简陋：一桌一椅，还有他打小一直在用的老旧家具。在教堂里，我们看出他是个心地善良的人，总是助人为乐。大家虽然喜欢他，但是他自己却非常害羞而且冒失。那天晚上，在他车库的小房间里，编剧奥利弗让拉尔斯一个人孤单地坐在自己的床上，房间里很黑。他仍然穿着上教堂时穿的衣服；时间是凌晨4点。他没有动。他整个晚上都没有睡觉。后来，当拉尔斯去商场的时候，他漫无目的地走着，举目四望只看到在美食街进餐的家庭和夫妻。他感觉到了孤独无助、与世隔绝，编剧奥利弗写道，这种感觉就像是一种生理上的疾病一样。

在拉尔斯这个人物的内心深处隐藏着一个真相，我们知道编剧南希·奥利弗莫名其妙地找到了她自己身上某处孤独隔绝的地方。

伟大的人物不仅只是自生自灭的东西，人们也可以把他们挖掘出来。作为电影编剧，我们如何能够做到这一点呢？我们如何能够找到那种情感状态或者记忆，以便我们能够从事实真相而不是从面壁虚构出发去塑造人物呢？

# 练　习

感官记忆就是一种感觉的回忆。你说人物受伤了，这还不够。受伤是什么？受伤有什么感觉？受伤者有什么反应？真正感觉到孤单或者感觉到嫉妒是什么样子？在你自己身上找到那种心理状态。

尝试动用你自己的五种感官。回忆你何以拥有这种感觉，可以无视环境条件，要紧的是回忆那种感觉。想一想你当时在什么地方。是在室内吗？有没有你可以回想起来的物件？你当时在看什么？你触摸到了什么？当时有没有一种声响，有没有某种视觉画面或者气息？回忆你身边的物质环境可能非常有助于把你的记忆带回那个心理状态。当你需要在人物身上唤起一种类似的感觉或者创作一场情节逆转的戏或者营造故事的关键氛围时，你就需要回到当时的心理状态去想象一下。

感官记忆能够把你从身边的"景象"中带离，即离开你自己身为编剧的生活方式。这样做就相当于援用自己内心的真相以便让人物活出他们的真相来，同时也就进入了人物的内心世界。

潜台词是行动和台词下面的一个层面，我们大家都躲藏在这个层面。在这里，我们把自己真正的意愿与感受伪装起来。好演员都有好眼力。他们认真研究潜台词，从各种情境中找出尽可能多的潜台词。正如演员们一样，注意一下你自己言行中的潜台词。你要问自己：我这样说到底是什么意思？我做的到底是什么事情？我的言下之意是什么？我掩饰了什么东西？我真正需要的是什么？我害怕听到什么事情？跟着你的人物一起到这个层面看一看，当你创作人物对白的时候也是如此。

知道人物的弱点是影视编剧的本职工作；而是否知道怎样揭示这些弱点则是区别好编剧与伟大编剧的地方。把人物的潜台词弄清楚，因为人物对白是发生在两个层面上的，既有说出来的部分也有没有说出来的部分。写人物的潜台词正如玩一场"捉迷藏"游戏。人物感觉安全的时候要允许他们戴上面具、有所遮掩，然后在他们最为软弱无力、最易受到攻击的危难时刻，他们真实的动机和感觉就开始暴露出来了。这种"脆弱"的瞬间几乎总是在剧烈冲突中产生的。这时候，我们都放松了防御能力。犹如演员一样，编剧在创作的时候也要注意抵抗你想要展示的冲动。比如说如果一个人物是脆弱的，那么演员表演的时候就需要掩盖住其脆弱的一面。这时候内心世界的冲突和潜台词总是有效的。

暴露隐私的时刻正是窥探人物内心灵魂的时候。由此人物的内在得到了揭示，在这个他们最为脆弱、最为原生态的时候。为了抵达这个内在核心，编剧和演员一样，应该首先从自己身上获取资源。在没有旁人的情况下，你是一个什么样的人？哪儿是你最为脆弱、最率性纯真的部分？你如何把它隐藏起来免得被外人发现？它是丑陋的吗？它表现出来的是恐惧还是懦弱？你可以使用怎样的视觉画面把这个东西在电影里最好地呈现出来？你处境如何？你如何能够揭示这个秘密？你如何能够不用一句对白就把它展现出来？现在，想一想你的人物，找到透视他们内心世界的那扇窗口。

所以电影《关于施密特》和《充气娃娃之恋》是我发现的两个好榜样，因为它们把隐私的瞬间充分展示了出来。

## 揭示人物精神的镜头 Billy Mernit

Billy Mernit，著有电影剧本创作教科书 *Writing the Romantic Comedy and Imagine Me and You：A Novel*。他为 NBC 的 Santa Barbara 创作剧本，在加州大学洛杉矶分校讲授电影剧本创作，同时为环球影业担任私人剧本顾问兼故事分析师。

　　人们想当然地认为电影剧本创作的三个最重要的方面就是结构、结构，还是结构。不过，作为一名剧本顾问和编剧教师，我发现，对于初露锋芒的影视编剧（也包括一些职业编剧在内）来说最难搞定的却是人物。我读过太多太多的剧本，它们的通病往往是情节节点准确无误地落在正确的页码上，但是，这些影视编剧却忽略了一项关键的工作：明确彻底地弄清楚故事的正面主角的精神实质。

　　所有好的人物都有一个明确的目标，这种目标不仅是可信的，而且能够激发移情心理。一切伟大的人物都是复杂的。这些人物的内心生活似乎相当丰富多彩，他们是行走着的自相矛盾的人物，他们对我们很有吸引力。不过，为一个虚构出来的人物植入复杂性可能是一个需要高超技巧的棘手追求。有时候，林林总总的元素形成了这个人物的性格复合体，由于编剧使用配料过多，以至于他们忽略了下面的事项：观众需要知道的这个人物最重要的元素是什么；这个人物的底线是什么；他性格的哪一个方面真正定义了他正是观众心目中那样的人。

　　用清晰而栩栩如生的电影语言作出明确的定义，这是我在许多课堂上设计使用练习的目的。虽然我通常要求学生在项目开发初期就这个练习，不过当他们改写剧本的时候做这个练习也是同样有益的。我要求他们想象一下，他们正在观看一个拍摄完成的电影宣传片，他们即将创作或者改写这部电影，此外还要设计出一个镜头，告诉观众他们需要知道的、有关这个电影的正面主角的最重要的事情。

在电影宣传片中你看到过这种镜头：一个转瞬即逝的定义性的电影噱头随口就能明确告诉你一切。观众要么会说"噢，他就是那个家伙"，要么会说"她喜欢这样"。这就是一个简短、强烈的戏剧性瞬间。这个人物可能是一个邋遢的银行抢劫犯，名叫阿尔·帕西诺，他兴奋地催促着银行外面的人，大声叫喊着"阿提卡!"。要么这个人物是独特、自我、迷人的黛安·基顿饰演的安妮·霍尔，她小声抱怨着"拉迪达!"。即便我们删掉了这句对白，强大的、定义人物的决定性瞬间仍然能引起观众的共鸣。在影片《情到深处》（*Say Anything*）中有一个镜头，由约翰·库萨克扮演的劳埃德·多普勒把爆破工顶在自己的头顶上，或者影片《音乐之声》（*The Sound of Music*）中朱莉·安德鲁斯在那些崇山峻岭中间转过身来、张开双臂的镜头，这个瞬间让这部影片至今受人喜爱。难道说还有比这样的镜头更经典的吗？

在现实生活中，我也曾看到过这样的瞬间：在洛杉矶一处交通繁忙的街角，一个女人在她鼓鼓的皮包中摸索着，她的皮包几乎都要掉下来了，直到她差一点就要从人行道跌到机动车道上了，她才纠正了自己的姿势。在那个街角，两个男人看到了这一幕，一个男人本能地向她走去，仿佛要帮助她；另一个男人则只是站在原地，袖手旁观。在那一个"镜头"中，我们看到了这三个人的人格中的某种东西。如果你给自己的主角设计出这么一个瞬间镜头，你就可以知道更多的情况。

## 练　习

1. 有时候，第一步是最难的：识别出那个唯一的人物特点。想一想你的正面主角："我怎样才能用一句话或者一个词向一位朋友描述这个人物呢?"这种思考迫使你静下心来捕捉这个人物的最本质特征。例如，如果你要为《夺宝奇兵》（*Indiana Jones*）设计一个画面，难道你会通过让他说"我仇视毒蛇吗?"这一句台词而轻易敷衍过去吗? 不会的，因为这只不过是人物性情的小插曲而已。你更有可能会用到下面这个画面，比如英迪噼噼啪啪地挥动长鞭，抽掉别人手里的苹果，把它弄到自己手上，咬了一口，脸上带着蛮横无理的表情，然后咧嘴一笑。你的人物是勇敢的还是犹豫不决的？他容易被激怒吗？他是害羞的？你要确定哪个方面是人物性格中最基本的东西，明确他们最强烈地表现出来的人格。

2. 在故事发展的全程中你都要不断琢磨，想方设法找到下面这样的瞬间，无论是已经写出来还是尚未写出来的瞬间，都要把人物第一重要的品格表现出来。秘诀在于你要具备视觉思维能力，想出一个积极有力的画面。一个潇洒健壮的男子对着一个从身边经过的女人微笑。她有没有回头微笑呢？或者她脸一下红了然后转移了视线，还是装作视而不见呢？比如这个女人经过时充满魅惑地朝这个男子微笑而且还用力嗅着这个家伙的须后水的气味……然后，你要向观众展示这个女人扒走了他的手表这个事实。只用短短的10秒钟，我们就知道这个女人的图谋了，如果你在镜头中借助了人物对白，那么，请把它用非语言表达的方式改写一遍。

3. 向那些压根儿不了解这个人物或者从没听过你的故事的人描述一下这个镜头。他们是否听懂了呢？或者他们是否误解了你的本意？任何一个让人迷惑不解的地方都意味着你的故事还不够清晰而且不够有创意。这个练习就像是大力水手的菠菜那样，它可以培养你的想象力。一旦你已经创造出了一个有效的电影宣传片里才有的那种瞬间画面，你可以利用它作为试金石，在整部手稿中考验这个人物的本质。

# 发现全新的场景 Christine Conradt

Christine Conradt，著有超过 25 部为电视台定制的电影，分别在 FOX，Lifetime，LMN 和 USA 以及其他电视网播映。她的几部影视剧本还被制作成独立的正片电影，比如 *Summer's Blood*，*Stripped Naked* 和 *Hotel California*。她的老家在内布拉斯加州的 Lincoln，目前在洛杉矶生活。

编剧遭遇思路阻滞就是指他们洋洋洒洒的创造力遇到了瓶颈。当你顺风顺水的时候，一切运行如常。简短有力、机智灵活的台词从你的指尖汩汩涌出。你的人物活力焕发、魅力四射、层次丰富，甚至能引起观众的强烈共鸣！一幕幕几乎是水到渠成！正当你准备再接再厉写出可以荣获奥斯卡提名的那一场戏时，思路的阻滞突然粉碎了这次小小的创意盛宴，缪斯女神也被打得血肉模糊、面目全非。

对于我这样的专职编剧来说，对赌能否成功取决于我能否在最后期限之前拿出质量上乘的剧本，无论是忙里偷闲稍事歇息，还是寄望于缪斯女神重生转世，这都是我无福消受的奢侈。你也不要抱此幻想。你必须马上正视问题的症结所在，全力清除阻滞，以便继续创作，直至写到那个辉煌的"淡出"。在早期的职业生涯中，我学会了一个技巧，它屡屡助我一臂之力，跳出最让人无法挣脱的泥潭。借此你可以解救人物于水火之中，并且重新创作出本来剧本里根本没有的场景。

编剧的思路阻滞源于自身承受的压力过大，因为不能确定接下来发生的事情，所以勉强写出一场连自己都不知其所以然的戏给我们带来了精神重压。这时候，我们满脑子想的都是"情节"，而忘记了下面这个基本的事实，即电影剧本中的冲突实际上有两个来源：一个是情节，一个是人物。在一鸣惊人的影片《泰坦尼克号》中，罗丝面临的情节冲突是一目了然的，因为她乘坐的轮船马上就要沉没了。罗丝面对的人物冲突则源于她的人格特点、优点和缺陷：观众们知道她即将嫁给一个与自己毫不契合的男人，但是她没有勇气拒绝这桩婚姻；只有她嫁给这个人母亲才能过上衣食无忧的生活；而她感觉自己应该为杰克负责。当你的情节遇到难题的时候，潜心研究你的人物是克服困难的好办法，因为情节与人物具有内在的联系。你至少应该暂时把情节的问题搁在一边，重新关注自己的人物到底是什么样的人，驱动他们的因素是什么，他们真正需要什么东西。

# 练　习

首先，好好想一想《泰坦尼克号》中的两个核心人物：杰克和罗丝。把两人的名字分别写下来，然后在下面依次写上从 1 到 10 的数字。列出10 个人格特点，确定他们各是什么样的人。

| 杰克 | 罗丝 |
|---|---|
| 1. 有艺术细胞/擅长绘画 | 1. 有自杀倾向/感觉落入陷阱 |
| 2. _____ | 2. _____ |
| 3. _____ | 3. _____ |
| 4. _____ | 4. _____ |
| 5. _____ | 5. _____ |
| 6. _____ | 6. _____ |
| 7. _____ | 7. _____ |
| 8. _____ | 8. _____ |
| 9. _____ | 9. _____ |
| 10. _____ | 10. _____ |

关于杰克你都写了什么特点？你是否记得他是一个喜欢冒险的人？是否记得他是通过赌博赢得了船票？是否记得他来自一个穷困潦倒的家庭？另外，你是否记得他在"社交活动中不够老于世故"？罗丝的情况呢？你是否还记得当她与三等舱乘客一起喝啤酒、跳舞的时候那种轻松自在的感觉？你是否写了她的父亲已经去世这个事实，还有家里的钱已经用光了这件事情？你是否记得她喜欢艺术品而且喜欢收集名贵艺术品这一爱好？

现在，请你给杰克和罗丝写一场对手戏，这场戏不是电影里原来就有的。我们把两个人都放在纽约的一家比萨饼店的环境中。他们会点什么吃？谁会感觉更自在呢？如果有个醉鬼把啤酒呕吐到罗丝身上会发生什么情况？到了侍者来送账单的时候，他们发现身上带的钱不够，杰克会建议他们怎么付账呢？罗丝又会希望怎么付账呢？好好琢磨一下在电影中这两个人物分别是什么样的人，具体方法就是看看上面列出的性格特点清单，弄明白两个人或者其中一人会因为什么事情发生冲突。

还记得吧，这场戏永远不会写到剧本中，因此你可以随心所欲地创作。也许，他们两个人在比萨饼店吃饭的时候发生了抢劫事件。也许，杰克遇到了一位多年未见的故人。也许，罗丝能说几句意大利语，而她发现原来店老板是其亡父生前在意大利的旧友。一切皆有可能发生。你只需写一场戏，不要强迫自己非把它写"好"。

当你的思路遇到阻滞时，你就应该针对自己的人物做做这个练习。把人物从进退两难的处境中摘取出来，投入到一个与故事毫不相关的场景中去。让他们在海上落难，无依无靠；让他们陷入饱受战争之苦的波斯尼亚无法脱身；让他们畅游洲际展览会；让他们在密林中迷路；让他们受邀参加总统就职舞会……不管你写什么内容，做完练习之后你就会写出与人物有关的冲突或者对白，你可以移花接木把这些东西写进剧本里，帮助你确定接下来要写什么，由此你就跨过了那个思路阻滞的泥潭。

# 魅力人物的关键 James Bonnet

James Bonnet，两次当选美国编剧协会理事，参与四十余部电视节目和正片电视的演出或剧本创作。他著有 *Stealing Fire from the Gods：The Complete Guide to Story for Writers and Filmmakers*。

20 世纪 90 年代初我读了荷马的史诗《伊利亚特》。这个故事能流传三千年而经久不衰，我很想一探究竟。读着读着，我猛然醒悟：在这个故事里，每个主要人物都体现了一种重要的人格品质的极致状态。也就是说，他们全是人格品质的化身，这些品质被提炼成了人性的精华。宙斯是最强有力的神。阿喀琉斯是最伟大的武士。特洛伊的海伦是最美貌的女人。帕里斯是最帅气的男人，如此等等。

后来，我参照其他伟大的经典故事也发现同样的情形。亚瑟王是最有侠义风骨的国王。希律王是最肮脏下流的暴君。力士参孙是最强壮的男人。其实，伟大的故事、神话和传说都浓缩了人性的精华，这是它们广泛流传、永垂不朽的真正秘诀。

挖到人物的精髓就是把人物塑造成某种人性的化身，达到至善或者至恶的极致状态。假如你能发掘出某个理念非同凡响的极致状态，那么，你创造出的那个理念自然更能吸引人们的眼球，变成让人过目难忘的东西。升华到极致的方法可以应用到故事的任何元素上来，不过，如果你把它用在人物的职业特点和主导性格方面，那么效果尤其显著。假如你把这些性格维度挖潜到极致，那么你可以赋予人物真正的超凡魅力，显著提升作品的力度。

哈利·波特是一个小奇才，不过，他并非只是一个普普通通的奇才而已，他还是有史以来最著名、魔力最强大的奇才。在电影《角斗士》（*Gladiator*）中，拉塞尔·克罗是我们最伟大的角斗士。福尔摩斯是全世界最伟大的侦探。德库拉是最典型的吸血鬼。《奥赛罗》中的伊阿古是最奸诈的仆人。杰克和汉尼拔·莱克特是最典型的连环杀手。超人是最伟大的超级英雄。所有这些人物都大大地增强了故事的吸引力，让大家为之着迷。

福尔摩斯的主要人物特质在于其逻辑推理能力。在那个专业领域，他超过了所有其他的侦探。阿喀琉斯的主要特质是易于愤怒，而《伊利亚特》正好揭示了这种性格特点。奥赛罗的特质在于嫉妒。埃比尼泽·斯克鲁奇的特质在于吝啬。阿奇·邦克是个固执己见的人。唐璜是强烈欲望的化身。麦克白代表了目空一切的野心。在故事里的希特勒是最典型的妄想狂患者。《卡萨布兰卡》中里克的主要性格特质是理想的破灭，他是一个理想幻灭的爱国者和情人。他们全是自身主要性格特点的最典型的化身。这是他们取得成功的秘诀。这也是让你的人物真正值得人们回忆甚至弄得洛阳纸贵、票房大赚的秘诀。你把他们的主要性格特点提升到了最极致的状态。

# 练 习

1. 当你层层揭开中心人物的人格特征的时候（或者揭示任何有助于表现中心人物的次要性格的时候），你要不断研究这个人物，直到你能精确勾勒出其职业特征（比如医生、律师、武士、侦探、间谍等等），同时也找到了他们主要的性格特征（比如歧视、傲慢、自负、勇敢、真诚、慷慨、忠诚、嫉妒、欲望、贪婪等等）。

2. 尽可能多地做人物研究工作，同时也要反省自己身上的那些性格维度，由此把握人物身上那些独立的维度。

3. 明确细致地写出这个人物的职业肖像，你的中心人物不能仅仅是个普通的专业人才，他应该是个头号间谍、头号侦探、头号武士、头号律师或者头号医生。然后，你要让中心人物慢慢变成他那个行当里的大拿，变成又一个福尔摩斯、阿喀琉斯、克莱伦斯·丹诺或者阿伯特·史怀哲。

4. 接下来，对于这个人物的主要性格特征进行同样的处理，把这个横空出世的人物的主要性格品质打造成最典型的极致状态。假如你创造的人物是像拿破仑那样令人着迷的人物，那么你就要关注那种自我膨胀的人或者军事天才身上的独特品质,不断提炼这一品质,直到这一品质的典型性被你升华到极致为止。

假如你要创造一个能够永垂不朽的人物,比如吸血鬼这种人物,那么你就要专注于他的一个主要品质,比如说凶残嗜血这一特点,并且把这个人物写成这一性格特点的最好典型。不过,切记你要把那个主要品质放在一个完整的人性背景下进行描述。假如你只顾塑造人物身上最主要的性格特点而忽略了其他特点,那么你塑造出的人物就难免落入俗套或者沦为老古董。

5. 在这个创造性的写作过程中,你要时刻监测自己的感受,并且确定这些直觉感受能够帮助你作出有创意的决策。在你自己身上也存在着义愤、欲望、贪婪的成分以及一个伟大的专业人士身上所有的责任与技能。当你专心创作的时候,直觉的、试错的方法能够从无意识的创造力源泉取到源头活水,如此一来你就能与这些品质的真相反复周旋,直到最后使这个深潜的真相浮出水面。

综上所述,你要听任这些直觉的引导,通过试错的方法慢慢把人物塑造成其职业及主要人格品质的最典型化身。试一试这个品质,再试一试那个品质,直到你创造出一个具有多种品质的综合体,这种极致状态往往会叫你兴奋得浑身起鸡皮疙瘩而且脊背发凉。

当你在人物身上这么做的时候,他们将会变成象征性的符号。你可以把这些形象印在短袖衬衫上面,他们将会具有视觉冲击力而且引人注目。假如你把哈利·波特、汉尼拔·莱克特、阿奇·邦克或者斯克鲁奇①的形象印在衬衫上的时候,这些形象是有意义的。因为他们是某种重要的人类品质的化身。

当这些人物、事件以及人物的主要性格特点果真抵达了极致状态而且形成了某种心理联想的时候,它们的魅力就会超越平庸,即便人们并不知道它们到底有什么意义,他们也会被吸引进而感受到它们带来的震撼。

拥有这种超凡魅力的人物仿佛具有了某种神性。俄狄浦斯、摩西、哈姆雷特、罗密欧与朱丽叶、亚瑟王都是令人难忘的;还有卓别林蹒跚的步态,瑞德·巴特勒、桃乐丝、外星人、吸血鬼、米老鼠、蝙蝠侠和超人,

---

① Scrooge,意为"吝啬鬼",源于狄更斯的小说《圣诞颂歌》。这部小说激发了好莱坞编剧的灵感,1908 年被制作成一部黑白无声电影。

这些人物显然都在正确的方向上迈出了明确的步伐。把超人的形象印在一个小男孩的睡衣上会让他感觉自己更加强壮。于是乎，他就会想在房间里面飞跑。把爱因斯坦的形象印在你的衣服上面，这会让你感觉自己拥有了更多的聪明智慧。把成吉思汗的形象印在皮夹克上面，那么，你的这套行头最适合开哈雷摩托了。这就是超凡的魅力。

# 请你问罗森格兰兹去吧 Glenn Gers

Glenn Gers，从事影视剧本创作 15 年之久。Glenn 为 Showtime Movie 的 *Off Season* 创作影视剧本，获得编剧协会奖提名并荣获艾美奖。他著有怪诞动作喜剧 *Mad Money*，并与 Dan Pyne 合著惊悚片 *Fracture*。他还创作、导演而且与人合作剪辑了独立院线的正片电影 *Disfigured*，这是一部有关女性与减肥的电影。

### 罗森格兰兹

他们厌恶我们，不是吗？直接从头说起吧。

什么人会认为我们曾经如此重要？

　　两个人孤零零地站在空荡荡的舞台上。他们迷茫了。他们困惑了。他们不知道自己接下来要做什么，这让他们不得不面对一种更大的迷茫，一种关于自身存在意义的迷茫。不过，奇怪的是，他们并不是影视编剧。

　　他们是汤姆·斯托帕德那出令人叹为观止的戏剧《君臣人子一命呜呼》的人物。假如你眼下正想写一部影视剧本，那么这两个人物能救你的命。斯托帕德仔细研究了在别人的悲剧中扮演小人物这一事件给这两个人的人生哲学和情感造成了什么样的后果。在研究过程中他阐明了下面这个如此显而易见却又容易被人们忽略的真相，即每个在你的影视剧本中匆匆走过的人物，他们并没有觉得自己是因为剧情的缘故而存在的。他们都相信自己才是大明星、主人公、剧情的支点或者台柱子。他们每进入一个场景，都一心盘算着自己的日程表，要按照自己的需要而行动。

　　当哈利遇到萨莉的时候，他们都过着属于自己的生活。电影《十二怒汉》（*All Twelve Angry Men*）里的人物都认为法庭是围绕着自己转。中心人物以及身份卑微、命中注定的信使一样都会把电影类型的要求和巧妙的情节设置抛到九霄云外。因此，无论写作任何场景，你都需要从每个人物的视角来审视它，以便理解它在那个人物各自独立的故事里有什么意义。在这些相互独立的故事发生冲突、达成妥协并进行交易的间隙处，你才能创造出场景来。

如此说来，诀窍就在于明确每个人物的需要，并且尽量以这种纷繁纠缠的一团乱麻为原料，编织出自己的锦绣故事来。我发现织造这个思想刺绣的最好技巧是仔细研究剧本里的每个人物的故事，当它当成是故事的本身。你要跟他们一起吃住、一起旅行，确保你给他们安排的轨道不要使他们翻车落下悬崖，然后就突然从舞台上消失了，最后还是在一个深不可测的山沟的另一边，我们才看到他们重新登上舞台。

这个练习不只是一个"人物练习题"。我们并不是想提升那个虚构人物的自尊心。如果你的人物没有按照原因与结果、目标与阻碍的逻辑运作起来，那么你的电影肯定会土崩瓦解。故事必须是由人物创造出来的。

如果说你能正确对待这个问题，你就永远不会再写背景的展示部分了（即人物说的台词是面向观众的告白，而不是为了让这场戏里的其他人物作出回应）。进一步说，做到了这一点你还能获得演员和导演的青睐。你问他们去吧，因为这样做正好符合他们的工作需要。另外，影视编剧并不是为了"观众"而创作的，他们的剧本是写给演员和导演看的。

当然，这个做法还可能有许多潜在的副作用。或许你对于外围事件的关注有些过分。或许你感觉这样做造成了一种喋喋不休的话痨的感觉。或许你意识到，你迫切需要一个人物做的事情是自相矛盾、不可信的或者是不符合戏剧特点的，因而你不得不重新构思你的故事。我相信这种副作用如果能被控制在适度的范围内，这种做法还是有益的。不过，假如这些症状顽固不化，那么请你参考周末排行榜上的十大电影，你就会得到一剂良药，即电影即便根本没有什么重大意义也照样能够吃香。

无论如何，甚至那些没有任何意义的电影也需要大家关心其中的人物。而且我们不会因为一个人物属于哪一类人而关心他，也不会因为他的时髦穿戴、独特怪癖或者模样好看而对他格外在意。我们在乎人物是因为他们渴望得到我们知道的某种东西，而且他们正在采取行动以便把它实现。这个练习的设计目的就在于此。

# 练　习

　　为每个人物写出一个单独的故事梗概：列出他们出场的每一场戏，编好顺序。尽可能简略地描述他们在这场戏中要做什么事情。在写作的时候，回答下列有关故事梗概和具体场次的问题：

　　他们的目标是什么？他们的需要与故事整体的关系如何？

　　他们在这场戏中有什么目标？

　　这场戏中的目标对他们完成整个故事中的目标有什么帮助？

　　在这场戏中他们实现目标有什么阻碍？

　　在这场戏中他们都采取了什么行动？

　　这种行动和目标在这个时刻是特定的、具体的、实际的吗？

　　这种行动与前面一场戏的情况是否符合因果逻辑关系？

　　这场戏中的行动是否重复了任何前面场景中的行动？

　　这个行动导致了什么变化？

　　当你感觉迷失方向，犹豫不决或者没有灵感的时候，这个练习能够把你从泥潭中解救出来。它给了你电影编剧中最关键的一句忠告：这是眼前正在发生的事情。

# 人物骨子里的东西 David Skelly

　　David Skelly，作家兼导演，皮克斯动画工作室剧本创作团队的一员，参与该工作室的影片《玩具总动员》、《怪兽公司》和《汽车总动员》。他是 Jack & Ben 的编剧，目前与妻子兼创作伙伴 Jennifer Skelly 一起创作一部新的动画电视系列节目。夫妻两人在 CalArts 讲授故事开发，他们的新书 Improv for Writers 即将面世。

　　我不了解你们的情况，但是我经常看电影去找到一些感觉。我渴望跟人物一起开心大笑，一起担惊受怕，而且我渴望抛开自己男子汉的形象，流下一些眼泪，真是该死！（影院里黑乎乎的。没有人看到我。）我渴望走上一段情感的旅程。而且如果没有这些，我就会感觉失望。这是肯定的，即便情节很吸引眼球，布景唯美，对白简洁有力……但是，如果我的心跳没有加速，那么这一切东西都是白搭。我还有一个希望，那就是想把自己的时间和金钱都收回来。所以，编剧朋友们，我们怎样才能创造出打动自己和观众的电影剧本呢？

　　故事结构当然是重要的，不过，仅仅关注形式可能让我们落入"分析型思维"的陷阱。我们如何才能抵达故事的核心，以便我们能够抵达观众的内心呢？答案是通过表演而且假装如此。正如我们孩提时代玩过家家游戏一模一样。不过，等一下……电影剧本创作是我们的工作，对吧？这是一个职业。一项严肃的手艺！那么我所谓"假装扮演"又是什么意思呢？我的意思是说绝不要编辑。绝不要自我批判。不要用过滤网。只管假装很像，无人识破。听起来好玩儿吧？确实如此。通过练习你就会得心应手的，这也是把故事讲好的基本功。

　　下面这个写作练习的关键在于表演出来，不要思考，作出反应，就像孩子一样。临场发挥！这是爵士舞。让你的情绪充当自己的向导。让情感充当人物自身的向导。

在你写出"淡入"两字之前，玩一下这个简单的游戏，加深自己对于主要人物的理解，而不要流于表面。他是由什么材料制成的？他为什么那样做事情？他的难题是什么？他与生活中其他的人有什么关系？这才是人物深刻的内涵。

这个练习不仅仅是一个幕后故事，它是人物自传。这是由人物自己写出的，使用人物自己的口吻。它是一则日志。它用第一人称来描述人物对生活中发生的事情有什么感觉，他对周围的人有什么感觉。另外还有他的感觉如何决定了他在你的故事中要做的事情，因此，也就决定了你的观众会有什么感觉。

# 练　习

1. 拿出一张纸。是的，纸。老套的东西。暂且先把你的笔记本电脑搁在一边。如果需要你以后可以把作品打出来。

2. 写上一句话："你好，我的名字叫_____。"它只是一个入手方法。我知道我们很可能并不会在私人日记中说出自己的名字，不过，这是确定你的人物是什么样的人的最容易的方法。他或许不会说"你好"，而是说"嘿"，或者说"哈喽"，或者说"怎么了？"。三言两语之间，你开始就人物的语调以及声音作出选择。很容易，对吧？

3. 现在好好写吧。写下那则日志。选择人物的视角。使用第一人称。让你的人物把着你的手。心里想到什么就写什么。不要压抑自己。你只是一个秘书，一个听写速记员。懂了吧？今天你的人物在思考什么？（这不必是某种与你的剧本有关的事情，不过，它必须完全是关于你的人物是什么样的人的事情，而且关乎他在你的故事中的行为方式。）还需要别的什么东西才能启动？试试使用下面的问题作为跳板：

（a）我是什么人？这个根本的问题涵盖了各种各样的问题，比如：我多大年纪了？我的外貌是什么样子？我喜欢穿什么衣服？虽然这些特点表面上看似肤浅，实际上它们能够提供令人惊讶的洞察，涉及……

（b）我来自什么地方？这是关于你的人物的过去的情况，是他的历史。我是不是在一个富裕的家庭长大？还是我不得不靠偷窃为生？这对于我有什么影响？我的家庭是什么样子？是不是一个充满爱的家庭？还是说家庭里麻烦不断？我成长的地方是什么样子？我是否上过学？我童年的梦想是什么？你的人物的个人历史是把他们塑造成今天这个样子的基础，而且它有助于我们理解……

（c）我有什么感觉？关于一切东西的感觉——政治、宗教、早餐麦片粥等等，最重要的是：人际关系。我的生活中有什么人？我对他们有什么感觉？

不要担心，你要回答所有这些问题。（也不要担心自己答不上某个问题，这些问题只是笔者随便举的例子而已，目的是告诉你正确的方向。）现在，请你写出那些与自己的人物相关的情况。这是意识流的写作方法。这不是判断你能否及格的考试。随便你想到什么东西都可以写，这个向导随便把你带到哪个地方都是正确的。解放你的人物。让他们说他们要说的话。让他们走上一段情感的旅程，而你的观众将会跟着一同前往。

# 狮身人面像之谜 Marilyn R. Atlas

Marilyn Atlas，获奖制片人兼私人经理，从业于电影、电视、戏剧领域。她荣誉制作的 HBO 的电影《挫折的女人》获得了圣丹斯电影节的观众奖。她最近在洛杉矶制作了这部剧的音乐剧版本。芝加哥的 Goodman 剧院将于 2010 年制作这出剧目，即将在百老汇定期上演。

　　有一次，我跟一个前途无量的年轻编剧签约包销他的一部剧本。不过，我不太满意的是，剧本里的人物发展弧线似乎过于突兀生硬，有一处逆转情节让我难以信服。所以，我渴望知道这个人物在生活中会是什么样子，想弄明白那个人物目前的形象中有没有一些微妙的迹象预示着他未来的面貌。于是这位编剧迁就了我的要求，做了我设计的这个练习。接着，我向他解释了为什么我感觉这个人物不合情理。

　　于是，这位编剧滔滔不绝地给我讲述了这个人物完整的心路历程。接下来的发展是，多年之后，这个人物的内心世界彻底颠覆了人物最初的善良愿望。我们由此了解到了这位编剧最初塑造这个人物的秘密动机。这个剧本最初吸引我的原因是其构思的曲折离奇以及黑社会的神秘感。不过，交谈之后，我才恍然大悟，感觉到自己和剧中的正面主角产生了情感方面的共鸣。

　　人物生活的方方面面你都要了如指掌。即便你并不打算在故事中展示人物不同时期的生活，掌握它们依然是非常重要的。这个练习能够帮你找出那些尚未暴露的、可以为剧本提供质感的问题，同时你又完全明白人物眼下并不需要解决这些问题。虽然这项工作基本上是构思幕后的故事，而且这些内容根本不会被搬上银幕，然而，如果没有这种全面的把握与了解，你的人物就有枯燥无味的风险。

　　演员非常喜欢扮演棱角分明、层次细腻的角色，因为这些人物拥有表演的空间。你对人物了解越多，在潜台词中你能够暗示的情感和激情就越灵活，举例来说，潜台词包括精神创伤、幻想和秘不告人的征服感。

人物要艰难地面对内心的难题和外在的难题。如果在这方面你有很好的构思，却丝毫不清楚各种目标的轻重缓急，那么，你就要想办法缩小目标的范围并且确定那个未来对于人物最为关键的问题。做这个练习的时候，抛弃你的想象力可以让你准确无误地定位那个难题，同时明确知道这个难题对人物会有什么持续的影响！

# 练 习

用 3 分钟时间写出人物在不同年龄段的情况。不要修改、加工。细心思考人物的外在与心理状态。对于这个人物不同年龄段的情况，你揭示出了什么内容？在哪些方面他们可能是一成不变的？变化有哪些？从你披露的情况来看，你揭示了人物在不同年龄段的哪些方面？

# 人物日记 Douglas J. Eboch

Douglas J. Eboch,著有电影《情归亚拉巴马》的原创剧本。他的剧本 *Overload* 荣获 Carl Sautter A-ward for Best New Voice Features。他在 Art Center College of Design 讲授电影剧本创作及推介,在全球各地讲授电影剧本创作与跨平台故事讲述。

把剧本中人物的姓名部分遮住,看看你能否识别每句台词分别是由哪个人物说的。我们通常就是用这个方法来评价人物对白的好坏。每个人物都应该用自己独一无二的声音说话,这就是关键。不过,人物的不同声音是如何呈现出来的呢?

写出人物的背景故事能告诉你是什么影响着人物说话的风格。比如说,他们所处的社会经济状况、文化程度和职业状况。你也可以弄清楚人物说话的特点。他们是唠唠叨叨,还是沉默寡言?他们的语言是偏于情绪化还是充满哲思?他们说话时是自信的?直截了当的?紧张不安的?羞羞答答的?恶毒自私的?冷嘲热讽的?还是彬彬有礼的呢?

例如,在电影《情归亚拉巴马》中有一场两男一女的三角恋情,关键在于你要弄清楚下面这两个男人之间的区别:杰克和安德鲁。我希望安德鲁能同时具备梅勒妮梦寐以求的那种迷人魅力和人生阅历。所以,我认为安德鲁应该来自纽约上层社会的高官家庭,是那种把自己的双亲称为"母亲和父亲"而不是"妈妈和爸爸"的人。这个人很敏感、重感情,同时也很有自制力。从他同梅勒妮求爱遭到拒绝的场景中,你可以看出这一点。他显然很痛苦,不过他并没有失去理智。另一方面,杰克和梅勒妮都是南方工人阶层的代表。杰克是一个男子汉,具有南方人那种平时温文尔雅、偶尔火冒三丈的性格特征。因此,我们就专挑南方人的方言俗语作为他的台词。

所有这些工作都是有益的，不过，在创作实践中我还有一个发现，即一旦我开始"听到"人物在我的脑海里说话的时候，我写出的对白总是最好的。一到这种时候，我就不必有意识地思考他们如何措辞表意。在我的脑海里，人物仿佛就像一个实实在在的人站在我的眼前，我只需要把他们说的话写出来就行了。（假如我不是编剧的话，我想自己早该到精神病院住院治疗了！）人物日记就是让我脑海里的人物打开话匣子的钥匙。

这个技巧非常简单：用人物自己的声音写人物日记。像演员一样思考问题。假装自己就是这个人物，给他平常的一天写一篇日记。至于你的人物是否真的写日记，那就不用你操心了；你只要假设他经常写日记就行了。如果你的人物不识字，那么你写人物日记的时候就假设这是一种口述的日记。

当然，像其他素材准备工作一样，当你面对一张白纸的时候你下意识里非常想逃避。你不必给人物写一生的日记。你可以试着写写故事开始前不久的情况，再随便写几则日记，日期跨度足以覆盖人物一生就可以了，顶多再记一篇日记，写写故事发生到一半时的情况。有时候，甚至只写一篇日记就够了！不过，也有些剧本需要写很多篇日记，这对于剧本的修改很有帮助。

下面介绍一下我最近在剧本创作中经常使用的方法。这个故事讲述了美国航空航天局执行火星任务的六人航天小组的故事。既然大多数宇航员的生活背景或多或少都很相似，所以我必须下点儿真功夫才能把他们区别开来。我得弄清楚他们过去的经历，他们是如何入选航天计划的，他们的口头语有哪些职业特点。然后，针对每个人物，每隔三个月我就给他们写一则日记，时间范围涵盖了航天任务开始之前两年的训练时间。除了创造各具特色的谈吐腔调之外，我还要研究一下他们的人际关系，考虑一下在剧情开始之前他们之间发生过的冲突。结果，从第一场戏开始，这些人物就像是拥有某种共同经历的人物了……因为在某一方面他们确实是这样的，至少在我的脑海里是这样的。

最后，我还要讲一个精确模仿人物声音的技巧，这是在剧本改写阶段使用的。一旦你写出了一本从剧情来看已经是能用的稿子，从头到尾通读剧本中主人公的台词。如果你知道他们的声音，任何不对劲儿的台词你一听就能听出来。然后，针对其他主要人物重复上面的做法。不过，这个方法能够生效的前提是你已经培养出了一种本能的直觉,分得清每个人物说话的口吻。

# 练　习

　　以你的某个熟人的口吻写一则日记。这个人说话的口吻不能和你自己一样。你可以选择一个与你年龄悬殊的老年人或者小孩子,或者选择一名异性或者一个社会地位、经济背景不同的人。或者你也可以选一位语言独具特色的朋友。强迫自己想一想他们如何讲述自己一天的生活,而不是你自己如何描述。通过使用别人的口吻练习创作剧本,你为人物创造独一无二的声音的能力将会大大提高。

# 想人物所想，说人物想说 Laura Scheiner

Laura Scheiner，供职于 Noble House Entertainment 公司的 V. P. Development。她曾在 The Script Broker 公司担任 4 年剧本顾问，随后创立了自己的企业，著有影视剧本 Savant。她与人合著有 Crossed The Line，还有 e-Bride 和 Googled！

　　故事的开头往往都有一个正面主角：她处于心理挣扎之中，她不光漂亮时髦，而且充满活力，拥有似火的热情，有韵味，气质优雅，当然也有缺点。在我的脑海里她是耀眼的明星，与其说她是稿纸上的人物，不如说她是一个吸引一流明星高超演技的吸铁石。其实，在我的第一部剧本的初稿中，所有人物都是平面化的，像是被一辆十八轮大卡车辗轧过似的扁平无力。当我写作的时候，我往往焦急地等待着笔下的人物会"砰然"有了生气的瞬间。这时候，人物可以自主地呼吸，站在我的面前俨然任何非虚构的人物那样真实。不过，开始通常都不会有这样的情形，直到第二幕写出大半之后才会出现这种情况，有时候，只有写到第二稿的时候才会发生这种情况。

　　这并非缘于我对于自己的人物缺乏了解。我总是投入很多时间做前期准备工作，包括深刻的"人物侦察"工作，然后才开始写故事，让创作过程一气呵成。直到今天，我在开始每个剧本项目的时候，都要做斯德·菲尔德的必备教程《编剧练习册》（*The Screenwriter's Workbook*）里面的练习题。我先写出详细的人物传记，借此知道笔下人物的背景故事，熟悉其来龙去脉。我非常清楚人物的目标、需要、动机和伤痛。我使用问卷的方法塑造每个细微的差别，从政治观点到各种引起人物反感的事物。我甚至查阅我大学时代所做的心理学课堂笔记，这帮助我梳理清楚是什么东西让我的人物有动机采取行动而且/或者刺激他们的肌肉发生抽搐。

这些都是帮助我打造立体化多面人物的无价之宝，这些人物都有非常清晰的发展弧线，而且他们的行动跟他们的世界观保持一致。但是，即便知道了我的人物的里里外外，这也并不一定意味着一开始我就要把自己置身其中。

好几年前，我决心试试写一部小说。我是用第一人称写的，从第一个单词开始，第一人称就把我放进了正面主角的头脑里面。尽管她的世界观全然不同于我自己的世界观，我发现，当自己创作这部小说的时候我是从她的世界观来看问题的，使用的是她的声音而不是我自己的声音。她马上活灵活现地蹦了出来。我不必把自己的东西写进她的故事里。她只是纸面上的人物，一个多面立体的人物，她有性格缺陷以及非常惹人讨厌的光环。我知道自己必须加入第一人称叙事的成分。

这个人物练习提高了我的第一稿的总体质量，剧目质量有了几何级数的跃升。以前我创作的时候不用这个练习，那时候，无论我第一稿的故事多么火暴，剧情结构如何强大有力，它们都只是很淡然（这样说并非诋毁那种风味浓烈的作品）。当我正式接受委托创作剧本的时候，对方经常要求在很短时间内提交第一稿，根本没有时间从容再读一遍充实人物血肉。自从有了这个练习，我就可以自信地把第一稿提交出去了。我一直与客户和编剧朋友分享这个练习，我也乐于与你们分享它。

## 练　习

对正面主角以及其他所有人物进行初步研究，并且为他们分别写三则日志或日记。

日志第 1 则：从人物的传记中挑选出一个重要事件，然后以人物事后对此事的反应为内容写一则日志。如果在你的幕后故事或人物传记中你已经写了一个重大瞬间，这个事件给人物留下了创伤，这个伤疤是你的人物必须在故事中治愈的（比如说，父母亲的过世，遭人拒绝或者那种足以让人物陷入泥潭的严重伤害），这是你应该在日志中记下的事件。切记，你的日志应该是在事件发生的时候写下的，假如当时人物才 8 岁大，你就应该用 8 岁大孩子的口吻和视角来写这篇日志。

日志第 2 则：为人物第一次出现之前发生的重大事变写一则日志。日志要专注于她脑子里关注的事项，她的所思所感是什么，她当时最重要的想法和关切是什么。

日志第 3 则：挑选出故事里的一个重要瞬间。一个"才出油锅又入火海"的时刻，或者是剧烈冲突的时刻，这时她必须作出重大决定或者发生了某件事使她陷入绝境。如果你选择了一个人物必须作出抉择的时刻，你的日志应该写出人物作出决定之前不久发生的事情（在《苏菲的选择》中就是苏菲作出抉择之前的情况）。

如果你选择人物身上发生了某件大事把她抛进一团乱麻中这样的时刻，那么，日志应该针对于人物发现自己的生活陷入一团乱麻之后的情况（比如说在《蜘蛛侠》中就是当彼特·派克发现自己具有新魔力之后不久，或者在他叔叔本过世后不久）。

加分作业：为包括小人物在内的所有人物再练习一遍第 2 则日志。这样做可以让即便最微不足道的角色都能大受观众欢迎。

祝你们好运，写作愉快！

# 银幕拉开之前的故事 Pamela Gray

Pamela Gray，诗人，后创作影视剧本。她的作品包括 *Betty Anne Waters*，*Music of the Heart* 和 *A Walk on the Moon*。*Variety* 杂志称她是"十大令人瞩目的影视剧本作家"之一。

首先我要坦白：当我创作影视剧本的时候，在我眼里自己的人物就像生活中的人一样真实，另外，当剧本创作接近最后期限的时候，他们甚至比"真实"的人还要真实。我的人物开始和我一起工作，成为我的合作伙伴，我们一起把故事向前推进。然而，除非我非常了解"淡入"之前发生的情况，否则这种合作就不可能出现。

人物不完全是实打实地由一部电影播映出来的。在这之前，从出生起直到他们出现在你的剧本中为止，他们也有自己的生活。在开始创作每个剧本的时候我都要写人物传记，不过，我的人物要等到他们在剧本中开口说话并且开始行动的时候才真正具有了生命力。为此，我就要在电影剧本创作之前或者创作过程之中写出人物的幕后故事。这个方法早已是价值连城的工具，它可以加深我对人物和故事的了解，无论我是在创作一场在电影开始之前 5 年或者 5 分钟的时候发生的事件。

这个练习的目的并非为了创作影视剧本中出现的场景（虽然有时也会有这种情况），而是为你提供洞察力。做这个练习可能只是让你知道自己的人物接下来将会做什么事情，而且它也是戏剧性逆转的前奏，或者说是影视剧本前奏的前奏。你甚至会意识到，原来自己想讲的故事还有另外一个版本。（做这个练习会让你自己冒风险！）无论结果如何，这一方法是你的向导，引导你的人物走向"淡出"的旅程。

# 练 习

拿出一个或者几个人物进行研究。研究方法就是创作出在电影开始之前发生的事情。下面的例子可随意裁剪以便符合你自己的影视剧本的具体需要，把它们当作启发性的例子使用，或者干脆问问你的人物，让他们说说你应该创作哪些幕后故事。

1. 比如说，你的影视剧本里有一对婚姻并不幸福的年轻夫妻。

写出一场戏，展示他们初次见面的情形。

写出一场戏，展示他们初次接吻的情形。

写出一场戏，展示他们一见钟情的时刻。

写出一场戏，展示剧本开始之前一天他们共进早餐的情形。

即使这种关系并非电影的焦点，你也会对这两个人作为夫妻的互动拥有一种洞察力。

2. 比如说，你的主人公是一个 50 岁的男人，刚刚遭到裁员，之前他在公司工作了 20 年之久。

写出一场戏，展示他 20 年前刚刚参加公司招聘面试时的情形。

写出一场戏，介绍他工作后第 11 个年头时发生的事情。

写出一场戏，介绍他童年时代告诉父母自己长大之后准备做什么工作时的情形。

写出一场戏，展示他在青少年时代夏季打零工时的情形。

即便你已经对这次裁员给人物带来的影响有所考虑，这样做也会使你对他是什么样的人以及他的过去对于他现在行为的影响有更确切的了解。

3. 比如说，你的电影由一场银行抢劫案开始。

写出几场戏，展示每个抢劫犯在抢银行之前的那个晚上就寝时的情形。

即使你现在写的是一个由情节驱动的剧本，人物的幕后故事也能帮你让每个人物都血肉丰满起来，从而使一个人物区别于另外一个人物，这对于全体演员出场的一场戏可能是非常有挑战性的。

写出一组镜头，展现当班的银行职员在银行抢劫案发生那天早晨上班之前的情形。

　　现在，你那位普普通通的银行职员变成了一个也许是睡过了头、急匆匆赶来上班的人；或者那个早晨她的男友向她求婚，所以她来上班的路上心情悠闲自在；或者她是个在路上停下来给同事买油炸圈饼的人。在抢劫案之前发生过的任何事情都会有助于说明她对抢劫事件会有什么反应。谁知道呢？现在她可能变成一个核心人物；或者其中一个抢劫犯突然抓住了那包油炸圈饼，在抢劫银行的过程中他还在狼吞虎咽地吃这包饼，然后当他开车逃跑的时候，他进入了胰岛素休克的状态……

# 人物的爱与恨 Richard Walter

Richard Walter，著有《影视编剧基础》（*Essentials of Screenwriting*），并创作影视剧本、虚构文学和非虚构文学。他是加州大学洛杉矶分校教授，历任艺术硕士专业学位的电影剧本创作项目部副主任、主任。他在四大洲向影视剧本作家授课。他的学生完成的项目很多，其中包括为斯皮尔伯格创作了 12 部电影剧本。

编剧的本职工作就是进入他的人物的内心，表演着在编剧自己创造出的环境中人物可能会做的动作，感觉着人物的感觉。

不管是在银幕上的生活还是在现实的生活中，这种方法都是有用的。恰似编剧需要进入剧本里的每个人物的心灵深处一样，针对现实生活中的人们，编剧也要做同样的事情，不管是经纪人、制片人、导演还是演员。正如下棋一样，编剧必须问：如果我的对手抢先下了我正打算要下的一步棋，那么，我应该如何接招呢？

## 练 习

选择一个你喜欢讨论的问题。这可能是一个政治问题、社会问题或者学术问题。创作一段对白让两个人物就此展开争论。

首先，要做到不讲究公平，不讲究合理，也不需要评判。人们认为戏剧艺术必须是戏剧性的，那就把这段对白变成一种充满激情的交流。

第二，明确选择一个人物作为正面主角。把这段对白的绝大部分内容分配给他。第二个人物应该只是辅助角色，他或她应该负责给正面主角提示台词，一个称职的搞笑者，同时还应该有助于形成双方的交流与互动，而不是一个人自说自话。

第三，也是最重要的，让正面主角拥护一种与你自己的观点完全相反的观点。你是否支持妇女在怀孕前 3 个月内有选择堕胎的权利呢？让你的正面主角为相反的观点辩护。

你是否认为全球变暖是一种忽悠大众的说辞？你要辩解说这不是忽悠。你是否相信非法移民在美国是一个严重的问题？你要辩解说这其实是小事一桩。断言任何爱国的美国人都会欢迎因为政治迫害、社会不公或经济压迫而逃亡到美国沿海地区的外国人，他们会完全以与美国历史传统一致的观点来看待这种事情。

你是否认为载人太空旅行是一种代价昂贵却毫无用处的事情，对于人类丝毫没有益处？你要辩解说，寻求与探究新的空间符合人类整体的利益而且是一件自然而然的事情。

做这个练习的关键在于不要因为自己的论点而对别人的观点冷嘲热讽或者嗤之以鼻，要做到真诚沟通。尽量让你的思考围绕着对手的观点进行。不要奋力辩论让对手理解你的观点，而是要努力理解对手的观点。你需要长时间地做这个练习，然后才能帮助编剧塑造出那种一触即知的血肉丰满、真实、完整、有人味儿的人，而不是那种被脱水风干或者薄如纸片般的人物。

# 认识你的人物 Leslie Lehr

Leslie Lehr，荣获 MFA 奖的作家兼影视剧本作家，她的电影 Heartless 在 USA-TV 上映 3 年之后，又在欧洲银幕上播映 6 年。著有散文、两部小说和三部非虚构图书。她的小品文入选畅销文选，并且在《今日秀》播映。她在加州大学洛杉矶分校的作家项目授课。

每个好故事都始于一个伟大的角色，同样，一部没有伟大人物的电影剧本根本谈不上是好剧本。如今，在影视圈，剧本往往是首先送到演员手里然后才提交给制片人。虽然，如果你能搞定一位人气旺盛的演员，就能大大提高你的剧本最终被拍成电影的几率，不过，你不能指望演员给你的故事带来持久的生命力。你必须塑造出一个人物，让他给故事带来生机。

既然如此，我们怎样才能创造出一个让大家拍手叫好的人物呢？我们如何能让一名好演员可以凭借饰演这个角色而问鼎奥斯卡奖呢？我们如何能让观众自掏腰包去影院观看主人公的事迹呢？答案就是我们需要把他写得像血肉丰满的真人那样既有丰富的内涵又有迷人的魅力。

第一，每一个好的主人公都有某种内在的心理弱项，这使得他具有一种需求。他并不知道自己有这个需求，但你是知道的，因为在故事发展过程中人物要么即将经历瞬间的人生剧变要么要慢慢成长起来。

第二，剧本的第 1 页要为剧情点燃第一把圣火，它促使主人公渴望拥有某个东西并且采取行动把这个东西弄到手。通过行动，主人公脆弱的一面被揭示了出来，这样一来他就可以最终满足那个需求，同时完成自身的一次重大转变。需要结尾的不光是故事本身，人物也需要有一个结局。

第三，虽然掌握人物的生平是必不可少的，但此外还有不计其数的其他细节可以让人物成为独一无二的人物。由于电影是一种视觉媒体，我们需要主人公透过他在银幕上的行动来展现自己的感受。为了做到这一点，我们在剧本中必须使用表示动作的动词。为了给人物选择恰当的动词以及真实可信、独一无二的行为方式,我们需要尽量了解细节。

当你准备做练习的时候,想一想你的人物会如何处理每件事情。重要的不只是细节本身,还有人物对这些细节的感受。

# 练　习

1. 列出三个清单,包括体貌层面、心理层面和社会层面的细节。如下表所示。给每一项填写一个答案,不过,你还要多做思考。这个细节有什么来龙去脉?人物对此有什么感受?

| 体貌层面 | 心理层面 | 社会层面 |
| --- | --- | --- |
| 年龄与性别 | 乐观/悲观 | 家庭出身 |
| 肤色 | 神经质/随和 | 受教育程度 |
| 头发(发型、颜色、秃顶) | 性情(易怒/伤感) | 宗教信仰 |
| 着装风格 | 沮丧/快乐 | 婚姻状况 |
| 牙齿(牙箍、颜色、镶牙) | 焦虑的事 | 政治倾向 |
| 眼睛(颜色、有框眼镜、隐形眼镜) | 娱乐方式 | 职业 |
| 身高 | 最喜爱的地方 | 家乡 |
| 仪态 | 生日排行 | 俱乐部 |
| 体格 | 悟性 | 社交网络 |
| 健身习惯 | 内向/外向 | 最喜爱的电视节目 |
| 穿刺、文身 | 癖嗜 | 音乐偏好 |
| 佩戴首饰 | 判断能力 | 最喜爱的食物 |
| 伤疤、外伤 | 控制能力 | 阅读习惯 |
| 睡眠习惯 | 完美主义 | 语言 |
| 卫生保健 | 习惯 | |
| 爱好 | 美梦/噩梦 | |
| 谈吐 | 快乐的回忆 | |
| 性交习惯 | 过去的决定性时刻 | |
| 过敏反应 | 目标 | |
| 健康状况 | | |
| 饮食习惯 | | |

2. 使用上面的清单,写出人物身上那些自相矛盾的地方。比如说,他是一个力大无穷的武士,但是,他非常害怕臭虫;她是一个儿童心理治疗师,但是,她对自己的孩子却不闻不问;她非常忠诚老实,但是,她又非常愚蠢;她是一个成功的编剧,但是,她不会打字。诸如此类对比鲜明的

细节可以赋予人物更多的个性特点。

对自己的人物了解越多，在展示各种情境中的行为时你就能越得心应手。他渴望什么？他需要什么？当他得偿所愿或者有所失望的时候会作出什么样的反应？他发生了哪些变化？这些答案将会让你笔下的人物变得内涵丰富而且魅力非凡。这样的角色就是那种可以让故事栩栩如生的角色！

# 口头与非口头的沟通

# 找到内心的演员 Amy Holden Jones

> Amy Holden Jones，好莱坞作家、剪辑师兼导演。她的作品包括 *Mystic Pizza*，*Indecent Proposal*，*Beethoven*，*The Get Away* 和 *The Ride*。创作并导演了 *Slumber Party Massacre*，*Love Letters*，*Maid to Order* 和 *The Rich Man's Wife*。目前从事电视节目试播片的制作工作。

教人创作真是出奇的难。尤其影视剧本创作又是一门独特的技艺，编剧的工作和戏剧家、新闻记者或者小说家的工作大不相同。我学会写剧本的途径不同寻常，我从来没有上过编剧课程，也没有读过一本有关电影编剧的书籍。

刚出道的时候，我并没有想当编剧。那时候，我想当纪录片的制片人。我不仅热爱现实生活而且还很喜欢摆弄自己的摄影机。当时，在我眼里戏剧、戏剧性事件乃至电影完全是遥不可及的幻梦。我喜欢罗伯特·弗兰克胜过喜欢欧文·佩恩，喜欢《蒙特利流行音乐节》（*Monterey Pop*）胜过《头发》（*Hair*）。当时我最爱看的电影是那种纪实电影，即无须创作剧本就能匆匆赶制出来的电影。

在我入行之初，市面上还没有数码相机，甚至连录像机也没有。我们拍摄电影的成本常常高得不可思议。后来，当我离开学校一年之后，我才发现有许多纪录片制作人都是独立核算的，而且他们很能赚钱。我必须养活自己。正当我就要放弃自己的爱好的时候，天上居然突然掉馅饼了，我找到了一份工作，当时一个好莱坞摄制组正在纽约拍电影，我的工作是给他们跑龙套。

从第一天开始，我就闯进了一个全新的世界。此前我从来没有与布景师或者演员打过交道。我读的第一部剧本就是当时正在拍摄的电影《出租车司机》。编剧是伟大的保罗·施埃德。这部剧本就是导演马丁·斯科塞斯和演员们每天忙活着拍摄的故事蓝本。比起我的纪录片，这部电影更适合在影院上映。

受到这件事情的启发，我立马就狂妄地想当导演，虽然我做梦也想不到自己有朝一日真的会成为一名电影导演。要想导演一部电影，我需要一部剧本，而我并不是编剧。不可思议的是，五年后这一天终于到来了，我受雇为罗杰·柯尔曼拍摄一部正片电影。新世界影业公司制作了两部小成本电影。《电锯狂魔》（*Slumber Party Massacre*）的剧本需要再加工一下。诚然，改编这个剧本的难度并不算大，不过，改编后的电影还得获得目标观众认可才行。我必须改写这部剧本，而且必须迅速完成任务。只有一种办法才能让这一切成为可能。

罗杰坚持认为，他手下所有的导演都必须跟着演员学学表演课程。他派我去跟一位很有才气的性格演员学习，他的名字叫杰夫·科里。20 世纪 50 年代科里上过黑名单①，并因此砸了饭碗。于是，他转行成了一个传奇般的表演艺术教师。迄今为止还没有哪个老师能把我培养成一个有才气的演员，不过，他却帮我圆了一个编剧梦。

因此，我给你们的建议如下：如果你想创作电影剧本，那么请你先学会表演。在科里的课堂上我懂得了表演艺术是干什么的，而我压根儿没有想到这一点。表演艺术并不只是给自己戴上一个面具，然后就变成了别的什么人。表演需要你在任何人物身上发现自己。为了把人物表演出来，你必须站在自己饰演的人物的立场上，透过他们的眼睛来看这个世界。你的表演必须比剧本上描述人物生平事迹的白纸黑字更加夸张。你必须理解你说的台词，而且尽量把台词的含义传达出来。事实表明，编剧也必须做到这一切。

演员可以运用许多具体的表演技巧，在此我就不再赘述了。如果你当真要以编剧为业，那么你就要先找一个优秀的表演艺术教师，然后，把这些技巧全都学到手。你可以读一读斯坦尼斯拉夫斯基所著的《演员的准备》（*An Actor Prepares*）。然后，从一部你非常喜欢的电影或者戏剧中挑选出一段独白，接下来你要把这段独白背得滚瓜烂熟。

---

① 第二次世界大战后美苏交恶。20 世纪 40 年代末至 50 年代后期，美国对于娱乐业的意识形态审查泛化，不同政见者都被列入"黑名单"。这些艺术家受到监视、窃听，遭到解雇，作品不得公演。

很快，你就会明白下面的问题：为什么演员喜欢台词呢？为什么大多数优秀的剧本至少要有一段台词（但是请原谅，不是很多台词）呢？在课堂上，请把你的独白表演出来。感觉一下，自己有没有脱胎换骨的感受，而且，在观众面前你有可能把自己弄得像个傻瓜。

表演需要真正的勇气。演员最伟大的同盟军是编剧。他们的命运是互相交织、无法分离的。好剧本是好表演的必要条件，如果表演拙劣的话，无论台词怎么好效果也不会好。

表演课程还会告诉你演员对于一个角色有什么预期。除非有好的演员渴望饰演剧本里的人物，否则你的剧本就不能拍成电影。另外，在学习表演的过程中你必须阅读许多戏剧脚本和电影脚本。学生大都想逃避阅读剧本这一步骤，他们想看看电影就敷衍了事。这是作弊，而且根本行不通。

最后一点，表演让你懂得潜台词，潜台词要比台词重要得多。人们在现实生活中通常不会公开谈论自己心中所想。他们谈论别的事情。演员懂得这一点，他们由此学会表演人物对白下面隐藏的潜台词和人物情感。我让你们做一个练习，你们就能理解这一点了。

# 练　习

随便写出一场无关痛痒的戏。我并不是开玩笑。你的台词要写得平淡无味、言之无物，比如说你可以写："你好吗？""还好。""好久不见。""是吗？""瞎忙。""你变了发型。""这儿冷。""我倒没感觉到。"

这段对白你尽可以随便写，只要它丝毫不引人注目就行。现在，找来一个朋友充当演员，把这场戏放在不同的背景中反复表演。注意一下，看看这场戏是如何表演出来的，假设谈话的两个人是多年未见的一对父女。上一次两人见面的时候，女儿偷走了父亲一生的储蓄去购买毒品。

然后，再试试下面这些情况，假如这场戏发生在纳粹集中营的一名宪兵与一个犹太幸存者之间；或者是一个男生正在邀请一个女生去参加毕业舞会；或者是发生在一对夫妻在离婚法庭外面等待办离婚手续时的谈话。

当我很久以前在表演课程班上做这些练习或者诸如此类的练习的时候，有一天我猛然意识到，虽然自己已经不再拍纪录片了，可是我也没必要放弃自己的这个爱好。好的剧本和好的表演其实并不矛盾，它们都要依靠编剧塑造出人物身上那种活生生的、人类共通的、不完美的灵魂。在我上表演课程之前，我原以为电影有着烟雾缭绕的神秘感，它是现实生活的虚幻镜像，剧本是人为的编排而表演就是假装。当我学习表演艺术之后，我才认识到，好的电影只是非虚构纪录片的另一种艺术形式。它探询人心的深处，发现大家在日常生活中那些自相矛盾和出人意料的地方。坐在黑暗的影院里，看着银幕上的演员们，观众最大的收获在于发现生活真相之后的震惊。即便你塑造的人物是工厂工人、吸血鬼、幽灵、超级英雄或者圣伯纳德犬，道理仍然是一样的。但是当你发现生活气息真正洋溢其中的时候，你眼前的文字就可以拍成电影了。

# 无政府主义编剧论对白 Peter Briggs

Peter Briggs，曾任电影助理摄影师，一直从事专业编剧工作，多长时间他已经不记得了。他与人合作著有电影《地狱男孩》的剧本，其原创剧本《异形大战铁血战士》受到了《史上 50 部最佳电影》（*The 50 Greatest Movies Never Made*）一书的重点关注。

如果说电影行业有一个规则需要被打破，舍我其谁！用业内的行话说，我就是人们过去习惯称之为"愤青"的那种人。

过去曾有人告诉我，不要写专业性的剧本，因为永远没有人会读这样的剧本。然而，在交稿期限内，我就成功地把《异形大战铁血战士》卖给了 20 世纪福克斯公司。

我常常受到客户的严厉斥责，因为我的标题从来不用黑体字，下面也不画线。小兄弟，不懂了吧，这样写出来的剧本照样受人欢迎。"音效文字不要用大写字体，因为这样读起来就像在读一本漫画书。"果真如此吗？我偏要把漫画书上的故事改编一下、搬上银幕……这可不是俄罗斯文学。

我非常厌恶电影剧本创作方面的大拿，这些人基本上就像是兜售万金油的江湖骗子。我一贯赞成把他们的规矩全都扔到窗外，因为这些笨蛋的存在，电影剧本才散发出那种千篇一律的霉烂气味，剧本结构也变得千人一面，有如机械加工出来的干酪饼干。

另外，我还有个孩子气的抱怨："不要参加写作小组讨论会"。山外有山，人外有人。要是你意识到了这一点，那么它就会破坏你内心的平静。恰恰相反，假如你真正感觉到，其实别人的叙事技巧也没有什么了不起，他们真的不适合端编剧这个饭碗，他们不如干脆让贤，回老家德梅因市当 DQ 冰淇淋店的服务员，这时你的感觉就完全不同了。类似情形还多的是。

当别人请我写这篇文字的时候，我原想鼓励优秀的读者，鼓励他们成为电影编剧方面的无政府主义者。我打算给买书的人抛出自己所有的狡猾伎俩，让他们看看什么才是骗人的东西。这里说的是使用那些大名鼎鼎、价格昂贵却又杂乱无章的编剧培训教材里教授的各种骗人的小伎俩。这些伎俩可以教会你如何画蛇添足把自己的大作压缩在 120 页以内。他们建议编剧使用名片大小的索引卡片，而不是笨拙可笑的大卡片；因为使用小卡片可以让你把结构复杂的情节全都钉在一块软木板上，从而可以更快捷地看到剧情梗概。或者在 DVD 播放器上使用黄色便利贴和计时器，把几部和你手头创作的剧本属于同一类型的电影分拆成每隔 30 秒钟保存一次的镜头，然后看看每段情节的梗概，再把这些镜头用在自己的作品里。

　　然而，我很快惊慌地意识到，这一章写得太短了。我还从来没有因为写得短而出名。（事实上，"野蛮编辑"是我给那些刚刚完成自己大作的新手的最好建议："学会变成一个残酷无情的屠夫。"）

　　因此，这里我要说的是："电影的语言已经变得太随便了"。这句话的意思是，除了文绉绉的"老生常谈"之外，电影对白还有一个不幸的风险，就是太过随便。由于受人雇用的穷书生一遍遍徒劳无功的重复抄写并给我们这些读者不断灌输，不同人物的说话口吻已经不知不觉地浸入了大家共同的记忆。

　　我可以举一个例子：自作聪明者或者冒失的牛仔或者星际雇佣兵都用"让我们……吧！"（Let's get—!）这种口吻说话，似乎这是他们自选的口头表达套路。请你想一想，他们怎么把这句话说完呢？你的回答可能是："让我们离开这个鬼地方吧！""让我们摆脱这些该死的伎俩吧！"或者诸如此类的话。你这么回答就对了。写作是有节奏的。不光在重复语句的时候我们需要讲究节奏，我们真正说话的时候也需要有节奏，而且，我们对于即将脱口而出的语言也都有节奏方面的某种期待。如果说观众落入了文绉绉的老生常谈式的窠臼之中……如果在演员说出这台词之前观众就已经知道他要说什么话，那么观众慢慢地就会感觉无聊至极。

　　幸运的是，绕过这种情形，我们还有路可走。

# 练　习

　　假如你愿意，你可以认为这是一个练习题，不过，作为一名电影编剧领域的无政府主义者，这个练习确实应该成为一个基本项目，每天你都要做这个对白创作练习。首先，为了做好创作的准备工作，你手头要有一部最好的同类语辞典。怎么说呢，其实，文字处理软件（假设你并非顽固不化地反对技术进步并且还在使用打字机的话）并没有大部头的辞典好用。即便很好的在线同类语辞典也比不上最好的纸质同类语辞典。你手头上需要有一本最顶尖的同义语替换辞典：如果你创作时经常参阅辞典，那么它很快就会被翻旧（要是这样，你也许应该花钱买一个硬壳的精装本），这项投资回报肯定是翻番又翻番的。

我非常确定的是，你（我要强调的是，这方面你可不要当守财奴，因为即使你已经买了一本常用的辞典，也要再买本新的）至少还需要一本俗语方面的同义语辞典。市场上有好几种这样的辞典，其中有些辞典是为特定职业量身定制的（最近，我就买了一本第二次世界大战期间士兵用的同义语辞典……辞典本身也是一本很吸引人的读物）。

好吧。现在看看你的场景，不光是阅读，而且还要聆听。电影对白是用来说的，而不是草草阅读的。练习一下，把台词念给自己听听，看看是否顺畅……或许你会皱眉头，这太费工夫了，不过既然你已经立志成为伟大的编剧，那么你早已算是半个疯子了。

首先，你的对白读起来是否仿佛不同的人物在对话，人人都有截然不同的声音呢？在你笔下，波士顿的港口装卸工说起话来跟他常常唯命是从的常春藤名校毕业生嘴里说出的那种文绉绉的话相比是不是不一样呢？如果你不大情愿承认工人说话也是文绉绉的，那么你可以试试下面这个方法。写出一个人物清单，然后"假装选派演员拍摄"你的电影，人物名单要详细到最不重要的临时演员。即便你不大可能请来莱昂纳多·迪卡普里奥和桑德拉·布洛克这种赚钱最多的影星给你助阵，你在塑造人物的时候也要想象一下各个演员在银幕上说出这些台词的样子。假如你有能力和技巧把他们的台词区分开来，我敢担保你的人物就已经具备了个性化的生命力。

其次，当词语还在纸面上的时候，看看人物所说的台词。你很可能会发觉某些词语或者话语有重复使用的情况。假如你发现有一个人物在一句台词里用到了某个单词，比如"今晚"这个词，而同时另一个人物也用了这个词，那么，你或许就应该再次摸出手边那本昂贵的同类语辞典，把这个词替换一下。

另外还有一个秘诀，你的句子可以使用倒装或者缩略语的形式，而且需要把它们的标点符号也改变一下。你们可以看看伍迪·艾伦和大卫·马梅这两个人的独特风格。艾伦使用迂回曲折的对白，到处都是如此。马梅使用标点符号的时候往往在古怪的地方断句，然后用不同的口吻让那些台词脱口而出。美国作家达蒙·鲁尼恩的个性化语言独树一帜，他奇妙地综合了上述两种技巧，这种语言风格是值得推荐的。

既然如此，现在你写出的对白应该蕴涵着想象力，不要让观众在看电影的时候中途退场，或者看电视时改变频道，去看可口可乐公司的广告。

从现在开始，走出我的课堂，打破那些陈规陋习吧。

# 非口头沟通 Andrew Osborne

Andrew Osborne，教师兼美国编剧协会会员，其独立电影制作包括圣丹斯电影节的首映影片 *On Line*，Tribeca 电影节的首映影片 *The F Word* 和他首次亲自执导的处女作 *Apocalypse Bop*。他因探索频道的 *Cash Cab* 节目获得了艾美奖。他为华纳兄弟、HBO、MTV、Orion 等公司，还有许多影院、互动及漫画项目搞创作（他希望有一天能够完成一部他自从上个世纪开始创作的长篇小说）。

在创作影视剧本的时候，关键是要记住伟大的对白并非空中楼阁：只有当人物的台词得到支撑的时候才是真正有效的，支撑人物台词的元素包括扎实的剧情、清晰的动机、有效的视觉描述以及好剧本的一切其他元素。

说起视觉描述，切记对白并非人物（或人们）沟通信息的唯一渠道。下面的场景选自 1975 年的恐怖片《大白鲨》，编剧为卡尔·哥特列布与彼得·本奇利（根据后者的小说改编），三个前景不妙的同伴被命运抛到了同一条小船上，他们要去猎获一头极其可怕的大白鲨：一个是脾气暴躁的老水手（昆特），一个是年轻的海洋生物学家（胡柏），还有一个是布罗迪，他是一个小镇上的警察局局长，患有恐水症，几乎压根儿没有任何海上生活的经验。

在剧本的这一段，这群人刚刚与这只大白鲨发生过一场遭遇战，结果忙乱之下他们错失良机。现在，布罗迪对面前的处境深表不满：食物不好，环境恶劣，而且在与鲨鱼遭遇的时候他不小心还把皮肤擦伤了。与此同时，昆特是个内行，不过，这几个人之间处处充满了尴尬的友情：老水手拿出自家酿造的酒与胡柏分享，他们两个人过去经常打架，随着这个场面继续发展，昆特想让布罗迪的情绪轻松一点儿，于是，他对于后者的擦伤轻描淡写，同时与他分享自己过去经历过的一件幽默故事：

昆特弯腰把他的头发扯到一边，露出头顶附近的伤口。

昆特

　　那伤口没什么大不了的。看看这个……圣帕特里克节在波士顿有个狗崽子用痰盂把我的头顶削平了。

布罗迪默默地看着。胡柏振作起来。

胡柏

　　看看这儿。

（伸出前臂）

　　史蒂夫·卡普兰在双方休战的时候咬了我。

昆特感觉好笑。他向大家展示了自己吓人的前臂。

昆特

　　钢丝绳勒伤的。桅杆的后拉索差一点把我的头开了瓢，我用手把它撑住了。

胡柏

（挽起一只袖子）

　　海鳗弄的。它直接咬透了我的紧身潜水衣。

布罗迪深受感动。昆特和胡柏一起大口喝酒。


　　请注意非口头沟通是如何与口头表述默契配合的。虽然布罗迪什么也没说，不过，他仍然是这个场景中的活跃分子，因为这番谈话让他振作起来：胡柏和昆特露出各自在搏斗时留下的伤疤，显示出高人一等的派头，他们达到了故意要实现的效果。结果，这让布罗迪奇怪地骄傲起来，因为自己也有了"男子汉的"皮肤擦伤。

　　同时，简短的动作描写（胡柏振作起来，昆特展示他的前臂）把这段对白跟人物的肢体动作结合起来，不仅传达了非口头信息（比如说，昆特和胡柏变得更加自由无羁，醉得越来越厉害，而且互相之间更没有拘束感。两人从同一个瓶子里大口喝酒，这就是证明），而且还有助于避免我所谓的"广播剧综合症"，即广播剧的对白太多，描述太少，让听众只能"听到"一个场面而不是把场面完整地呈现在人们眼前。

　　这就要求我们认真做好下面的练习……

# 练　习

当场景的真正意义是通过非语言讲述的手段传达的时候，你要使用中性的对白（"喂，""初次见面，你好"，等等）。

而且/或者：

写出一个场面，只使用视觉描述和肢体语言来描述同处一个戏剧性情境中的两个以上的人物，包括：动作、外形、表情和其他非口头表达的意义线索。

# 窃听电话 Mark Evan Schwartz

Mark Evan Schwartz，洛杉矶洛约拉马利蒙特大学电影电视学院副院长，副教授。他的创作成就包括 10 多部已经制作完成的正片电影和电视电影，著有 *How to Write：A Screenplay*。他拥有波士顿大学艺术学院的艺术硕士学位。

    多年以来，一直有一个故事萦绕在我的心头，这是在我成长过程中一直听人说起的一件真事，一个我认为值得拍成电影的故事。故事发生在 20 世纪 20 年代后期，地点是在我的家乡，北卡罗来纳州的皮德蒙特高原上的一个从事纺织业的小村庄，我几十年前就已经离开了那个地方。

    有一年夏天，我决定回到我童年的家看看，希望最后能够把这个事件写成一部电影剧本。我在当地的图书馆待了很长时间，在图书之间流连忘返，摩挲把玩那些微缩胶片。我还跟别人谈论上辈人那个年代的陈年回忆，尽量多地打听那些我打算写进故事里的事件的素材。

    很快我就感觉自己拥有了事实依据。丰富的事实满满地装了许多盒子。不过，我的目标并非写一部纪录片；而是要创造一个戏剧性的故事，一个具有历史意义的虚构故事。我知道唯一欠缺的是主要人物的性格特征、声音特点和微妙细节。我还没有找到那种驱动故事前进的人格因素。可以确定的是，我无须坐在家里面壁虚构了，不过，我仍然要寻找更多的东西，这些东西会激发创造性的火花，这种创造性可不是轻轻松松就能进入脑海中的。所以，我想冒险碰碰运气去捕捉它。

    在接下来的一周左右时间里，我照例在纺织厂村庄的一家小小的夫妻餐馆里吃快餐，故事就在这儿发生。由于是孤零零的一个人，我一般会安静地坐在柜台旁边，心情舒畅地小口喝着一杯榨汁饮料，细细品味酸味烤肉和卷心菜色拉三明治。我小心地观察着当地人的行为，倾听着他们的谈话，专心学习他们的句法和方言、身体的姿势与走路的步态。有一天，一对夫妇与小女孩就餐的情形吸引了我的注意力。

男人似乎三十多岁小四十岁的年纪，穿着缩水的工装裤，女人大概比他小十岁，穿着商场廉价甩卖的花衣服，小女孩十几岁，穿着同样的衣服。他们的交流显得笨拙，不够优雅。男人烦躁地摆弄着手中的叉子、汤匙、餐刀，扳直它们，小心地谈论着一个游戏。那女人时而点头，时而什么也不说，假装自己感兴趣。小女孩显然是厌烦了。一个女招待送来了他们的食物，男人立即建议小女孩把她的餐巾放在膝上。她有点敬畏地猛然看了这个男人一眼，不过，还没等她说一句话，那个女人轻轻叩了一下女孩的手，简单地说了一句"亲爱的？"小女孩注意到，这句话听起来像是一种警告，她勉强笑了一下，然后把餐巾放在了膝盖上面。

有了。我找到了。

以这三个人的三角关系为中心模型，一个银幕故事在我想象中已经成型了，故事的讲述视角从这个十来岁的小女孩出发，她忠实于母亲，怨恨自己眼前这个挑剔的男人，而且自私地利用这个男人。

# 练 习

观察能力是大多数影视编剧的杰出特点之一。如果你愿意，你也可以偷听。按照我们的天性，我们往往要浮到层层水波的外围，然后静静地窥视水波里面的情况。我们头脑里有一个固有的部分，专门用来想象情节中的人物和周围环境的情况。这个练习所训练的恰好就是观察力。

你构思了一个生动活泼的故事。这时候，你就应该做一些研究，验证人物的真实性并且使他们变得可信。

找到一个与你笔下人物（或者多个人物）相似的人们经常逗留的地方。这个地方可能是图书馆、操场、运动会、法院、大学校园、酒吧……随便什么地方。关键在于不要暴露目标，以免引起别人的注意；把自己变成一个别人看不到的隐形人，尽量不要插嘴干扰别人。然后，你就开始窃听工作吧。

听听人们的谈话，看看他们如何互动交流。细心观察。掌握他们说话的方式、讨论的话题、肢体语言、穿着的选择、周围的噪音和声响、背景的声音或者背景乐。想一想他们所做的一切。在心里把这些内容记下来，但是不要写下来。你写字的时候会引起人们的警觉。

　　然后，尽快记下你全部的所见所闻。写出人物传记，详细说明在你心目中所观察到的人们都是什么样的人。然后，重新改写这些人物传记，把他们带进你的影视故事中去。

# 震颤：表情的象征物 William C. Martell

William C. Martell，专业影视剧本作家，已有 19 部剧本被拍摄制作成电影；包括好几部 HBO World Premiere 电影，涉及动作片以及惊悚片类型。他已经脱销的图书《动作片的秘密》（The Secrets of Action Screenwriting）在 e-Bay 网的拍卖售价超过 320 美元。他经常担任各地的电影节评委或者在好莱坞与糟糕的剧本注释作战。

电影剧本是为银幕而写的，是通过人物动作的视觉画面来讲述一个故事。正如在现实生活中一样，行动比言语更响亮。人物嘴上说的往往就是他们但愿成真的东西，或者是他们希望那个场景中的其他人信以为真的东西。

不过，好的故事需要人物与自己的内心情感较量，以便克服内心的恐惧、解决情感的冲突。如果不放思想膨胀的热气球或者画外音的话，我们怎样才能把人物的情感冲突展示出来呢？怎样才能把思想感情都搬到银幕上呢？

虽说在银幕上展示人物当前的思想感情至少有十几种方法，我经常使用的方法是所谓的"震颤"法。很可能是我看到了《西部往事》（Once Upon a Time in the West）和《粉红豹》（Pink Panther）别开生面的电影海报之后，我才认识到我们可以用某个具体的物当作人物激烈的内心活动的象征。

在电影《粉红豹》中，只要警长德瑞弗斯听到身边的人提到克鲁索的名字，他的心就开始不住地震颤起来，从而让我们很容易了解人物的感受和想象人物的心中所想。在《西部往事》这部电影中，由查尔斯·布龙松饰演的人物有一只用绳子挂在脖子上的口琴，不过，只有当亨利·方达饰演的枪手在场的时候他才吹那只口琴。那只口琴有某种隐秘的含义，临近结尾时电影才向我们揭示出了其中的意义。

内心的震颤就是一个情感冲突或者有待解决的难题的象征。它是一个试金石,人们往往用它来展示人物对于和平时代的记忆。惯常的做法是在一名战士牺牲之前的场景中让他在散兵坑里看一看全家福的照片。如果在一场战争中这个战士的家人全都死去了的话,这样一张照片就会变成一个内心的震颤,而他的动机就是报仇雪恨。如果他看了看照片内心并没有平静下来,那么,他体会到的情感一定是义愤填膺。

使用照片的难题在于照片的内容是肤浅的、平面的表象,往往一望即知。更好的办法是找到一个具有个性特点或者具有重大意义的物体。在罗伯特·罗达特的电影《爱国者》(*The Patriot*)中,当梅尔·吉布森饰演的人物离开家庭去参加战争的时候,儿子把自己收集的一袋子铅质玩具战士送给了他。随着战事的发展,这些玩具战士被吉布森一个接一个地熔化成了铅,给自己的毛瑟枪制造子弹。满满的玩具袋子开始空了。每次当他熔化一个玩具战士的时候,我们知道他不仅是在思念自己的家人,而且也在思考自己是如何丧失了人性……他正在把那些让他成为一个好父亲、好丈夫的东西熔化掉,这样才能让他成为一名真正的战士。铅质的玩具战士已经变成某种杀害血肉战士的东西。这个充当象征的物不仅比全家福照片更好,而且它的主题特点也更加鲜明。

我使用过的象征物包括结婚戒指、钱夹、罗盘、退休纪念手表、儿童玩具……甚至好时巧克力,在男孩遭到绑架之前这块巧克力被掰成两半,由他和父亲分享。在这部电影后面的情节里,每当我们看到两个人中的某一个人吃掉这块六块巧克力中的一块的时候,我们就知道了他们的思想感情波动。另外,随着他们每吃掉一小块巧克力,我们就知道时间正在消逝,故事离结尾更近了。

关键在于你要找到适合于人物、剧情和主题的象征物。然后,你可以在一场戏里引进一个象征物,这场戏要给这件物体赋予特别的意义,比如说,在上面这场戏里,父亲与儿子分享一块巧克力就是这样。或者你可以使用一种神秘的物体,并在故事结尾揭示其意义,比如使用意大利人莱昂内拍摄的美国西部片里的那种做法。每当人物从口袋里掏出这个东西,然后端详它的时候,我们就能精确地知道他的所思所感。根本用不着惹人厌烦的对白!

# 练 习

让你的人物内心挣扎的情感问题是什么？在电影剧本中，为了解决一个客观世界的冲突，正面主角不得不首先解决某个情感方面的困境。哈姆雷特的父亲被人刺杀，他必须面对为父报仇的责任问题。在《黑暗骑士》中，好人哈维·邓特在一场大火中被烧伤，他必须和自己的愤怒情绪做斗争。在《飞屋环游记》中，卡尔·弗莱德里克森必须面对丧妻之痛，踏上夫妻二人没有机会尝试的冒险之旅。

现在，请列出一个清单，写出具备潜力充当情感冲突的象征物的一切物体。展开自由的联想，尽量多想出一些象征性物体，然后优中选优、找出最好的象征。你找到的象征物不仅要跟故事的主题有关，而且要能跟观众形成最大限度的共鸣。

现在，颠倒一下顺序，重新做这个练习。先看看自己随机想出来的物体，然后想一想它可能充当哪种情感冲突的象征物。

# 好玩儿的脸：动画创作秘诀 Aydrea Walden ten Bosch

Aydrea Walden ten Bosch，洛杉矶作家。她创作的剧本有 Nickelodeon 的 *ChalkZone*，迪斯尼的 *Yin Yang Yo*，Hawaii Film Partners 的 *Guardians of the Power Masks*。她的第一部真人动作正片电影计划于 2012 年发行。

　　动画片是一片奇妙的创作领域，因为你必须突破现实生活的界限。无论你创作的是传统的卡通片、拟人化的动物影片还是以人为主角的"现实主义"卡通片，动画片的角色都能做到我们无法做到的事情。他们可以虐待自己的身体，像橡皮筋那样拉长变形，达到肌体忍耐的极限，以便夸张地表达自己的感受。他们已经摆脱了物理学上万有引力定律的约束。他们能够忍受人们在现实生活中难以忍受的痛苦和不快，不过，这些内容给人的观感却是轻松愉快的。

　　卡通片的创作全然是生活的夸大。人物所做的一切都需要变得很夸张。一般来说，卡通人物走出房间的时候可不是普普通通地走出来，他们要么从房间里"噌噌地"蹿出来，要么"嗖嗖地"跑出来，要么像"离弦之箭一般"冲出来，要么像蛇一样"溜出来"，要么"没精打采地"晃悠出来。你的卡通人物不必简简单单地把东西从柜台上捡起来，当他们想拿什么东西的时候，他们要么"牢牢抓紧"这个东西，要么"偷偷摸摸地"拿走它，要么像老鹰一样突然从书架上"抓起"一本书。

　　卡通人物的面部表情不仅仅是"伤心"而已。卡通人物单用下巴就能表达这种心情：比如说，"当啷！他的下巴砸到了地板上，同时他的眼球暴突出来"。你笔下的人物也不必只是"笑笑"而已；相反，当她笑的时候，脸上的红云可以"慢慢地从这只耳朵烧到那只耳朵，直到满脸的羞红甚至超出了她的脸庞"。

当你为动画片写剧本的时候，你必须在语言中插入某种卡通片的语言特色。你写的剧本或者情节概述还需要由画家画出来。你要帮助画家想象，所以，你的文字必须使用夸张的象声词和场面描述以抓住人物的态度、情绪和动作，这样你的剧本才能活灵活现，而不必像真人扮演的剧本那样，因为演员的肢体表演是有限度的。假如演员表演出动画片里的肢体动作，演员就得送医院了。

我用下面这个练习帮助我进入正确的思维框架中，卡通人物需要变得多么活跃，我就把他们写得多么活跃。

# 练 习

想一想，假如你能做到，那么你会想要用自己的肢体做到哪些事情。你是否愿意飞到云端之上？或者一跃而起，纵上摩天大楼的楼顶？或者从高空做一个完美的燕式俯冲？或者迈出劈叉那样的大步去抓住从高架上掉下的东西？或者踮起小小的脚尖走路？或者像蛇一样匍匐着从危险的环境中溜之大吉？好了，这些都是你不能做到的，可是你笔下的人物却可以做到！

当你创作的时候，把自己植入人物的躯体之中。当人物对发生在他或她身上的事情作出反应时，你自己要体会一下，假如你无所不能，那么你会怎么做。假如你感觉十分尴尬、无地自容，你是否也想过如果地上有个缝儿，你就钻到地底下去了呢？或者你是不是想让自己扁平起来，变成一张画贴在墙壁上？当你极度兴奋的时候，你是否想要和什么人紧紧拥抱，你用力如此之猛以至于对方的腰就像气球给绑上了肚带那样箍紧了？如果你感觉寒冷，你是不是想拼命地摇晃身子，以至于衣服上的纤维都要被震飞了？

在你创作的时候，起床的时候，踱步的时候，你要让自己对于人物的所思所感有所反应。接下来，把你自己做的事情夸张、拔高一下，这样你就走上了一条成功之路，生机勃勃的剧本很快就能写出来了！

# 伪情感 David Freeman

David Freeman，剧本及构思出售或者签约给索尼影业、哥伦比亚影业、米高梅、派拉蒙等多家电影、电视公司。在洛杉矶、纽约和伦敦，他讲授名为"超越结构"的课程，这是一门电影剧本创作课程。他也对互动叙事有兴趣，他的著作 Creating Emotion in Games 囊括了好几百种写作技巧，绝大多数同样适用于电影剧本创作。

　　你看没看过一部由艾伦·鲍尔担任编剧的电影《美国丽人》？如果还没有，你真应该看看。第一个原因是因为这是一部伟大的影片。第二个原因是如果你已经看过这部电影，那么这一章就更好理解了。不过，即便你并没有看过那部电影，我也会尽量让这一章对你有所帮助。

　　里基·费兹（韦斯·本特利饰）是一个十几岁的小伙子，他对于事物潜藏的美拥有一种类似于禅宗的审美观，至少貌似如此。不过，真正的禅宗大师并不会像里基那样贩卖毒品，允许自己被父亲打成肉酱；他们也不会坚持超脱于这个世界（透过摄像机看待人间万象）；死亡不是他们很感兴趣的问题，他们也不会老谈论死亡。事实上，里基用貌似平静的外表掩饰了自己的真实情感：一种甚至比悲痛还要深刻的冷漠（因此他才对死亡着迷）。后来，我们才逐渐明白，里基变得冷漠是因为他曾被人错误地当成疯子送进精神病院接受治疗。

　　用人物身上的伪情感（在此例中是外表平静）掩盖真情感（在此例中是冷漠），这是可以赋予人物以深度的诸多手段之一。因此，我把这种方法称为"人物深化术"。

　　这里使用的具体手段被我称为"伪情感"。

　　尽管里基的平静气质是装出来的，但我们不能据此否定他对事物背后美感的洞察力。比如里基这个人物，他是具有艺术细胞和审美意识的，这就用到了另外一种人物深化术（人物深化术有许多种）。

我们看到经典电影《卡萨布兰卡》中也有一种**伪情感**。里克·布莱恩（亨弗莱·鲍嘉饰）做事有一副迷茫、无所谓的模样。他原以为自己再也看不到旧情人伊丽莎（英格丽·褒曼饰）了，可他没有想到伊丽莎偏偏走进了他在卡萨布兰卡的夜总会。随后当我们看到里克把自己灌得酩酊大醉、不省人事的时候，他的真实情感即深刻的沮丧就呈现在我们眼前了。

这项技术另外还包括两个技巧。第一个是先引进**伪情感**把观众"糊弄进去"，这是最好的技巧。这样一来，当观众后来发觉这个人物原来并非表面上那样乐观向上，这时伪情感就成了揭示人物性格的一种手段。（假如人物的真实情感就是沮丧，那么烦闷、无聊的精神状态也能算得上"乐观向上"。）第二点是，这个人物通常并不是在"假装"。人物几乎总是自以为是地认为自己的伪情感就是真情感。假如你告诉里基·费兹说他是个冷漠的人，他肯定不会承认这一点。同时，里克·布莱恩也不会承认自己陷入了深深的沮丧。

这就像在现实生活中一样，现实生活中也有很多人戴着情感的假面具，与此同时他们还不承认自己真正的、更加灰暗的情感状态。

尽管这个人物会否认自己的真情实感，但是作为编剧你应该给人物的真情实感留下明确的证据。观众的眼睛是雪亮的；他们通过推理是会觉察到的，而且感觉这种艺术手法很高明。

## 练　习

在这个练习中，你要写出一场短戏。让你的人物戴上下面这五种情感假面具：轻松调侃的、烦闷无聊的、略感兴趣的、兴致勃勃的或者气定神闲的。

在写作之前，选择这个人的情感真相，你可以从下面五种情感中挑出一个来：义愤填膺的、悲伤痛苦的、焦虑不安的、非常沮丧的或者无动于衷的。这个人物应该假装得很像，至少在这场戏的开头要让读者相信这个人物乐观的情感是真的。不过，在这场戏中至少要让这个人物一不小心说漏一两句话，或者露出一两处迹象，使得我们通过人物言行上的漏洞感觉到（或者能够推论出）他戴着情感的假面具。

要是别人读了你写的场景以后既能推想出他的伪情感（较真实的一

面），又能推想出他的真情感（较隐晦的一面），你就算顺利完成了任务。即便有人读了这场戏之后能够想到这个人物表面的情感是假装的，但仍不能准确地把握这个人物的真实情感，那么，你也算是很好地完成了这项任务。

# 字里行间的建构 Judy Kellem

Judy Kellem，2001 年以来在好莱坞 script. com 担任合伙人，这家公司为世界各地的作家项目开发提供反馈意见以及帮助。她之前担任环球影业的研究员，并且为福克斯制片公司做影视剧本/手稿的新闻报道。她拥有英语/创意写作专业硕士学位。

在对白之间运用"态度"与"视觉辅助标记"是电影剧本创作中的一项至关重要同时又最具挑战性的技术。将众声喧哗的人物声音贯穿起来的叙事性的描写与舞台指导部分就是电影编剧在脚本里用文字构建出来的导演或者摄影机。这些元素有助于引导读者的情感和内心的想象，它们决定了当人物说话的时候我们应该注意哪些细节，比如说，说话时看着房间一角放着的手枪；或者触犯禁忌把双手紧扣放在桌子下面；或者表扬别人的时候话中有话、暗讽挖苦。这些都是建构故事、表达情绪和运用潜台词的工具。

不过，许多编剧要掌握这些关键的技术却很费劲。有的编剧认为，所有表演方面的细节都可以留给导演或者演员自行处理，结果可能一个演员演出来一个样。有的编剧则写出过多不必要的细节，把脚本弄得像小说一样，而节奏就像蜗牛爬行。如何在两者之间平衡得恰到好处对于伟大的电影剧本创作来说是至关重要的，如果两者交相为用、搭配相宜，这些起着导演或者摄影机作用的说明文字就可能成为脚本中的天才之作。当我第二次看《教父》这部电影时，我对这个问题进行了深入的思考。这部电影的核心内容就是针对迈克尔（阿尔·帕西诺饰）进行人物研究。尽管迈克尔最初立志成为一名顶天立地的诚实公民，但是经过一番曲折之后他最终还是成了一个黑社会老大。他的人物发展弧线大多是通过没有台词的情节表演出来的，我们只需把他的一切行动看在眼里，就能觉察到他如何从内心纯洁无辜的状态逐渐变得嗜血凶残，最后成了一个杀人恶魔。这其中到底有多少是编剧写出来的，有多少是导演和演员表演出来的，我想知道这两者的比例关系如何，于是我就把这部剧本快速浏览了一遍。脚本里的舞台指导非常多，比如：迈克尔［**冷酷地**］；桑尼［**眼泪直打转儿**］，此外还有下面这样的描述性话语："迈克尔呆若木鸡；很快，他拿来每个版本，在盘子里撂了一美元，然后如饥似渴地通读它们。凯伊知道要保持安静。"编剧简洁地运用这两种元素提供叙事性的衔接结构，从而把整个故事整合在一起。

　　当你创作剧本的时候，心里要牢记，大家已经赋予你权利和期待，你要向读者展示关键的内容，这样一来剧情就便于在银幕上表演出来了。营造并且充分利用由文字构建的导演或者摄像机的功能就是好编剧的特权。仔细用好这件宝贵的工具就能写出让我们"看得见、摸得着"的剧本而不是我们"读到的"剧本，两者之间有着天壤之别。

# 练　习

　　快速浏览一遍你事先写好的一场戏，或者构思一场你想写的戏。逐步发现这场戏中那些不必用台词说出的基本元素。比如当主人公的妻子说"我爱你"这句话时，并不是发自内心的真话。因为剧情并不是这么安排的，而且你前面对她的刻画并不足以让观众"假设这一情况"，那么你就要给观众提供这个细节上的差别。你可以用一句舞台指导实现这个目的：

**妻子**

　　（完全假装的）
　　我爱你。

或者通过叙事部分实现这个目的：

**妻子**

　　我爱你。
　　他端详她的脸。他能够从她的眼睛里看出她的话并不是真的。

下面我们再举一个例子，比如说有一场戏讲主人公开车送孩子上学，虽然他与儿子闲聊时脸上还带着温柔的微笑，不过，与此同时他心里正在打算自杀。下面的例子可以让你明白如何使用舞台指导呈现这一重要剧情……

**儿子**

今天我们上科学课的时候要解剖一只青蛙。

**父亲**

（尖刻地）

这青蛙可真幸运。

或者通过叙事部分说明：

**儿子**

今天我们上科学课的时候要解剖一只青蛙。

爸爸怜爱地微笑着，然后痛苦地向车窗外凝视，似乎他就是那只青蛙。

切记，活泼有趣的故事细节需要在创作过程中运用丰富、简短的台词说出来，这些细节就是编剧逐步展开剧情的脉搏。假如你没有把这些小小的钻石沿途撒落在纸面上，那么你冒的风险就是浪费了虚构故事的全部心血，而且让读者对你丧失了信心。

## 隐喻在喜剧中的运用 Steve Kaplan

Steve Kaplan 的电影编剧工作室服务于纽约大学、耶鲁大学戏剧学院和加州大学洛杉矶分校,以及梦工厂、迪士尼和 Aardman 动画公司。他的上课地点包括洛杉矶、纽约、温哥华、伦敦、悉尼、墨尔本和新加坡。他的一些学生制作的节目包括《欲望都市》,《丑女贝蒂》和 Big Love。

我最喜欢的戏剧(包括电影和电视剧在内)之一是尼尔·西蒙的《不是冤家不聚头》(*The Odd Couple*),其中有一对错配的朋友,其中一个已经离婚,另一个则马上面临离婚,两人决定同居一室。表面上看,奥斯卡·麦迪逊和费利克斯·昂格尔是朋友兼室友。然而,随着故事的推进,他们的关系经受了一次微妙却又惊人的转变,开始像更年期的夫妻那样越来越有对抗性和火药味。

举例来说,在一场戏中,奥斯卡已经给自己和费利克斯找到了两个空姐谈恋爱。当奥斯卡回家的时候,他见到了费利克斯穿着围裙,在门口迎接他,双臂交叉胸前。接下来一场戏的意义几乎任何一个不如意的丈夫都可以看得出来,在这场戏里费利克斯对奥斯卡尖刻地说:"你知道现在几点了吗?刚才你在哪儿?为什么你不打电话给我呢?难道你不知道现在连肉馅蛋糕都全凉了吗?"最后,奥斯卡顺口说出了我们大家都会想到的话:"等一下。我希望把这个谈话录音,因为我怕以后没有人会相信我的话。你这句话的意思是说假如我回家吃饭晚了,我就得给你打电话通知你吗?"

我把这个技巧称为"隐喻的关系"。正如明喻一样,隐喻也是一种比较或者类比,用来表明两个并不相似的东西在某个方面却是类似的。我给隐喻关系下的定义是在友谊的表象之外感觉到的或者存在的一种本质上的、隐蔽的关系。通过把两个更年期夫妻的吵架事件嫁接到两个单身汉室友费利克斯和奥斯卡身上,尼尔·西蒙创造出了一个极易理解的喜剧情境。隐喻关系之所以有效的原因在于，虽然它们表明人物行为表面上荒唐可笑，但这种行为本身却是人们可以识别出来且是真实可信的。

想象一下，一对老年夫妻由于钱的事情起了争执。那么，这对夫妻会像汽车后座上两个孩子那样打架。它们涵盖的内容可能是相似的，与此同时这对夫妻可能互相推推搡搡，向对方吐舌头表示轻蔑，而且会固执己见地说："不要！""偏要！""不要！""要！""不！""要！""不一千遍！""要无限次！"（暂停）"不无限次……再加一次！"这些隐喻的形式或者是严肃的争吵辩论或者是无聊的斗嘴，一旦当我们把它关联到一个可以识别的现实生活情境中的时候，它就具有了喜剧的效果。

# 练 习

拿一份两个以上人物之间的谈话材料。现在，把人物之一或其全部都置入隐喻的关系之中。双方看待对方犹如汽车后座上的两个小孩子；或者一个人可能就像费利克斯把奥斯卡当作妻子那样对待对方，而另一方则像奥斯卡那样对这种古怪行为作出回应。

或许，你也可以让他们以隐喻的方式看待这整场戏。比如电影《赛菲尔德》（Seinfeld）中有一段情节，杰里回想起他有一本书忘了还给图书馆。当他想要还书时，却出来一个图书管理员并自称是"图书馆的侦探"。突然之间，整段情节就变成了一个带有悲观宿命论的电影，一切对白和人物的反应仿佛都具有了电影的风格。

这里的诀窍在于让那个人物在隐喻的情境中诚实地作出反应，而不破坏或者否定这场戏里给定的事实。比如在电影《不是冤家不聚头》中，虽说费利克斯和奥斯卡的行为就像是一对老夫妻，假如费利克斯真的认为奥斯卡就是自己的丈夫而且做出一些出格的言行，比如说称他为"亲爱的"或者想要亲吻他，那就大错特错了。奥斯卡只是他的朋友兼室友；费利克斯只是在行为上仿佛把奥斯卡当成了自己的丈夫。在隐喻关系中，维持表面的真实性是很重要的。

# 真人说真话 Jennifer Skelly

Jennifer Skelly，专业演员、作家兼科学家，PBS 和 NBC 播映的系列动画片 *The Zula Patrol* 的剧本作者兼科学顾问。她与丈夫兼创作伙伴 David Skelly 最近创作了 *Miss Twiggley's Tree*，一部为 BixPix Entertainment 公司创作改编的真人动作正片电影。目前正在为 Nicktoons 创作一部新的电视动画片系列。夫妻两人在 CalArts 讲授故事开发，他们的新书 *Improv for Writers* 即将面世。

对白应该是最容易写的部分，难道不是这样吗？我的意思是说，我们人人都说话，天天说话，时时说话。大家都是说话方面的专家，也是对白方面的专家。不过，在我看来，写出货真价实的对白是我们电影编剧面对的最大挑战之一。

作为编剧，我要尽量让观众相信他们眼前的画面包括耳朵听到的声音都是真实可信的。假如有什么东西不真实，观众马上就能听得出来，因为每位观众都跟我一样熟悉人物的对白。每位演员也是一样。假如连演员本人都不相信自己所说的台词，观众自然也不会相信。

作为演员，我最喜爱的电影编剧包括蒂娜·费伊、伍迪·艾伦、亚伦·索尔金和大卫·马梅特（马梅特在剧本里写的大实话总是很有趣）。我喜欢表演他们写的台词。他们知道人们平常说话的时候往往有含沙射影、模棱两可、信马由缰、颠三倒四的现象。他们并不刻意创作漂亮的对白。这并不是因为他们词汇量有限（当然，索尔金写的剧本喜欢说大话、打官腔）。这也不是遣词造句方面的问题。这更不是抖机灵说几句俏皮话哗众取宠那么简单（虽说费依和艾伦的台词确实机灵俏皮到了极点）。这是一个写出真人真话的问题。

那么，在现实生活中人们是如何谈话的？大家其实都心知肚明，不过，把人人皆知的东西落在纸面上却并非听起来那么容易。下面的练习可以帮助我们训练自己的耳朵（并指导我们的笔）去捕捉真实的对话：

# 练　习

1. 到当地的咖啡馆（或者其他公共场所）去，在人们用手机交谈的地方附近安营扎寨。找到打手机电话的人并不是什么难事，用手机打电话的人往往是大家身边说话声音最大的人。打开你的笔记本电脑，或者笔记本（写在纸上）也行，你要让别人感觉你是个大忙人，这样不会令人生疑。你之所以不想让人起疑心是因为你要做的正是可疑的活动。

2. 偷听人们打电话时的谈话内容。把他们打电话时所说的话都记下来。尽量多记一些。假如你不能把谈话内容字字都听清楚也不要紧，不过，尽量要听清一些没说完整的话。（你很可能会发现人们的电话谈话大都是不完整的，而且也不太注意语法问题。）

3. 然后，在谈话记录的空白处填上电话交谈的另一方所说的话。拿手机的人在给什么人打电话？（假如你听到了一个人名，就使用这个名字！假如你没有听到对方的名字，那你就给他编个名字好了。）他们是什么关系？他们之间有什么相互的需要？

4. 把这个谈话记录转写成电影剧本的格式。然后，再给你的剧本添上人物动作以便充实细节，你写出来的东西并不是电话记录，而是新的电影脚本。

5. 据此写出一场戏来。这两个人什么时候再次见面呢？接下来又会发生哪些事情？你要把前面的一场戏也写出来。是什么原因促成了他们这次见面？

提示：当你在外面游弋的时候，要留心尽量多地记录下人们的手机谈话内容。在打手机的时候，人们往往忘了他们是在公共场合说话，所以你可能听到一些非常私密的真实对白。这是你记录人们在现实生活中真正谈话的大好时机。

在外面做这个练习的时候你会感觉很有趣！另外，请你不要处心积虑地非把它写得"恰到好处"，我们无须精准地描摹咖啡馆里来来往往的客人的生平事迹。我们只想捕捉真实的谈话。

主动偷听别人谈话就像是学外语时使用的浸入式课堂，这是学外语的最好途径。一旦我们听到人们是如何谈话的，我们的谈话记录就有个人的口吻。然后，我们在创作剧本的时候就能使用这种个性化的口吻，如此一来我们笔下的人物谈吐就变得真实可信了。

修　订

# 逆向的头脑风暴 Pilar Alessandra

Pilar Alessandra,"纸面创作"课程的主任。担任梦工厂和 Radar 电影公司的高级故事分析师,并且为 ABC/迪斯尼公司培训编剧。她的学生和客户的作品打进了迪斯尼、梦工厂、华纳兄弟和索尼公司,并且在声望很高的竞赛中多次获奖,比如 Austin Film Festival 影视剧本竞赛单元和 Nicholls Fellowship。著有 The Coffee Break Screenwriter。

很多编剧感觉剧本的第 1 页需要推倒重来、再写一遍,然而实际上他们真正需要做的是把第 75 页重新改写一遍。他们兑现了自己的概念性主题,第二幕顺理成章地写出了铺垫部分,为第三幕打下了很好的基础……然后他们就陷入了江郎才尽的状态。随后,假如你硬着头皮非要勉强把第三幕写出来,那么你就要三思了,但愿读者能够谅解你的无奈。想一想,你看电影的时候有多少次没有看完就离开了,另外,有多少部电影的结尾让观众大失所望。这时候,你前期付出的一切努力都付之东流,重归于零了。

不过,说起来容易做起来难,结尾的重新构思绝非易事。很难说你能找到一个很好的办法解决这个难题。在你的电影脚本里,你知道自己笔下的有情人终成眷属;你笔下的警察抓到了劫匪;你笔下的好人打败了坏蛋。但是,所有这一切到底是如何发生的?人物是如何走到这个结局的呢?

通常答案就是我所谓的"扣动扳机的瞬间",即在大结局最终呈现之前你精心设计出来的那些小小的细节。

在电影《美丽心灵的永恒阳光》(*Eternal Sunshine of the Spotless Mind*)中,金·凯瑞饰演的人物弄到了一盘录音带,录音内容说凯特·温丝莱特饰演的人物是自己的前女友,这件事情触动了他,让他重新找回了过去的回忆。

在电影《一级恐怖》（*Primal Fear*）中，爱德华·诺顿饰演的人物具有双重人格，人物给自己定下的规矩是两种人格状态下的记忆要做到井水不犯河水，可是，一次偶然的意外让人物突破了这条红线，于是他就落入了不幸的结局。这部电影里还有一处次要镜头，因为人物一不小心说漏了嘴，触发了一个"曝光"时刻，让观众看到了最后的谜底。

你怎样才能找到这些触发机密的时刻呢？有时候，做一下逆向思考是有益的。从你确实知道的目的地开始，然后问一些问题，它能帮你找到抵达目的地的好路子。

# 练　习

1. 从结局揭示的真相开始：这个人物发现了哪些让他最痛苦、最害怕、最出乎意料或者最快乐的东西？

2. 人物以前在什么地方发现过它？

3. 哪些实在的线索引导他到达了那个地方？

4. 人物过去说过的什么话触动了这个人物让他去寻找那条线索呢？

5. 发生了什么事情导致这个人物要说这些话呢？

6. 什么难题的出现促成了那个事件？

7. 主人公自身的行动如何制造了那个难题？

8. 主人公的什么目标促使他行为失常造成了这个难题？

9. 在主人公的世界中，什么样的环境激发他追求那个目标？

问过这些问题之后，你至少能为第三幕的全盘揭示铺好了一条道路。一系列精心设计的细节不断推动人物逐渐接近最后的真相，这样的真相发现之旅要比人物瞎猫碰上死耗子似的偶遇真相更加有趣，而如果让别人告诉他真相那就糟糕了。

# 批评有助提高 Paul Guay

Paul Guay，电影《大话王》的构思者与合著者，该片首发时被评为历史上利润最高的喜剧片第6名。这部剧本在《剧本杂志》"过去十年最佳剧本"评选活动中获得提名奖。著有 The Little Rascals 和 Heartbreakers，他将版权中的舞台音乐剧制作权授予了米高梅公司。他是电影剧本创作工作室的主讲，并开办了剧本顾问公司。

在初一下学期，我遇到了罗伯特·W·F·琼斯。他担任门罗学校的教导主任、西班牙语教师、教员顾问兼学生报纸的顾问（编辑这份报纸让我头疼），此外他还兼任田径队教练（我跑440米和880米，要是我跑得不算快，我就练竞走）。他身高6英尺5英寸，正宗的美国人。从这一学期开始，他开始教我们创意写作课。

那个学期我是班上唯一的学生，初三那年也是如此。因此，如果我说他是专门为了我开了那门课程也未尝不可。你猜对了，我是他的得意门生。

在这三个学期的学习过程中，我在创意写作课堂上写了很多习作，包括诗歌、流行歌词和短篇小说，数量有1 000篇左右。琼斯先生读了我所有的习作。直到今天，我仍然非常喜欢看他给我的评语。在一首诗上，他草草写下的评语是"销毁这个证据吧"，文字简单却意味深长；另一首诗的评语则是"烦琐混乱"；还有一次是谜语一般的短评："我已经用自以为适宜的方式处理了你的故事"，此外他还附了一个信封，信封里装的是纸灰。

天啊，我还想成为老师的得意门生呢……

对于如此的羞辱我会认输吗？当然不会；我在信封里回敬了他一个鱼头。

他的回信是："鱼头味道很好，只是有点儿嚼不烂。"

甚至我的鱼头也成了他的批评对象。

今天,琼斯先生是我最好的朋友之一。不只是因为我们都喜欢看恐怖片、科幻片和奇幻片,不只因为我们都激赏《2001 太空漫游》(2001:*A Space Odyssey*) 和《绿野仙踪》这两部电影,及他介绍我看《哈洛与慕德》(*Harold and Maude*) 这部电影,也不只是因为他曾两度指导我拍摄《动物园的故事》(*The Zoo Story*),在一次拍摄中当我们使用真刀表演的时候我的手还受了伤;而且更是因为那个课堂。

为什么?

因为他把我当回事,足够认真地对待我在那一年半时间内写出的每首诗、每首歌词、每篇短篇小说。

所以,我拥有了一个读者,一个除了父母之外的忠实读者。

所以,我坚持笔耕不辍。

另外还有一个原因。虽然并非出于他的本意而且当时我也没有意识到的是,他居然让我练就了一张厚脸皮,能够虚心听取别人的批评。

我在庞莫纳学院上过好几个创意写作课程。当时,我的习作不仅包括诗歌、流行歌词和短篇小说,而且也有喜剧小品和戏剧,它们都曾经遭到老师和同学激烈的(有时候是嘲弄般的)炮轰。他们尖锐的批评并没有让我心烦;因为他们不可能比琼斯先生的纸灰更严厉。对于大家的批评我总能择善而从,提高创作水平,至于其他的评论就让它左耳进右耳出吧。

我曾在制片公司干过五年的营销工作,那时候我负责为公司制作的电影或者海外分销的电影准备营销、广告宣传材料,包括宣传语、宣传片,有时也给部分影片换上新的片名。我读了成百上千部剧本,分析、评论过的剧本也有不少。我开始明白什么样的剧本是可行的,什么样的剧本是行不通的,而且还能知其所以然。有一次,我接到一项任务,要求我在 36 小时内完成《大魔域》(*The Neverending Story*)的润色任务。随后,我就拿起这本奇妙的剧本读了起来。我感觉这部剧本仿佛是早晨刚刚从德语翻译过来的,于是,我把剧本的整脚语言改写成了地道的、口语化的英语。只有这样,我们才能从美国的经销商那儿融到资金。这样紧急的任务是我的家常便饭。

后来,我开始跟别人合写自己原创的电影剧本。当剧本"完工"之后,我就把剧本送给五到十名好友(大多数是电影编剧)让他们品评一番。

我的妻子苏珊还记得第一个批评意见。这位朋友一点儿也不留情面,把我批得体无完肤。我们投入聪明才智、耗时数月写出来的精品居然沦为他质疑的对象，在他看来，随便什么人都能轻而易举写出这样的剧本。

经过这次严酷的考验之后，苏珊到房间里来安慰我。让她吃惊的是，我并没有躲在桌子底下哭哭啼啼。我也没有趴在垃圾桶上面，把胆汁都呕吐出来。我也没有气得浑身发抖。恰恰相反，我正在封面的活页上奋笔疾书，争取快点儿把他的意见记录在案。

我抬头看到她一脸愕然的表情。作为写电影对白的大师，我问她："怎么了？"她说："没怎么，这太好了。"

我欢迎大家批评，再来五次十次这样的组合拳我也照样会热烈欢迎。

假如读者喜爱我的作品并且告诉我它过去和现在一样完美，那么我会高兴吗？

听到这样的评价，我会喜忧参半。即便是现在，在我写了许多剧本，已经是一个有作品被拍成电影的编剧，似乎也懂的更多了之后（剧本顾问确实应该多懂一些东西），除了批评之外，我仍然需要一点儿心理抚慰，想听到别人夸自己作品有多么好。（我时刻准备着……）

不过，说真的，就理性认识和职业精神而言，我当然希望自己能写出体现真实水平、畅销而且能被拍成电影的优秀剧本。假如自己的电影能让人们享受到艺术上的满足感，而且电影的票房收入也足以弥补制作成本的话，我就证明了自己在这个星球上存在的意义。就此而言，我还是乐于听到这种批评的。

你们知道，电影编剧这个行当竞争相当激烈，简直到了不可思议的地步。你的剧本必须从18万个竞争者中脱颖而出，所以，你要尽最大努力把它写得近乎完美。

假如有朋友指出你的剧本还有哪些地方没有做到位，那么这时候你还有时间修改。要是等到一个潜在的买家看出了剧本里的这处破绽，那么交易就告吹了。相比之下，前面一种情形要好多了。

## 练　习

第 1 步：把你的影视剧本做到完美极致。

第 2 步：找五到十个朋友和熟人，如果有可能你要找些职业编剧或者工作中经常阅读海量剧本的其他专业人士;如果没有,那你也可以找那些有志于成为职业编剧的朋友。请他们阅读你的剧本。

在他们读完之后,你要马上问他们:"你有什么看法吗?"然后,虚心听取他们的意见,不要插嘴。别给他们任何回应,也不要以任何方式"诱导"他们。不要争论。不要护短。不要畏缩。不要哭鼻子。

假如他们把你吹得晕晕乎乎或者措辞过于拘谨、礼貌,那么请他们有话直说不必客气。你可以跟他们说,创作或许是神圣的事业,不过,也是一场激烈的竞赛,你希望达到最佳的竞技状态。

告诉他们说无论他们如何严格要求也不过分,因为市场肯定要比他们更严格。

下面是我经常跟客户说的话,你可以变通一下:你不希望他们放烟幕弹,说你的剧本已经完美无瑕。假如你是职业编剧或者希望成为职业编剧,放烟幕弹就是白白浪费宝贵的时间。你希望知道怎样才能把剧本写得更好。

这样一说,你就给了他们有话直说的胆量(这才是有益的),把他们的话都记下来。有时候大家的批评过于激烈,以至于你实在忍受不了他们那种以恩人自居、自鸣得意、傲慢自大的高谈阔论,一气之下你真想甩手不干了。这时候,不要马上研究他们的批评,等以后有空的时候再看。

另外,你还有机会把他们的评价与其他读者的评价做一个比较。即使某个观点只是一位读者的一己之见,你也不要轻易放过。不过,那些大多数读者都提出的批评意见肯定是值得注意的。

针对你开诚布公的咨询,在读者们作出了回应之后,你还要问一些具体问题,同时不要诱导他们作出任何具体的回答。

下面是我问我的读者们的问题,顺序大概如下:

什么内容让你觉得有问题?

什么内容让你买账?

对于片名你有什么建议?

你感觉剧本的长度如何(既包括剧本的页数也包括读起来的感觉)?

剧本中是不是有拖沓冗长的场景?

对于故事的节奏你有什么建议?(你或许注意到,类似的问题我已经问过好几次了,只是措辞略有不同。这是因为有时候不同的措辞包含的信息不尽相同。此外，我也想用这个办法看看他们的脑子是否清醒。）

这个剧本是关于什么的？它的主题是什么？你会如何描述这部电影？

你会用哪一句话概述这个故事？（正如我问的一些问题一样，这个问题的答案不光有助于向别人推介剧本，而且还让我知道自己想传达的信息是否传达出来了。）

电影的宣传语是什么？

关于电影海报你有什么建议？

这部电影属于哪个流派？哪个门类？（假如我自以为写的是喜剧动作片，而读者以为这是一部浪漫喜剧片，那么我就要问这个问题。假如他们认为我写的是恐怖音乐剧，那我就得好好向他们请教了。）

对于融资你有什么建议？

对于预算你有什么建议？

对于台词风格你有什么建议？

对于真实可信性你有什么建议？

这部电影的评级是什么？（假如我认为自己写的是 PG-13 级的电影，而读者认为这是 R 级，我就要调整一下剧本。假如他们认为我写的电影是 NC-17 级的，我就要问问他们对于这个电影脚本有什么想法。）

什么内容是暧昧不清的？

下面我要问一些涉及这部电影的具体问题，比如说："对于克里斯多佛这个人物你有什么建议？""对于克里斯多佛的背景故事你有什么想法？""对于克里斯多佛和塞蒙利娅的关系你有什么建议？""对于斯坦顿的计划你有什么建议？"

接下来，我再重新回到更加笼统的问题上来：

你感觉这部剧本读起来怎么样，比如说，你感觉读起来流畅吗？

对于语言上的幽默感你有什么建议？（如果你写的是喜剧，这是最好的问题。）

对于视觉上的滑稽元素你有什么建议？

读起来好玩儿吗？

有没有让你笑出声过呢？

有没有张力？

钩子是什么？

在宣传片中你会加入什么？

它面向的观众群体是什么样的？

你会不会去看根据这个剧本拍出来的电影？

你会喜欢这部电影吗？

你会购买这部电影剧本吗？

这部电影剧本最好的地方在什么地方？

最糟糕的内容是什么？

是否有打字错误、拼写错误、语法错误、标点符号错误或者格式问题？

怎样才能把它卖出去呢？

你会把它与哪部电影相提并论？

你可以想到哪些导演或者制片人或者工作室适合拍摄这一类电影呢？

你想让哪些演员参演这部电影呢？

由我出演这部电影怎么样？（开玩笑。）

好吧，现在下课了。

哎哟！时间到了，这很有趣，接下来呢？

你要感谢他们花费时间阅读你的剧本而且把他们的评价反馈给你。

你要把他们的评价与其他读者的评价比较一下。

落实那些修改意见，提高你的影视剧本的艺术水准和/或商业性。

假如你感觉自己的剧本不是他们喜闻乐见的，而且他们把你气得够呛，要是这样你就弄个鱼头给他们寄去吧。

# 珠宝盒提纲 Jim Strain

Jim Strain，创作的正片电影包括 Jumanji，Bingo 和 Summer of the Monkeys。他最近的原创影视剧本 Zapper 正在进行前期制作。正在改编 Alien X-mas，这是他与人合著的一部儿童图书，将被改编成一部动画片。为 United Studios Entertainment 制片公司与 Stan Chervin 合作创作剧本 Space Camp。他是一名副教授，在加州大学洛杉矶分校的电影、电视及数字媒体系给研究生讲授电影剧本创作。

所有电影编剧都会为写出考究的对白、简洁明快饱含情感的台词和漂亮的视觉画面而手忙脚乱。不过，到头来，故事结构才是电影剧本中最重要的部分。没有它，其余一切全是白忙活。

电影编剧一贯倚赖的结构化故事模型有好多种，每个模型都有自身的优点。我感觉自己用得最顺手的是下面这种模型：它清楚交代出剧情缘起的事件，第一幕的剧情逐步升级，剧本中段发生重大事件，第二幕出现危机，然后故事就到了大结局。不过，无论你喜欢哪个模型，关键在于，你要为自己的故事建立起清晰的骨架。

接下来的一个挑战就是创造各种情节完成这个骨架。随后，有些编剧马上进入剧本创作阶段，一边创作一边补充细节。另外还有些编剧要再写出一个故事提纲或者分析论证一下，这些过程也可能是冗长而复杂的。

只见树木不见森林是很容易出现的情况，编剧迷失于某一场戏的细节却忽略了这场戏在整个剧本中的功能定位。假如不能为整体服务，那么即便你写出世界上最漂亮的场景也是白搭。关键在于你的脑子里时刻都要有一个大局观。

出乎我的意料，我发现 DVD 播放器的场景目录索引或者章节标题是一种很有用的工具。你要写出的场景目录实际上篇幅只有一页，这种结构提纲很容易放进一个珠宝盒里。一旦你把谜语一样的标题变成简短的剧情摘要，你就得到了一部电影的情节梗概。下面有几个例子，摘自我一直以来最喜爱的电影《雌雄大盗》（*Bonnie and Clyde*）：

> 章节标题：街道上出现的东西。
> 剧情摘要：邦妮想偷克莱德的汽车，两人相遇。
> 章节标题：家里的人。
> 剧情摘要：巴罗帮在一起度假。邦妮与布兰奇的冲突升级。
> 章节标题：维尔玛·戴维斯和尤金·格里萨德。
> 剧情摘要：一伙歹徒绑架了殡仪事务承办人及其女友。预示着死亡。
> 　　　　　特里格斯回家拜访。

最后你得到了这个剧情简短的 36 点提纲，故事的完整画面只用一张纸就描绘出来了。使用这个格式，很容易看出故事的结构框架。

当然，章节标题或者场景目录是在故事写完之后才能写出来的。不过我想，也许在剧本创作之初就这样思考问题会更加实用。数年前，我开始要求加州大学洛杉矶分校的电影编剧专业的研究生在开始创作第一稿之前先提交珠宝盒提纲。我发现这是最难做同时也是最富成效的作业之一，因为它需要学生有一个全局观而且要把故事情节浓缩起来。

这个练习做起来并不容易，但是它能让你迅速看到哪些地方还有问题，哪些地方思路不清。它帮助编剧扫清障碍，迫使编剧确定每一场戏在整个剧本的上下文环境中要完成的基本任务。最后得到的剧情表并不是一件会限制后续创作自由空间的紧身衣。任何电影编剧都会对你说，剧本要随着人物而生，随着细节的浮现而前进。哲学家阿尔弗雷德·科泽斯基曾经说过，"地图并不是疆域本身"。但是我却发现这种珠宝盒提纲可能是检验故事结构的一块试金石。

## 练　习

1. 要想找到这个创作过程的诀窍，你要选择一张你最喜爱的 DVD 而且把章节标题或者场景目录索引改写成简短的剧情摘要。剧情摘要的长度要限制在一句话之内。在每个章节中你可能看到很多故事元素，但是你要删繁就简，扫清道路，抓住精髓。

2. 针对你即将改写的电影剧本做同样的练习。通常这个珠宝盒提纲会帮助你诊断出故事中的基本问题。妙笔生花的叙事或者栩栩如生的对白往往会掩盖这种基本问题。假如结果表明你的故事基础很扎实，那么接下来你就可以专注于创作人物或者场景的细节了。

3. 最后，针对即将开始创作的剧本写一个珠宝盒提纲。把提纲限定在36个情节以内。假如你还不知道所有情节，那么请你留下空白。明确故事缘起的事件、第一幕的突然变故、中间点的铺垫部分、第二幕的危机爆发。假如你还没有彻底弄清每个情节，不要让这件事情把你震住了。等到全心投入这一稿的创作时，许多难题会最终得到解决。不要把追求提纲的"完美"变成不搞创作的借口。你创造出来的是一个参照系，而不是一成不变的蓝图。

# 他叫喊"大声点儿" Jayce Bartok

　　Jayce Bartok,电影 *The Cake Eaters* 的剧本作者,正在开发三部影视剧本。下一步,Jayce 将步入正片电影领域,导演他的影视剧本 *Red River*,一部真正的犯罪惊悚片,内容讲述有关威斯康星州一个看似正常的家庭,却与密西西比河奇怪的连环杀人案有关。

　　从本质上讲,电影是一种容易起催眠作用的图像流,它以每秒 24 帧的速度闪烁;电影是视听两种知觉的联姻,它把在漆黑一团的影院里的一群陌生人运送到一个集体想象的地方。从最纯粹的意义上讲,电影是必须与一群观众一起在影院观看的,观众会仔细听电影剧本里的每一个词。也许,你已经猜到我要说什么了。电影是古代戏院又大又坏的私生子。与古希腊那种被称为"戏剧"的艺术远祖相比,电影这种后来的视觉盛宴可以说被人们宠坏了,它体量庞大,爱发脾气,爆炸连连,常常吓得观众在座位上坐立不安。

　　哈姆雷特告诉我们:"此剧就是捕鼠器!"① 作为初出茅庐的电影编剧,我们写呀,写呀,写了又改……而且还得大喊大叫。不过,有一件事情是我们通常不会做的,那就是把自己的电影剧本当作活生生的、有呼吸的、会动的东西,无须大型吊臂式摄影机和当红影星的脸蛋儿,仅仅用你的白纸黑字就能吸引并且感动现场的观众。

　　听到一群才华横溢的演员把你写的台词大声地表演出来,无论你的观众是名人、朋友或者亲戚,他们都是剧本创作效果最宝贵的检验者。无论你是租下影院一个晚上,邀请制片人和潜在的投资者观看,还是在自家客厅里摆上一圈折叠椅,请朋友和宠物充当自己的观众,这都可能是最让人

---

① 莎士比亚戏剧《哈姆雷特》第二幕结尾处哈姆雷特的一句台词。

自惭形秽或者兴奋激动的时刻。你马上就能判断出自己的剧本中哪些内容是有效的，哪些内容是无效的。这是你的剧本即将在各地读者和娱乐记者手中接受的多重检验中的第一次路考，因此，我建议你在把电影送到影院门口的时候先来接受这样的检验，这样你就还有补救的机会，而且你还可以把自己的剧本留在身边；因为如果连你都不愿呵护它，别人更也不会。

在早期创作剧本的过程中，有许多美妙的幻想占据了你的想象力，这些力量强大的美妙幻想对于写出富有创意的故事非常重要，不过，在一群热心支持你的观众的火眼金睛面前（要注意，可不是一伙扫兴的人），欲速则不达，你原来的如意算盘落空了。原来你每次读时都要叹为神来之笔的独白或许并不是必需的。那种刀光剑影的格斗场面搁在独立院线电影的结尾是合适的，而搁在你的电影里却显得驴唇不对马嘴。另外，在医院里的那一大段戏中每个人物都说了自己的台词，要是大家都沉默不语，什么对白都没有或许更符合这场戏所要达到的效果。

把你的剧本念给观众听一听，然后听取他们反馈的意见和建议，这要比你上任何电影编剧课程更有价值，所以请把你的虚荣心抛到一边去吧。当有人决心告诉你他们自己的想法时，你应该不住点头，把他们滔滔不绝的教诲全都记下来。在炎热的剧院或者客厅里读完剧本之后，你已经累得晕头转向，听众把你挤到一旁，正当你擦掉前额上的汗水打算一口灌下一瓶矿泉水的时候，你真想捏住他们的喉咙，让他们别再说了；不过你还是应该微笑地说，"谢谢光临"。当你舔过自己的伤口，一切恢复平静之后，这些建议将给你未来要写的新稿子提供强大的支撑。

# 练 习

1. 我的建议是：至少要等剧本写出第 3 稿或者最好是写出第 5 稿之后，你才能当众把它当作一匹马那样拉出来遛遛。这时候，剧本至少会有点儿奥斯卡奖电影的模样。

2. 找一个地方举行剧本阅读活动。但是花费的租金以及当晚的食品酒水费用不要超过 500 美元，因为你还没赚到钱。

3. 召集一大群演员。演员们为了得到一个好角色什么都愿意做。为了在舞台灯光下星光灿烂，他们甚至甘愿踏上满是碎玻璃碴儿的舞台。演员希望给你留下一个好印象，以便等你的大作找到投资后，你在选择演员的讨论会上提议由他们扮演剧本里的人物。或许你没有机会接触到演员的花名册，但假如你是在纽约、洛杉矶或者芝加哥这几个城市的话，你肯定能雇到一个负责招聘演员的专职导演，费用很低。要么，你也可以把角色清单发布在网络上或者张贴在本地社区的影院。你会惊奇地发现，自己的眼皮底下居然也是藏龙卧虎之地。

4. 选定一个好日子，然后搞一次聚会。喝点儿酒，吃点儿好的，谈谈艺术。

5. 收集别人给你的建议，无论是大家七嘴八舌的建议还是电子邮件里的建议或者是在咖啡厅小聚时的建议。我认为你最好这样说："把你的想法写成电子邮件发给我吧。"而且你要真正用开放的心态面对大家的反馈意见。这些意见给你带来的回报往往会让你大吃一惊。

6. 最后，几周后重新来一次剧本阅读会。但是这一次，你知道自己已经直面过最严厉的挑战而且获得了胜利。嘿嘿，你看大家甚至还在为你鼓掌呢。

# 不要搬起石头砸自己的脚！ Charles Deemer

Charles Deemer，著有 *Practical Screenwriting and Screenwright*，这是一部电子版的电影剧本创作教程。有三部短篇剧本已经完成制作，还有若干正片电影剧本已经签约。目前正在制作自己的数字电影 *Small Screen Video*，自任艺术导演。他出品的 DVD 包括 *The Heirs：A Silent Comedy and Karaoke To-nite!*，这是一部伪纪录片（徒有纪录片的形式）。他在波特兰州立大学讲授电影剧本创作。

到了我这个年龄，隔三差五就会有人邀请我担任电影编剧比赛的评委，这个经验给了我不少启发。作为电影编剧领域的教授，我早就注意到一个让电影编剧新手们都头疼的难题，不过，我并未意识到居然有这么多热心编剧事业的人全都是自己最可怕的敌人。这是不幸的，因为他们的错误本来是很容易改正的。既然如此，那么这些错误怎么还会出现呢？显然是因为其中有相当大的误会。

电影编剧新手写的剧本往往是所谓的"待售剧本"，这种剧本是指那种写完之后才进行销售的剧本，问题就出在这里了。那些最后出版的剧本是拍摄脚本，这完全是另一码事儿。因此，编剧新手从图书馆借到电影剧本，然后把它当作自己写剧本的格式摹本，到此为止他已经犯了两个严重错误了！他找的摹本就是错误的。

为了理解待售剧本的本质，让我们先想一想在现实世界中人们是如何读它的。人们读这种剧本并不是为了娱乐消遣，而是为了在生意上赚钱。这种剧本的读者是由制片人雇来做剧本评估的审阅者，这些审阅者的工作就是读电影脚本。这让你知道了什么？审阅者读一部剧本需要的时间越长，其中的语言越是复杂，他得到的报酬就越少。换句话说，假如你想得到这种读者的好感或者在我担任竞赛评委的时候得到我的好感，那么，你的写作风格就要做到便于速读、易于理解。

这种风格并不是人们通常所说的文学性记叙文。影视剧本与记叙文需要的修辞手段大不相同。好多电影编剧犯的第一个错误就是他们打算写纯文学的纪实文章。影视剧本并非纯文学的纪实文章，而是一部电影的蓝图。它读起来必须就像蓝图一样，而不能像短篇小说。

在创作待售电影剧本过程中最大的原罪是：你写出的内容成了故事本身的拦路虎。无论你创作什么，这都是非常可怕的事情！换句话说，影视剧本是由故事驱动的，而不是由修辞驱动的。没有人在乎"你写了什么"。他们想要知道你的故事。如果你写"文学性记叙文"，故事被你弄得云山雾罩，这相当于你搬起石头砸了自己的脚。剧本是一部电影的蓝图。相应地，剧本创作要做到简洁。

**关于待售剧本的创作下面有几条实用的建议：**

● 要用短小的句子，不要用复杂的长句。

● 不必担心自己的句子像支离破碎的断片。

● 要写得笼统一点：你并不是服装设计师，不是布景设计师，不是演员，也不是导演。直截了当地说，细节确实决定作品的好坏，不过，在剧本创作过程中却不是这样！只使用那些对于剧情来说重要的戏剧性细节。如果你写的细节并没有什么戏剧性，那么就要写得笼统一点，比如说："这是一个典型的 13～19 岁女孩的卧室，随处可见毛绒玩具，还贴着摇滚乐队的海报。"自有别的人决定使用哪种动物玩具以及哪份海报。编剧只是团队中的一员。

● 分行写，如果读者感觉竖着读方便，而不是横着读方便的话。你的剧本越不像记叙文，那么它就越像电影剧本。这一点值得我们详加说明。

下面一段话是某个学生的电影剧本里的一段话：

> 一个舞女向商店后面走去，当店员从身后看她的时候她毫不理睬。她是一位令人心驰神往的美女。另一个舞女则直接走到了柜台前，朝这个年轻小伙子微笑。他弄不清楚她的长相到底如何，因为她的脸上化了浓妆，而且还戴着超大号的假睫毛。

对于一个不熟悉电影剧本创作的人来说，这段话可能读起来够"简单"了，不过，这段话写得过长，文字也过密了。读者大都讨厌密密麻麻的文字，因为根本就读不下去！经过我的改写，这段话变成了下面的样子：

> 一个舞女向商店的后面走去。
> 店员瞅着她。
> 另外一个舞女来到柜台。
> 她戴着大号的假睫毛。她向店员微笑。

花点时间比较一下这两个段落，不要读其中的文字部分。第一个段落看起来像是记叙文。第二个段落看起来像是提纲或者清单。电影剧本创作就应该像这样，它是电影的蓝图。作为剧本审阅者，当我有 100 部剧本堆在桌子上，需要一本一本地拿起来读的时候，第一印象是很重要的。当我看到像第一个例子中那种记叙文一样密密麻麻的文字的时候，我就会认为这个编剧不太懂行。无论对错，第一印象就是这样。第一个编剧就是搬起石头砸自己的脚。

剧本的开头要写成更像是清单或提纲的样子，这就是所谓"增加纵深"的方法。其实，这个技巧还有一个重要的视觉功能。下面是你很容易遵守的一条规矩：当你的剧本需要一个新的视觉画面的时候，请重新开始一个段落。请注意，这就是为什么我上面改写的时候把一段分成了四段。第一个画面：这个女人走到了商店的后面。第二个画面：店员在看。第三个画面：另一个女人走向柜台。第四个画面：以一个更接近的角度，看到了假睫毛和微笑。待售剧本中从来不用提摄像机的位置，但是，由于你为每个新画面都新开了一段，实际上你写剧本和导演导演电影是一样的。这个方法虽然微不足道，但是却很有效，而且它给你的剧本增加了纵向的深度。它让人们更愿意读这个剧本（审阅者略过的内容通常跟读的内容一样多，也就是说，你的写作风格必须是方便略读的）。

## 练 习

通读你的电影剧本，一段一段地读，一次读一句。假如一句话牵涉到银幕上的一个新画面，那么就另起一段。注意，这种方法可以给你的剧本增加纵深感，让它看起来更像是一个提纲或者蓝图，而不像"平常"人们写的记叙文。

看看你的写作风格。把所有复杂的句子都改写成两个以上的简单句。不要害怕使用片断化的句子。

看看你的描述。确保细节具有戏剧性，不然的话就笼统地提示一下服装设计师、布景设计师。你需要有良好的团队精神。

总之，不要让你写的东西成为故事的拦路虎。永远不要忘记，电影剧本是一部电影的蓝图，而不是纪实文学。这不是你炫耀写作才能的地方。这是炫耀你的故事讲述能力的地方。

# 写好前 **10** 页 Ken Rotcop

> Ken Rotcop，电影 *For Us the Living：The Story of Medgar Evers* 的编剧兼制片人，他因这部影片而荣获编剧协会大奖、Image Award 和 Neil Simon 奖。他是四个大型制片公司的创意总监，著有 *The Perfect Pitch* 系列丛书。

　　一旦你完成了你的影视剧本，艰苦的工作就找上门来了：你要找个人来阅读它！某个有影响力的人，他有能力把你的剧本变成一部电影。

　　你需要有说服力、热情，还要能够把自己对这个故事的喜爱表述出来，这样你才能说服一个人成为你的读者。这个程序被称为"推介活动"。下面是几条你需要遵守的规则：

　　1. 你的推介宣传不要超过 2 分钟。

　　2. 不要把整个故事都讲出来，仅仅把听者着迷的那一部分说出来。说出你的故事中有什么匠心独运或者不同凡响之处。

　　3. 切记：电影是关于人的。人们陷入了矛盾冲突和阴谋诡计的大网之中。你的促销宣传开始总是说，"这个故事是关于这么……一个男人（或者女人）的故事"。

　　4. 有时候，促销宣传应该聚焦于故事中的那个坏蛋即反面主角，而不是主人公即正面主角。恶棍总是把故事引向行动，而且绝大多数时候他们的吸引力要比那个正面主角不知道强多少倍。

　　5. 还有最后一点，假如听众要求你发送一个故事梗概，你不需要照做，而是应该把剧本的开头 10 页寄给他们。

　　在剧情梗概中，你根本没办法可以让故事活泼起来，或者显示剧本中富有蕴意的句子，体现出情感方面的明暗色彩，情节的迂回曲折或者浓缩的独特韵味。这是完全办不到的。补救办法是给对方邮寄剧本开头的 10 页，在信封正面这么写：

亲爱的制片人先生：

通过（某日）我们的电话谈话，你要求我寄上我名为《××××》的影视剧本的提纲。我冒昧寄给你我剧本的开头 10 页。请花 8 分钟时间阅读这 10 页。

这不仅告诉你我的故事是关于什么内容的，而且还能展现我的写作能力。

我希望你之后还会要求得到这部影视剧本的其余部分，我会马上寄给你。

我的联系电话是（你的电话号码）或者我的电子邮件地址（邮件地址）。

（如果你已经有一个代理人，你也可以把代理人的姓名与联系信息写出来。）

等待你的回音

（你的签名）

许多摄影棚和制片人现在都是这样做的，他们并不需要你提交剧情梗概，他们要的就是前 10 页。

# 练　习

为了吸引一位电影公司主管把你的整部电影剧本都读完，前 10 页一定要回答下面的问题：

1. 谁是正面主角？
2. 他有什么渴望？
3. 什么人或者什么情况阻碍了正面主角实现他的目标？
4. 为什么我要关心正面主角以及他能否实现他的目标？
5. 我是否在这 10 页中确立了类型流派？（喜剧、动作历险、正剧，如此等等）

6. 我是不是把正面主角从其安乐窝里调动出来并且把他放到一个让他无法调头的情境中去了呢?

如果这 6 个问题的答案都让你自己满意的话,你就可以准备把这至关重要的前 10 页提交出去了。

# 记叙文及其反面 Billy Frolick

Billy Frolick，所著电影剧本有梦工厂的动画片 *Madagascar* 和 *It Is What It Is*，后者是他执导的获奖处女作，主演明星为 Jonathan Silverman。关于他的新闻报道可见于《纽约客》、《娱乐周刊》和《洛杉矶时报》。著有 5 部图书，包括 *What I Really Want to Do Is Direct：Seven Film School Graduates go to Hollywood*，并在纽约大学的 Tisch 艺术学院讲授正片电影剧本创作。

20 世纪 80 年代。有个潮流。写作。影视剧本的描述。这样做。

到底是谁引领了这场声势浩大的断奏新时尚呢？是威廉·沙特纳吗？实际上，代他受奖（或受过）的往往是谢恩·布莱克。不过，至少就《致命武器》（*Lethal Weapon*）这类"现代黑色电影"而言，布莱克孜孜不倦地致力于创作这一类型的电影，他证明了这一硬汉电影流派存在的正当性。

尽管也有极少数的例外，句子断片式的场景描写的未来必然会重蹈"胭脂鱼"（the mullet）或者"绑腿带终归绝迹"（Chia Pets and leg warmers）的覆辙。将来，我们可能生活在一个注意力枯竭的老年社会，不过，如果将来有一天连完整的句子用起来都显得过于不便，那么，人类的读写能力必然被正式宣判死刑。

描述性的段落往往受到人们的贬低而被认为是徒劳无益的东西，同时这些内容最终也不会被拍进电影，这样的段落是电影编剧的重要工具之一。这虽然不意味着这些段落跟你过去在大学时代写的随笔是一回事，不过效果显著的记叙文的确具有紧凑却不失色彩和栩栩如生的特点，它对于烘托细节与氛围、维持故事的总体情调而言是至关重要的。任何剧本的第一个观众不是去影院看电影的观众而是一位读者，不管这个人是你的朋友、故事分析师、经纪人还是制片人。而电影编剧的本职工作就是通过清晰透彻而且简洁高效的文字赢得这个读者的注意力并且维持这种注意力。

普通的剧本审阅者对于次品的容忍限度是很低的。一旦审阅者感觉到剧本不合规律或者叙事缺乏焦点，他的阅读也就到此为止了，通常他只需要读两三页就能得出下面这个结论：这位编剧还不具备掌控局面的能力。（相信我。我就是由审阅者入行的。）你只要想一想，判断一个电影让你心生厌烦需要几分钟……而且，剧本审阅者生厌的速度是观众生厌速度的两倍。

没有过脑子的记叙文作品有一个普遍的副产品就是反复唠叨、累赘冗长。如果这话我说一遍就能说清楚，我再说一千遍还是一样。难道说"脏兮兮的加油站"这样的话还需要进一步的描写吗？假如大家已经看到了一件事情，难道还需要一个人物再告诉另一个人物吗？我们说一个人是"肥胖的"，难道后面还要画蛇添足地说他是"粗壮的"、"圆乎乎的"、"超重的"吗？我厌烦得都要打哈欠了，给我拿枕头来吧！

和小说、戏剧和诗歌创作有所不同，电影剧本创作没有多少允许你犯错误的空间。你可能天生就是讲故事的高手，你的耳朵非常擅长倾听台词，但是如果你不注意基本的语法、标点和句法，那么，再好的天赋也不会引起人们的注意。

马克·吐温曾经说过："由于我没有时间写一封短信，所以我就写了一封长信。"就电影剧本而言，无论花费多少时间也要把它写到最好。

然后呢？多写写剧本，然后你就成功了。

# 练　习

找一本正式出版的电影剧本，最好选择一部你非常崇拜的电影，不过你还没有读过它的剧本，比如说科恩兄弟的电影《冰血暴》（*Fargo*），有哪个影视编剧不崇拜那个剧本呢？在阅读人家的剧本之前，先看看这部电影中 5～10 分钟的一场戏。这场戏你需要看几遍就看几遍，直到你能把它用电影剧本的形式写出来。不必抄录其中的人物对白。

把你写的这场戏重新读一遍，重新改进一次，直到你感觉自己写的已经达到了专业水准而且能把银幕上播放的内容都说清楚了为止，而这或许需要你再看一遍电影。

然后，拿出那部正式出版的电影剧本，翻到那场戏。你遗漏了哪些细节？哪些不必要的信息被你写进去了？正版剧本的那场戏与你的自创版本相比，在清晰度与力度方面有什么区别？哪些具体的文字烘托出了银幕上最后表演出来的情调？

不管这部正版剧本是拍电影时用的脚本还是电影制作完成后抄录下来的脚本，这个练习都能帮助你获得写出流畅的写实文字的信心。

假如迄今为止你还没有读过斯特伦克与怀特的名著《风格的要素》，或者即便你已经读过这本书，你仍然需要考虑选修一门普通写作课。继续教育类的进修班往往都提供这种课程。所有此类创作基础知识都能让你写的剧本更有"可读性"，最终把流畅的文笔、有力的节奏、简洁的用词和表达的力度恰如其分地融为一体。

# 写作遇阻怎么办？ Peter Myers

Peter Myers，常驻好莱坞的影视剧本作家/制片人，剧本顾问，同时也是制片人兼导演。2009 年完成两部电影的拍摄，他重新修改了这两部电影的剧本。

坦率地讲，写剧本的时候我只管专心写作，对于编剧"练习"并没有什么兴趣。

不过，我愿意给你提的这条建议其实是自己的经验之谈，甚至早在我当电影编剧之前，这条经验就曾让我受益匪浅。那时候，我是一个雕塑家。

这条建议能够解决下面这个问题：我怎样才能顺畅地把一场戏或者一处对白写通呢？或者，我怎样才能写出一句话来概括剧情呢？它回答了"我怎样才能……"之类的方法问题，出现这类问题的时候编剧的思路完全陷入泥潭，既没有办法解决难题，也没有办法继续创作。

下面就是这个解决方案：

## 练 习

无论你写的是一部剧本、一场戏、一句对白还是别的东西，当初把你的写作灵感激发出来的东西是很重要的，当你的思路遇阻的时候，请你回到这个灵感原点上来。

回到灵感的原点或许意味着你真的要回到某个地方，或者回到某个人身边，或者重新听一段引发灵感的音乐，或者做一次神游，回到最初触动你的创作灵感的情境中去。当你重新找到这个情境进而重新点亮了那个灵感乍现的瞬间的时候，你先前面临的难题就迎刃而解了。使用这个方法，难题必定能够得到解决，我自己屡试不爽。

在我们的创作过程中，思路遇阻的情况时有发生。无论是哪一类艺术家，当他们表达自己想要传达的思想的时候，沿途的美丽风景可能让他们分心，以至于他们把车子开下了正道，开进了旁侧的小路。最大的危险是，忘记了自己开始艺术之旅的初衷！而且当创作者们流连忘返的时候，他们已经迷失了最初激励自己走上这趟艺术之旅的目标，脱离了实现内心这个创意目标的正轨，他们肯定会翻车的。

因此，假如你在创作过程中遇到了难题，首先要回到那个把你送上这次创作之旅的灵感原点上来。只要赋予你灵感的那种东西仍然吸引着你，那么灵感就会像一股永远流动不息的泉水，犹如施了魔法一般，顺流而下，你自然会文思泉涌。

说到这里，我还想说一些题外话。你是某个兴趣的创造者，无论你感兴趣的是什么东西。吸引你的那件东西或者那个人或者那个想法，它们自身并不能创造出兴趣来。所以说，如果你对于某个东西的兴趣或者灵感慢慢衰减，你也不必惊慌。你还可以从这件东西上面发现别的让你感兴趣的东西。假如进一步深入研究这个东西的本质，那么你就能找到自己感兴趣的东西。假如你感兴趣的是一个人，你就要与他进一步沟通。假如它是一个地方，你可以故地重游，再到那个地方看看。如果它是一首歌曲，那么你可以在 iPod 上重新播放这首歌曲。

如果你是一个电影编剧，那么十之八九你写的剧本是有关人的事情。就人而言，我注意到下面这个现象：我从来没有遇到过下面这样的人，你跟他们谈了 5～10 分钟之后，他们身上还是没有任何让你感兴趣的东西，他们的遭遇或者他们的生活经验不适合拍成电影，甚至在他们身上连一部电影的核心主题都找不到。然而，我对他们的兴趣只能由我自己来创造。

因此，从本质上讲，你才是自己的灵感源泉，因为正是你在生活中发现了自己对某个东西的兴趣。只要你还有那个兴趣，只要你重新回到灵感的原点上来，你将永远不会因为一部剧本、一场戏、一章小说、一句对白陷入困境而长时间停滞不前。那么，你就对它发起攻击吧，享受创作的乐趣吧！

# 扣好扣子
## ——话痨的疗法 Devorah Cutler-Rubenstein

Devorah Cutler-Rubenstein，参与过电影与电视节目创作与经营的方方面面。曾任制作公司高管，现任职于 The Script Broker，这是 Noble House Entertainment 公司的一个事业部，她帮助作家与市场取得联系。她是南加州大学电影/电视学院的助理教授，著有 What's "the Big Idea?" Writing Shorts.

正如扣子扣错了扣眼儿或者缺一枚纽扣的礼服那样，即便是伟大的场景，假如你在该收尾的时候不知道就此收手，也会给人留下杂乱无章而且缺乏专业素养的印象。对于职业编剧来说，"扣扣子"是在喜剧剧本或者喜剧表演中经常使用的一个术语。当一个与节目策划人（负责电视节目策划的编剧或者制片人）合作的导演在事先埋伏好的收尾部分取得了喜剧效果或者情感效果的时候，他们往往会说"这场戏的扣子扣得太好了"这样的话。

给一场戏扣上扣子，是大家很少谈论的一种编剧技巧，它就像是编剧工具箱里一把经常被人忽视的扳手。要想保证一台节目的生命力，"扣子瞬间"是至关重要的。假如你不知道一首歌曲、一场戏或者一个故事应该在什么地方收尾，这可是一个致命伤。从最低限度上讲，这会让人烦恼不堪，电影公司的剧本审阅者会干脆撇下你的剧本，然后拿起别人的剧本读起来。

在我的编剧生涯中，这个扣子可以提供一个引发韵律（或者强化韵律）的音符，给人物的行动画上一个句号。这时大家就会如释重负，带来一种工作圆满结束的感觉，无论是大功告成还是小功告成，它都能让你感觉与人物更加亲近。

最初创作电影剧本的时候，我还在加州艺术电影学校接受亚历山大·

麦肯德里克教授的指导，那时候我的剧本总是写得太长。这并不是教授疏于教导，他本人是一位以简洁著称的大师。不过，我总觉得需要多写一些内容，这样我才能深入研究人物的内心世界。自然而然地，我写进了"太多的脂肪"，它们无法推动故事的发展。一开始，我的剧本最后都被我扔进了废纸堆，因为我太散漫了，太喜欢自说自话了，或者说正是因为我完全不懂应该在什么地方结束一场戏。不过即兴创作的方法打开了我的思路，让我理解了这些扣子的用处。

即兴之作往往是包括开头、中间和结尾的短篇场景。当剧院的灯光亮起来，观众要么鼓掌欢呼，要么不然。你马上就能得到观众的反馈。不过，作为一名编剧，在你自己内心的隐秘处，你怎样才能获得这样明确的反馈意见呢？我的姐姐擅长即兴创作，她专门教编剧如何进行即兴创作。她说，她往往能在剧本上演的过程中感觉到一场戏中威力巨大的地方，这时候，她需要写出一个扣子把这个部分收好尾，为此她常常拼尽全力。给一场戏扣上扣子算是一种思维方法吗？即兴创作是编剧的思维弹性与力度可以展示出来的地方吗？

我是南加州大学的助理教授，我给学生导演和学生编剧上故事分析课程，我总是让学生站起来跟自己的演员一起即兴创作电影场景。这个练习让学生活跃起来，让他们从人物的视角看待问题，让他们能感觉到某个场景最好在什么地方收尾。即兴创作的课堂教学方法帮助学生提高了创作剧本的自发性与迫切性。这样做肯定能让你更清晰地注意到一场戏的开始与结尾，而这些部分就是剧本里难以捉摸的扣眼儿。

# 练 习

首先，你要召集一群编剧，或许再找一名演员帮助这群编剧克服表演方面的焦虑。不过，我们并不是上表演课；这个课堂是思维的健身房，你要训练思维肌肉的柔韧性与力量。挑出一个编剧，他的剧本里有一场戏写得过于冗长而且没有扣扣子，由这个编剧从这群人里挑出几个志愿者和自己一起进行即兴创作训练。只需给大家说清楚下面的内容：（1）位置；（2）关系；（3）目标，相互对立的目标是最好的。当这场戏的编剧大喊一声"开拍"，随后即兴创作活动就开始了。

在观看这场戏逐步被表演出来的过程中，当这位编剧感觉到这场戏的扣眼儿所在之处的时候，他马上就会说，"这就是扣子……这场戏的表演到此结束！"如果这场戏拖拖拉拉，时间太长，他就要跟团队里的另一名编剧重新把这场戏改写一遍，编剧的任务就是把扣子召唤出来。

# 把好演员这一关 Glen Mazzara

Glen Mazzara，目前是 *Hawthorne* 的执行制片人/节目协调人。他是 *Crash* 节目第一季的创作者/节目协调人，还为 *The Shield*，*Life* 和 *Nash Bridges* 创作剧本。目前正在创作正片电影 *Hater* 和 *Hancock 2* 的剧本。

　　许多有抱负的影视编剧经常问我："什么时候我才知道一部剧本已经大功告成了呢？"总得有另外一个朋友读一读吧，总得再写一通剧本注释吧，总要做某处小小的调整。你跟我情况差不多，让自己的剧本脱手总是一件难事。什么时候我们才知道一切都完毕了呢？

　　最初我搬到洛杉矶的时候，剧本还是靠人工投递，没有今天的电子邮件之类的东西。有一次，我完成了一部待售剧本，我把它打印出来，用合适的角钉钉好，然后开车把它送到经纪人的办公室，停车，从车里出来，随即我转身又跳上车，一路把车开回了家，只为了把一句台词删掉。因为不这样做会让人感觉剧本的格式不够严谨，于是我不得不把整个剧本重新打印了一遍。这算神经病吗？不过，我喜欢"谨小慎微"，说这话是吹牛了，因为我一点儿也不知道这个剧本到底算不算写好了。这才是最可怕的事情。

　　打那以后，尽管我已经出版了许多剧本，我发现人们读它们的方法总是出乎我的意料，尤其是演员阅读剧本的方法。剧情、微妙的差异、俏皮的说法诸如此类的东西在演员阅读的时候都是草草了事。演员把各场戏都扫上一眼，看看其中有几场自己需要演的戏。年轻的演员还会数一数自己要说多少句台词。精明的演员连台词也不数，只是看看自己**重要的露脸时刻**，也就是说他们只关心那种自己可以全心投入饰演人物的那几小块文字，那些可以探明人物灵魂深处的几个瞬间，因为这种内心活动只有聪明的演员才能演得栩栩如生、逼真传神。而这些瞬间正是他们出类拔萃、闪耀星光的地方，也是他们要好好下工夫表演的地方，是他们必须精心饰演的时刻。只有这些瞬间才是你与观众取得共鸣的地方，共鸣绝对不是说几句俏皮话那么简单。当一位年轻妻子得知丈夫出轨的消息时，心碎和遭到背叛的表情浮现在她的脸上，也永远地留在了我们心中。那句提醒导演拍摄镜头角度以达到情节效果的几个文字在银幕上是看不见的。这位妻子可能说一句话，也可能一言不发。最好的编剧知道，演员即便不说那句台词，其表演也可能大获成功。聪明的演员很可能会要求把那句台词砍掉，并且说："难道我不能靠一个面部表情来表达那句台词吗？"他们是对的。他们的表情完全可以表达出来。

所以，在剧本完成之后，在你打上"剧终"两个字之后，在润色无数遍之后，为了控制长度而砍掉一些内容之后，在每一场戏都砍到只剩骨头架子之后，在各场戏之间来来回回检查数遍之后，你已经深入了故事隧道中。等到不需要再确定自己搞没搞清楚剧本意思的时候，甚至你还记得要使用动词，那么最后，你只需要通过演员这一关。

# 练　习

阅读你的剧本，假装自己就是那个主演，在电话号码表里排在第一号的位置。只管读你的戏并且只读对白部分，做一些必要的润色、删节、压缩。把对白部分锤炼一遍。扫除一切不必要的枝节，清除那些不知所云的话和松散的鸡零狗碎。砍掉所有因为自身精彩而引人注目的优美文字。你会发现，也许在剧本里有 25 页范围内这个人物没有出场，或者在一场戏里他是愤怒的，而进入下一场戏的时候他竟然一扫自己的怒气，变得爱跟人开玩笑了。这说明人物脱离了轨道，站在那个人物的立场上检查一遍，你就会追踪到这个漏洞，把突兀的地方抹平，好让整个剧本融为一体。

最重要的是，你要能判断出这个人物在这场戏中到底是无所事事还是积极推动了剧情的发展。假如有一场戏占据了好几页篇幅，而你的主演只告诉你："知道了"，"你说什么来着？""待会儿给你回电话"，那么，这场戏一定有问题。任何一位优秀演员都要问他们在那场戏里要表演什么。如果说他们并非行动的驱动者，他们没有重大的价值，这就浪费了他们大显身手的良机。

演员把关这个步骤把你从编剧挪到了演员的立场上来。你开始明白演员是怎样读剧本的。剧本马上就要面世了；你的孩子就要诞生了。你就要进入将剧本脱手这一阶段了。

当你完成了主演把关这一步骤之后，你要回去把自己当作第二号重要人物把剧本重新读一遍。要从头到尾再读一遍，不过，你要戴上人物的眼镜读。如有必要就把人物的台词全都锤炼一遍。不要看任何没有二号人物出场的戏。然后，你把自己当作三号、四号人物，再把剧本通读几遍。层层把关的办法能够让你的作品更加深刻，增加它的纵深层次。等到你透过最小的角色的视角修改剧本的时候，请你相信我，你已经大功告成了。这时你应该把那个文件发送出去，在电影编剧这座炼狱里你又走上了一个台阶，静候佳音吧。可喜可贺。

还有什么事?

# 一句话剧情简介的绝技 Bill Lundy

Bill Lundy，顶级剧本顾问兼教师，人称"剧情一句话简介医生"，已为科幻频道创作了两部电影，而且出售多个故事给 *Star Trek：Voyager*，目前他有好几个正片项目正在开发中。他在 Screenwriting Expo，the Scriptwriters Network，Learning Tree University 以及其他机构任教。

你已经写出了一部真正伟大的剧本。你需要不断打磨它直到完美无缺，让人物都栩栩如生地走到我们眼前，让对白像歌声一样动听，把精准的动作打到读者的心底里去。你已经准备好把它放飞到全世界了，你深信它会畅销，或者至少会被好莱坞的重要人物相中。

不过，你还缺少一件非常重要的东西。你还没有找到下面这个重大问题的答案：如何才能让人读你的剧本呢？没有人会完全听信你轻率的保证而去读它，或者只是因为你请他们读他们就得读。他们打算读你的剧本需要有下面一个东西作为基础：**它说的是什么事**？剧情是什么？诱人的钩子是什么？凭什么他们希望在百忙之中抽出两小时读你那部大作？

这正是你的剧情简介可以发挥作用的地方。对于那些未开窍者来说，"一句话剧情简介"就是用一两句话描述你的故事。可以证明，这是编剧手上唯一的、最大的销售手段。可是太多太多的编剧根本不知道如何写出一句很好的剧情简介。他们要么说得太多，要么说得不够，要么写出的东西相当无趣，比如"男孩遇到女孩，男孩失去女孩，男孩又赢回女孩"，如此等等。

## 练　习

怎样才能写出一个杀手锏式的剧情简介，保证抓住人的胃口呢？下面就是一个非常简单的公式化方法，我把它拆分为五个步骤：

1. 标题为先

一个好的标题本身就是一个卖点。不过，令人惊讶的是，多年来我亲眼看到或者亲耳听到许多编剧在咨询信函中都不记得说说剧本的标题。当你写一句话剧情简介或者为剧本写篇幅稍长的促销材料的时候，你永远要记得从标题说起。

2. 点明电影类型

这个步骤也是许多编剧常常忘记的，其实这几乎和标题一样重要，即电影类型。你要开门见山地点明自己的剧本属于哪个类型，这有助于指导读者或者听众对于自己即将读到或听到的东西有一个定位。假如你说，"这是一部关于……的喜剧"，那么，别人听你讲的时候就更倾向于认为这个故事很好玩儿，或者至少它有变得好玩儿的潜力。或者，我们再举一个例子，比如你说"这是一部有关……的动作恐怖片"，这句话能让听众或者读者有所准备，以免突然被你吓倒。假如你的电影是基于真实事件的作品或者它取材于其他作品（比如图书、笑话、戏剧），那么，在这一步你也应该提及它的出处。

3. 介绍正面主角和他们的处境

好吧，你的电影已经有了标题和分类，现在你已经准备正式创作一句话剧情简介了。除了"它的内容是什么？"这个问题，好的剧情简介还要回答几个次要的问题，同时能精确、简洁地把你的故事概括出来。

第一个次要的问题是：这部电影的主人公是什么样的人？这时，你要把主要人物（或者正面主角）介绍一下，泛泛而谈却又无所不至。不用说出他们的姓名，只要说出他们是哪类人即可。下面是著名电影中的几个例子：

一个天真烂漫却又野心勃勃的农村小伙子（《星球大战》）

一个贪婪的、有说谎强迫症的律师（《大话王》）

一个饱受折磨的亿万富翁（《黑暗骑士》）

如果你想要把它稍微修饰一下，你可以在故事的开头描写一下正面主角的处境。这有助于纵观故事的发展弧线和正面主角的**人物发展弧线**，也就是说，这个故事里的种种事件将要带领他们经过一段有形的旅程以及情感的旅程。

一个天真烂漫却又野心勃勃的农村小伙子，来自一个贫穷落后的沙漠星球……

一个贪婪的、有说谎强迫症的律师，踏上了成为事务所合伙人的捷径……

一个饱受折磨的亿万富翁，使用自己的资源和战斗技巧在他热爱的城市里秘密地与犯罪活动做斗争……

4. 描述核心冲突

下一步就是描述你的核心冲突，而且往往还要提及你的头号反面主角或者反派势力。这里，实际上你要回答的问题是："它是关于什么的？"或者更精确地说是："你的正面主角遇到了什么事情？"

这是你的剧情简介的中心环节，而且你需要把故事的基本情节告诉别人，要尽可能地做到有趣和简明扼要。如果主要的配角在主要情节方面很重要的话，这里你还要介绍一下这个配角。下面请大家看看上面我们用过的一些例子，从每部电影的开头说起：

《星球大战》是一部科幻加奇幻的影片，它讲述了一个天真无邪却又雄心勃勃的农村小伙子的故事。他来自一个穷困落后的沙漠星球，与一位有胆识的公主、一名职业太空飞行员、一个年老的魔法武士合作，领导贱民起义，反抗邪恶的银河帝国的险恶势力。

《黑暗骑士》是一部黑色电影，其奇幻剧情源于经典的漫画丛书《蝙蝠侠》，它讲述了一个饱受折磨的亿万富翁的故事。他使用自己的资源、财力和武艺，在他热爱的城市里秘密地与犯罪活动做斗争，他想要从一个丑陋的、无道德的、喜欢制造混乱的狂人手里拯救他爱的女人和一个除暴安良的地方检察官。

《大话王》是一部喜剧片，它讲述了一个贪财的、患有说谎强迫症的律师的故事。这个律师找到了升迁的捷径，马上就要成为律师事务所的合伙人了。他的儿子因此备受冷落。于是他的儿子在生日那天许了一个神奇的愿望，迫使律师一整天都只能说实话。于是，他的生活完全乱套了。

正如你知道的那样，我们快要到达目的地了。上面这些冲突都让我们对故事的大体内容有了一个很好的概观。现在该是添加最后一味调味品的时候了，这个成分是真正让你的剧情简介得到升华从而鹤立鸡群的东西。

5. 概述正面主角的发展弧线

在这个部分你要回答最后一个次要问题，大体上可以这么问："你的正面主角学到了什么教训?"或者"你的正面主角发生了什么变化?"另外，你还可以再加上一点儿正面主角的人物发展弧线的细节，这样你的剧情简介就拥有了一个至关紧要的情感元素，允许你的读者或者听众真正地与你要讲的故事产生共鸣。把上面用过的例子扩充一下，注意发展弧线被整合进一句话剧情介绍的不同方式：

《星球大战》是一部科幻加奇幻的影片，它讲述了一个天真无邪却又雄心勃勃的农村小伙子的故事。他来自一个穷困落后的沙漠星球，与一位有胆识的公主、一名职业太空飞行员、一个年老的魔法武士结盟之后，他自己就拥有了以前从不自知的强大力量，领导贱民起义，反抗邪恶的银河帝国的险恶势力。

《黑暗骑士》是一部黑色电影，其奇幻剧情源于经典的漫画丛书《蝙蝠侠》，它讲述了一个饱受折磨的亿万富翁的故事。他使用自己的资源、财力和武艺，在他热爱的城市里秘密地与犯罪活动做斗争，他带着正义感向着正义的目标努力奋斗，同时还要拯救他爱的女人和一个除暴安良的地方检察官，以免他们遭到一个丑陋的、无道德的、喜欢混乱的狂人的伤害。

《大话王》是一部喜剧片，它讲述了一个贪财的、患有说谎强迫症的律师的故事。这个律师找到了升迁的捷径，马上就要成为律师事务所的合伙人了。他的儿子因此备受冷落。于是他的儿子在生日那天许了一个神奇的愿望，迫使律师一整天都只能说实话。在这种情况下，律师懂得了生活中真正重要的东西。

这里我还有许多东西要说。使用这个五步法公式能够帮助你制作出一份扎实可靠、引人注目的剧情简介，这将成为你营销剧本时的重要工具。

注意：假如在使用这个办法给自己的故事创建剧情简介的时候你遇到了麻烦，那么，这个麻烦很可能源于这个故事本身。以我个人的经验，一部剧本不能被提炼为一段很好的剧情简介，那么这样的剧本肯定还需要继续加工，因为它还没有做好面世的准备。原因要么是正面主角形象不够清晰，要么是核心冲突没有得到明确定义，要么是总体剧情还没有调整到焦点位置上，同时太多不必要的子情节或者次要人物给你的剧本蒙上了一层迷雾。许多真正熟悉这一技巧的编剧甚至在创作剧本之前就开始使用这个公式了。你可以把它当作即将讲述的故事的梗概。在你创作的时候，这可能是一种有用的参照工具，确保你保持在正确的轨道上。

# 要是自掏腰包你会怎么做？ Heather Hale

Heather Hale，试播节目 *Ghost Writer* 的剧作家、导演兼执行制片人。她的其他成就还包括大约 50 小时的获奖作品，包括一部 2000 Lifetime 原创电影。她的作品 *The Evidence* 把两项艾美奖、两项 Tellys 和"最佳新电视连续剧试播节目奖"收入囊中。她是 Television Academy and Showbiz Mensa 的成员之一。

我想我还是给大家提供一个完全不同的视角吧（我以为，这个角度在这个过分投机的市场里面遭到了太多的忽略）：假如这是你自己的真金白银，情况又当如何？我的意思是要是让你自掏腰包。

如果你曾经制作过自费独立制作的电影，你就知道我现在在说什么了：一个个场景被整段砍掉，完全是因为没有时间可供浪费，一个更加准确的说法是：钱从来没有够用的时候。

不过，即便在预算庞大的工作室的电影开发过程中，编剧往往也必须削减剧本的长度，直到保证留下的全是精华。每一场戏都必须同时做到推进情节、发展人物、揭示主题。电影要提供这些内容完全是为了符合观众对于这一电影类型的合理期待。

你可以想象这是一种浓缩的调料：你必须从所有这些色彩斑斓、醇香浓厚的优质配料开始做起（重要瞬间、人物、画面）。你可能先分别把它们炒一番，把它们丰富的、独一无二的风味提取出来，不过，最后所有配料都要倒进同一个锅里，耐心而且坚持不懈地熬成浓汤，炖上几个小时或者几天时间，把所有不必要的多余水分全都蒸发掉，直到它浓缩成美味的精华为止。

下面，让我们看看怎样把你的剧本删减一番，只剩下可以增强故事活力而且适合电影展示的部分，除此之外，再无其他。

# 练 习

1. 假设你自掏腰包制作自己的电影。

（a）我们假设你刚刚赢了彩票头奖。完税之后（包括接济此前久无音讯的穷亲戚们），你净得 1 000 万美元的巨款。这太酷了。然后，你抱着一种赚个盆满钵满的美梦跟我一起上路了……

（b）如今，你终于有钱可以自掏腰包把自己的 100 页剧本拍成电影了，10 年来这部剧本一直静静地躺在你从宜家家居买来的书架上，剧本上面已经落满了灰尘！我斗胆建议你把钱花到刀刃上，投资搞好剧本推介会！

（c）为了便于计算，你可以把钱数后面加一个 0 或者减一个 0（规划用 100 万美元建造独立影院或者耗资 1 亿美元用于摄影棚建设）：

$$1\ 000万美元制作预算 \div 100\ 页的剧本 = 每页成本\ 10\ 万美元$$

（记住：这要你自掏腰包！）

现在，让我们看看这个新的视角引起的变化吧……

2. 先不管你的剧本。拿出你最喜爱的纸笔，找个效率最高的写作环境：一片安静的海滩、破旧的小酒吧、图书馆、狭窄的飞机座舱、满是儿童玩具的客厅，无论在什么地方，无论有什么东西都可以。甚至你连本子或者电脑都用不着。从剧本里挑出 25 个最令人难忘的瞬间，把它们列入清单。

确定哪些内容是：

● 最富有冲突的场景。

● 与你产生最大共鸣的画面。

● 能在推介会上引发最多笑声或者让人们乐不可支、怦然心动的剧情。

● 凝练了整个剧情的精彩对白。

● 宣传片中的精彩时刻。（甚至包括给电影宣传片写出脚本！）

● 为了讲述这个故事，即便自掏腰包也非说不行的"落实于视觉动作的决策"。

不要担心时间上的先后顺序，甚至不要担心重要性方面的顺序，只管在这些想法浮现在你脑海中的时候赶快把它们记下来。真正会让你大吃一惊（或者让你彻底崩溃）的是有那么多你甚至根本记不起来的场景。或许这正是做这个练习能给你带来的最好教训之一。假如你（把这个剧本写了17稿的人不正是你自己吗？）都不记得某一场戏（或者某个人物或者某个次要情节），那么，你还真的以为观众中会有人记得它吗？大概也不会。如果它根本不值得一拍，你却让它占用剧本里的宝贵空间并且拖剧情的后腿，那么还要它何用呢？白占地方而已。假如连你自己都不愿意拍摄这些内容，你何必冒电影票房不佳的风险呢？

4. 好吧，先把熬制浓缩版电影脚本的25种配料放到一边（是的，也可能是16种或者31种，不必苛求精确……搞创作和搞烹饪一样，不必像科学研究那样事事精确），回想一下，首先是什么事情激发了你创作这部剧本的灵感。认真地想一想：你还能记得吗？是不是因为一件令人心碎的事情？一个夫妻反目成仇的故事？是不是陌生人的评论打动了你？还是你外出旅游时亲历过的一个场面？还是当时你正在读的东西与记忆的结合体？是什么东西在你心底驻扎得如此之深以至于它逼迫你要花费生命中这么多光阴非得把它讲出来呢？

在创作过程中，同一个主题或者同一个画面在你的脑海里反复冒泡，每次都折射出不同的时代反光和风格特点。你有没有遇到这种情形呢？是不是老是同一个故事反复出现？这些问题是不是在你这个人生阶段的人正在苦苦思索的问题？我建议你写一篇剧本创作日志或者追踪一下自己的心路历程，比较一下每一稿你都做了哪些修改（为什么修改以及为了谁而修改），当你完成剧本创作任务的时候，这篇宝贵的日志就见证了你在纸面上留下的足迹。

4. 最后，你要打开你那个可怜兮兮、无人问津的剧本的最后一稿了。我向你保证，现在这部剧本在你眼里肯定已经面貌一新。那些大可删节的内容悄悄溜走了，由于自惭形秽，它们心甘情愿地溜走了。当你猛然想到要自掏腰包的时候，你肯定不想把下面这种令人作呕、无聊透顶的部分保留下来，比如："你好吗？""好。你呢？""好。你说，我们做朋友有多久了？"

在你的剧本里有一段三页长的过渡情节，写的是女主人公离开那座闹鬼的豪宅重新回到她在杂志社的办公室。把这个随意带过的过渡情节写进剧本里猛然间变得划不来了。因为有了它，你的电影就没有票房，你梦想的海景豪宅、敞篷捷豹汽车或者到希腊旅游的计划就全泡汤了。

5. 现在，你已经拿到了一把锋利的削皮刀，准备给剧本清理一下额外的脂肪了，看看剩下的还有什么东西。剧本是否没有一丝赘肉了呢？场地准备就绪了吗？舞台布景呢？一切各就各位、样样齐备了吗？看看风水，把剧本中乱糟糟的东西全都清理一空。把剧本整理得干干净净。我写剧本的规矩是一个镜头一句话，一个视角一段话。模仿一下读者在想象中观看这部电影时的体验。用放电影的方式层层展开剧情，用上你武器库里的家伙：你的语法和标点符号可以用于暗示摄像机的位置和机位移动状态，同时给演员们留下发挥的空间。凭感觉写就好。伟大的作品就是这么改写出来的。享受这个过程吧！

# 如何找到经纪人 Michele Wallerstein

Michele Wallerstein，影视剧本、小说与职业顾问，在好莱坞担任文学经纪人多年。她是许多电影节、电影推介节、全美作家会议的演讲嘉宾。她讲授创作生涯里里外外的事情，还有如何最大限度地利用你的素材。

在好莱坞做了多年的文学经纪人之后，我才知道新的编剧要想联系到自己所需要的诚实的经纪人，让他们在自己的编剧生涯中助一臂之力有多么困难。绝大多数编剧因为没有找到经纪人而完全被阻隔于圈外，他们以为整个影视娱乐业都对他们关上了大门。对于那些并不在洛杉矶或者纽约生活的人们来说，这是个尤其让人头疼的问题。虽说找到经纪人确实很难，不过这件事情要比你想象的容易得多。

寻找并且稳定地获得这些经纪人的服务的关键在于，你要知道他们也正在寻找你，正如你在努力寻找他们一样。这是绝大多数新作家根本不知道的一个秘密。好莱坞的娱乐圈一直很需要新的想法、新的影视剧本还有新的编剧，这些可以让他们拿到项目。职业编剧的工作日程往往都被提前预订一空了，要么他们已经江郎才尽没有什么新想法了，要么因为个人原因或者商业原因等等不再工作了。我们需要新人填补空白，启用新的客户和令人兴奋的客户。为了证明我的观点，你只要去参加任何一个电影节或者推介活动或者当地的编剧会议，你就会明白，与会的专业人士排成了队，其中包括制片人代表，还有经纪人，他们的数量是惊人的。

参加这些活动的人实际上就是在找你。他们不只是到那儿随便坐坐，与其他专业人士同台切磋一下，顺便谈论一下好莱坞的花花世界。他们不只是到场就影视行业做一次演讲，然后就走人了。他们到那儿去的目的是要找到下一个新的热门编剧，他们可以与这位编剧签约包销他的作品。他们在寻找杰出的人才，添加到自己的客户名单上来。他们在寻找聪明能干而且星光闪亮的新剧本，然后把这些剧本带回自己的影视世界中去。寻找你就是他们的本职工作。

今天，我们拥有沟通信息的能力已经极大增强，以至于我们发现学会这些难以捉摸的专业技术要比以前容易多了。在网络上你可以找到大堆大堆的信息资源，你需要的一切信息都应有尽有。大多数大学开设的电影课程班也可以给你提供信息。到本地的书店和图书馆里看看，图书简直是多如牛毛，上面的信息可以帮你找到成百上千名好的代理人的姓名、地址、电子邮件地址、电话号码甚至客户名单。没有理由不写一封简单的咨询信给这些代理人，看看你能否通过写一两段话简单介绍一下自己的剧本，以便诱使他们读一读你最近写的剧本。这里有一个关键，那就是要在写信之后再打一个电话，跟踪一下事情的进展。

另外一个很好的联系途径是多参加编剧会议和剧本推介会。在这些场合，你能真正有所斩获，而且还能跟熟悉好莱坞内幕的人进行一对一的会谈。尽量多报名参加剧本推介会，并且准备好如何回答别人就你的剧本提出的问题。向每个与你会面的人索取名片或者电子邮件地址，事后再写一封短信感谢他们提供的时间、信息、帮助、建议或者任何你感觉他们给了你的东西。这样你就建立了一个有可能长远的关系。这封小小的电子邮件对于你的未来是必要的。

# 练　习

报名参加在本地召开的编剧会议之前，要保证多次操练过你的"剧本推介材料"。确保推介材料里说的剧本业已大功告成并且你感觉自己这部剧本已经写得很好，可以呈交给专业人士了。如果有人喜欢你的构思并且希望看看你的剧本，你必须马上把剧本邮寄给他们，再在封面上附一封短信，提醒收件人你们在会议上见过面而且他们表示过对这部剧本感兴趣。过两三周之后，你再打电话确认一下：

1. 他们是否已经收到了剧本。
2. 他们是否已经读过剧本。

3. 他们是否喜欢你的作品。

假如他们喜欢你的剧本，不过这部剧本并不适合他们，那么，你要马上建议自己可以再给他们邮寄另外一部剧本。永远要准备好下一部剧本或者构思。

# 作者网址

| | |
|---|---|
| Michael Ajakwe, Jr. | www.ajakwetv.com |
| Will Akers | www.yourscreenplaysucks.com |
| Pilar Alessandra | www.onthepage.tv |
| Howard Allen | www.scriptdoctor.com |
| Scott Anderson | www.hssw.info |
| Jayce Bartok | www.vinylfoote.com |
| Glenn M. Benest | www.glennbenest.com |
| James Bonnet | www.storymaking.com |
| Aydrea Walden ten Bosch | www.theoreoexperience.com |
| Paula C. Brancato | www.paulabrancatowriter.com |
| Michael Ray Brown | www.storysense.com |
| Allison Burnett | www.allisonburnett.com |
| Daniel Calvisi | www.actfourscreenplays.com |
| Paul Chitlik | www.rewritementor.com |
| Christine Conradt | www.christineconradt.com |
| Linda Cowgill | www.plotsinc.com |
| Devorah Cutler-Rubenstein | www.thescriptbroker.com |
| Charles Deemer | www.screenwright.com |
| Madeline DiMaggio | www.cre8ascript.com |
| Michael Feit Dougan | www.21stcenturyscreenplay.com |
| Steve Duncan | www.steveduncanproductions.com |
| Doug Eboch | www.letsschmooze.blogspot.com |
| Barri Evins | www.bigbigideas.com |
| Syd Field | www.sydfield.com |
| David Freeman | www.beyondstructure.com |
| Billy Frolick | www.billyfrolick.com |
| Glenn Gers | www.disfiguredmovie.com |
| Jen Grisanti | www.jengrisanticonsultancy.com |
| Paul Guay | www.letsschmooze.com/PaulGuay.html |
| Heather Hale | www.heatherhale.com |
| Larry Hama | en.wikipedia.org/wiki/Larry_Hama |
| Michael Hauge | www.screenplaymastery.com |
| Marilyn Horowitz | www.marilynhorowitz.com |
| Karl Iglesias | www.karliglesias.com |
| Bill Johnson | www.storyispromise.com |
| Steve Kaplan | www.kaplancomedy.com |
| Craig Kellem | www.hollywoodscript.com |
| Judy Kellem | www.hollywoodscript.com |
| Susan Kougell | www.su-city-pictures.com |
| Neil Landau | www.neillandau.com |

| Leslie Lehr | www.leslielehr.com |
| Billy Lundy | www.scifiscreenwriter.com |
| T. J. Lynch | www.writingisrewriting.com |
| Bonnie MacBird | www.writesideofbrain.com |
| William Martell | www.scriptsecrets.net |
| Billy Mernit | www.billymernit.com |
| Peter Myers | www.myspace.com/petermyers |
| Andrew Osborne | www.newenglandscreenwriters.com |
| Brad Riddell | www.twitter.com/bradriddell |
| Stephen Rivele | www.stephenrivele.com |
| Ken Rotcop | www.pitchmart.com |
| Danny Rubin | www.dannyrubin.com |
| Laura Scheiner | www.screenplaysavant.com |
| Hester Schell | www.bayareacasting.com |
| Barbara Schiffman | www.hypnopitch.com |
| Brad Schreiber | www.thewritersjourney.com |
| Linda Seger | www.lindaseger.com |
| Mark Sevi | www.ocscreenwriters.com |
| David Skelly | www.improvforwriters.com |
| Jennifer Skelly | www.improvforwriters.com |
| Chris Soth | www.yourscreenplaymentor.com |
| Richard Stefanik | www.themegahitmovies.com |
| David Trottier | www.keepwriting.com |
| Michele Wallerstein | www.novelconsultant.com |
| Richard Walter | www.richardwalter.com |
| Alan Watt | www.lawriterslab.com |
| Sam Zalutsky | www.sazamproductions.com |

# 致　谢

"Start with a Conflict" by Mardik Martin (edited by Hunter Hughes) © 2010 by Mardik Martin

"The Cringe Exercise" by Hal Ackerman © 2010 by Hal Ackerman

"Trusting Yourself" by Alan Watt © 2010 by Alan Watt

"Note Card R&D" by Brad Riddell © 2010 by Brad Riddell

"Concept Is King" by Chandus Jackson © 2010 by Chandus Jackson

"When Sally Met Harry" by Barri Evins © 2010 by Barri Evins

"The Comfort Zone" by Christina M. Kim © 2010 by Christina M. Kim

"Finding Your Story" by Paula C. Brancato © 2010 by Paula C. Brancato

"Binding and Gagging the Internal Critic" by Kim Krizan © 2010 by Kim Krizan

"The Talking Cure" by Wesley Strick © 2010 by Wesley Strick

"The Almighty Verb" by Beth Serlin © 2010 by Beth Serlin

"Throw the Book Away" by Alexander Woo © 2010 by Alexander Woo

"Feeling the Music" by Daniel Calvisi © 2010 by Daniel Calvisi

"It's the Read—Writing Great Film Narrative" by Glenn M. Benest © 2010 by Glenn M. Benest

"Dream On" by Nicholas Kazan © 2010 by Nicholas Kazan

"Random Thoughts" by William M. Akers © 2010 by William M. Akers

"Analyzing Your Characters" by Susan Kouguell © 2010 by Susan Kouguell

"The Power of Negative Thinking" by Kevin Cecil © 2010 by Kevin Cecil

"When Great Writing Meets a Great Actor: Writing for a Star" by Hester Schell © 2010 by Hester Schell

"Police Investigation" by Brad Schreiber © 2010 by Brad Schreiber

"Write Truthfully in Imaginary Circumstances: The Mythology Inside You" by Mark Sevi © 2010 by Mark Sevi

"Postcards from the Edge of Creativity" by Sam Zalutsky © 2010 by Sam Zalutsky

"Found in Translation" by Coleman Hough © 2010 by Coleman Hough

"The Most Important Thing I Know and Teach" by Chris Soth © 2010 by Chris Soth

"The Character/Action Grid" by David Trottier © 2010 by David Trottier, excerpted from *The Screenwriter's Bible* by David Trottier, reprinted courtesy of Silman-James Press

"Writing in the Dark" by Jim Herzfeld © 2010 by Jim Herzfeld

"The Newspaper Exercise" by Linda Seger © 2010 by Linda Seger

"21 Questions to Keep You On Track" by Neil Landau © 2010 by Neil Landau

"Key Things to Know About Your Script Before You Write" by Barbara Schiffman © 2010 by Barbara Schiffman

"Four Magic Questions of Screenwriting" by Marilyn Horowitz © 2010 by Marilyn Horowitz

"Creating Unpredictability Using Subgoals and Plot Twists" by Richard Stefanik © 2010 by Richard Stefanik

"Your Outline Is Your Lifeline" by Michael Ajakwe, Jr. © 2010 by Michael Ajakwe, Jr.

"The Tool Kit—James V. Hart's Resuscitative Remedy for Writer's Block and Blank-Page Elimination" by James V. Hart © 2010 by James V. Hart

"The Genre Game" by Bonnie MacBird © 2010 by Bonnie MacBird

"How to Move a Pile of Dirt" by Danny Rubin © 2010 by Danny Rubin

"The Emotionally Charged Icon" by Karey Kirkpatrick © 2010 by Karey Kirkpatrick

# 创意写作书系

这是一套广受读者喜爱的写作丛书，系统引进国外创意写作成果，推动本土化发展。它为读者提供了一把通往作家之路的钥匙，帮助读者克服写作障碍，学习写作技巧，规划写作生涯。从开始写，到写得更好，都可以使用这套书。

| 综合写作 | | |
| --- | --- | --- |
| 书名 | 作者 | 出版日期 |
| **成为作家** | 多萝西娅·布兰德 | 2011 年 1 月 |
| **一年通往作家路——提高写作技巧的 12 堂课** | 苏珊·M. 蒂贝尔吉安 | 2013 年 5 月 |
| 创意写作大师课 | 于尔根·沃尔夫 | 2013 年 6 月 |
| 作家创意手册 | 杰克·赫弗伦 | 2015 年 1 月 |
| 与逝者协商——布克奖得主玛格丽特·阿特伍德谈写作 | 玛格丽特·阿特伍德 | 2019 年 10 月 |
| 心灵旷野——活出作家人生 | 纳塔莉·戈德堡 | 2018 年 2 月 |
| 诗性的寻找——文学作品的创作与欣赏 | 刁克利 | 2013 年 10 月 |
| 写好前五页——出版人眼中的好作品 | 诺亚·卢克曼 | 2013 年 1 月 |
| 写好前五十页 | 杰夫·格尔克 | 2015 年 1 月 |
| 从创意到畅销书——修改与自我编辑 | 詹姆斯·斯科特·贝尔 | 2016 年 1 月 |
| 来稿恕难录用——为什么你总是被退稿 | 杰西卡·佩奇·莫雷尔 | 2018 年 1 月 |
| 虚构写作 | | |
| **小说写作教程——虚构文学速成全攻略** | 杰里·克里弗 | 2011 年 1 月 |
| **开始写吧！——虚构文学创作** | 雪莉·艾利斯 | 2011 年 1 月 |
| **冲突与悬念——小说创作的要素** | 詹姆斯·斯科特·贝尔 | 2014 年 6 月 |
| **情节与人物——找到伟大小说的平衡点** | 杰夫·格尔克 | 2014 年 6 月 |
| 人物与视角——小说创作的要素 | 奥森·斯科特·卡德 | 2019 年 3 月 |
| 情节线——通过悬念、故事策略与结构吸引你的读者 | 简·K. 克莱兰 | 2022 年 3 月 |
| **经典人物原型 45 种——创造独特角色的神话模型（第三版）** | 维多利亚·林恩·施密特 | 2014 年 6 月 |
| 经典情节 20 种（第二版） | 罗纳德·B. 托比亚斯 | 2015 年 4 月 |
| **情节！情节！——通过人物、悬念与冲突赋予故事生命力** | 诺亚·卢克曼 | 2012 年 7 月 |
| 如何创作炫人耳目的对话 | 詹姆斯·斯科特·贝尔 | 2016 年 11 月 |
| 超级结构——解锁故事能量的钥匙 | 詹姆斯·斯科特·贝尔 | 2019 年 6 月 |
| 故事工程——掌握成功写作的六大核心技能 | 拉里·布鲁克斯 | 2014 年 6 月 |
| 故事力学——掌握故事创作的内在动力 | 拉里·布鲁克斯 | 2016 年 3 月 |
| **畅销书写作技巧** | 德怀特·V. 斯温 | 2013 年 1 月 |
| 30 天写小说 | 克里斯·巴蒂 | 2013 年 5 月 |
| 从生活到小说（第二版） | 罗宾·赫姆利 | 2018 年 1 月 |
| 小说创作谈 | 大卫·姚斯 | 2016 年 11 月 |
| 写小说的艺术 | 安德鲁·考恩 | 2015 年 10 月 |
| 成为小说家 | 约翰·加德纳 | 2016 年 11 月 |

| 小说的艺术 | 约翰·加德纳 | 2021 年 7 月 |
|---|---|---|
| **非虚构写作** | | |
| **开始写吧！——非虚构文学创作** | 雪莉·艾利斯 | 2011 年 1 月 |
| **写作法宝——非虚构写作指南** | 威廉·津瑟 | 2013 年 9 月 |
| **故事技巧——叙事性非虚构文学写作指南** | 杰克·哈特 | 2012 年 7 月 |
| 光与热——新一代媒体人不可不知的新闻法则 | 迈克·华莱士 | 2017 年 3 月 |
| 自我与面具——回忆录写作的艺术 | 玛丽·卡尔 | 2017 年 10 月 |
| 写出心灵深处的故事——非虚构创作指南 | 李华 | 2014 年 1 月 |
| 写我人生诗 | 塞琪·科恩 | 2014 年 10 月 |
| **类型及影视写作** | | |
| **金牌编剧——美剧编剧访谈录** | 克里斯蒂娜·卡拉斯 | 2022 年 1 月 |
| 开始写吧！——影视剧本创作 | 雪莉·艾利斯 | 2012 年 7 月 |
| 开始写吧！——科幻、奇幻、惊悚小说创作 | 劳丽·拉姆森 | 2016 年 1 月 |
| 开始写吧！——推理小说创作 | 劳丽·拉姆森 | 2016 年 7 月 |
| 弗雷的小说写作坊——悬疑小说创作指导 | 詹姆斯·N. 弗雷 | 2015 年 10 月 |
| 好剧本如何讲故事 | 罗伯·托宾 | 2015 年 3 月 |
| 经典电影如何讲故事 | 许道军 | 2021 年 5 月 |
| 童书写作指南 | 玛丽·科尔 | 2018 年 7 月 |
| 网络文学创作原理 | 王祥 | 2015 年 4 月 |
| **写作教学** | | |
| **小说写作——叙事技巧指南（第十版）** | 珍妮特·伯罗薇 | 2021 年 6 月 |
| 你的写作教练（第二版） | 于尔根·沃尔夫 | 2014 年 1 月 |
| 创意写作教学——实用方法 50 例 | 伊莱恩·沃尔克 | 2014 年 3 月 |
| 故事工坊（修订版） | 许道军 | 2022 年 1 月 |
| 大学创意写作·文学写作篇 | 葛红兵 许道军 | 2017 年 4 月 |
| 大学创意写作·应用写作篇 | 葛红兵 许道军 | 2017 年 10 月 |
| 小说创作技能拓展 | 陈鸣 | 2016 年 4 月 |
| **青少年写作** | | |
| 会写作的大脑 1——梵高和面包车（修订版） | 邦妮·纽鲍尔 | 2018 年 7 月 |
| 会写作的大脑 2——怪物大碰撞（修订版） | 邦妮·纽鲍尔 | 2018 年 7 月 |
| 会写作的大脑 3——33 个我（修订版） | 邦妮·纽鲍尔 | 2018 年 7 月 |
| 会写作的大脑 4——亲爱的日记（修订版） | 邦妮·纽鲍尔 | 2018 年 7 月 |
| 奇妙的创意写作——让你的故事和诗飞起来 | 卡伦·本基 | 2019 年 3 月 |
| 成为小作家 | 李君 | 2020 年 12 月 |
| 写作魔法书——让故事飞起来 | 加尔·卡尔森·莱文 | 2014 年 6 月 |
| 写作魔法书——28 个创意写作练习，让你玩转写作（修订版） | 白铅笔 | 2019 年 6 月 |
| 写作大冒险——惊喜不断的创作之旅 | 凯伦·本克 | 2018 年 10 月 |
| 小作家手册——故事在身边 | 维多利亚·汉利 | 2019 年 2 月 |
| 北大附中创意写作课 | 李韧 | 2020 年 1 月 |
| 北大附中说理写作课 | 李亦辰 | 2019 年 12 月 |

# 创意写作课程平台

## 从入门到进阶多种选择，写作路上助你一臂之力

## 【品牌课程】叶伟民故事写作营

故事，从这里开始。

如果你有一个故事创意，想要把它写出来；

如果你有一个故事半成品，想要把它改得更好；

如果你在写作中遇到瓶颈，苦于无法向前一步；

如果你想找一群爱写作的小伙伴，写作路上抱团取暖——

加入"叶伟民故事写作营"，让写作导师为你一路保驾护航。

资深写作导师、媒体人、非虚构写作者叶伟民，帮助你实现从零到一的跨越，将一个故事想法写成一个完整的故事，继而迈出从一到无限可能的重要一步。

## 【写作练习】"开始写吧！——21 天疯狂写作营"

每年招新，专治各种"写不出来"。

你有没有遇到过这样的情况：

拿起笔来，或是把手放到键盘上，这时大脑变得一片空白，一个字也写不出来？

或者，写着写着，突然就没有灵感了？

或者，你喜欢写作和阅读，但就是无法坚持每天写？

再或者，你感觉写作路上形单影只，找不到志同道合的小伙伴？

"开始写吧！——21 天疯狂写作营"为你提供一个可以每天打卡疯狂写作的地方。

依托"创意写作书系"里的海量资源，班主任每天发布一个写作练习，让你锻炼强大的写作肌。

★ ★ ★

写作营每年招新，课程滚动更新，可扫描右侧二维码了解最新写作营及课程信息，或关注"创意写作坊"公众号（见本书后折口），随时获取课程信息。

创意写作课程平台

# 精品写作课

## 作家的诞生——12位殿堂级作家的写作课

中国人民大学习克利教授10余年研究成果倾力呈现，横跨2800年人类文学史，走近12位殿堂级写作大师，向经典作家学写作，人人都能成为作家。

**荷马**：作家第一课，如何处理作品里的时间？

**但丁**：游历于地狱、炼狱和天堂，如何构建文学的空间？

**莎士比亚**：如何从小镇少年成长为伟大的作家？

**华兹华斯和弗罗斯特**：自然与作家如何相互成就？

**勃朗特姐妹**：怎样利用有限的素材写作？

**马克·吐温**：作家如何守望故乡，如何珍藏童年，如何书写一个民族的性格和成长？

**亨利·詹姆斯**：写作与生活的距离，作家要在多大程度上妥协甚至牺牲个人生活？

**菲兹杰拉德**：作家与时代、与笔下人物之间的关系？

**劳伦斯**：享有身后名，又不断被诋毁、误解和利用，个人如何表达时代的伤痛？

**毛姆**：出版商的宠儿，却得不到批评家的肯定。选择经典还是畅销？

作家的诞生
——12位殿堂级作家的写作课

## 一个故事的诞生——22堂创意思维写作课

郝景芳和创意写作大师们的写作课，国内外知名作家、写作导师多年创意写作授课经验提炼而成，汇集各路写作大师的写作法宝。它将告诉你，如何从一个种子想法开始，完成一个真正的故事，并让读者沉浸其中，无法自拔。

**郝景芳**：故事是我们更好地去生活、去理解生活的必需。

**故事诞生第一步**：激发故事创意的头脑风暴练习。

**故事诞生第二步**：让你的故事立起来。

**故事诞生第三步**：用九个句子描述你的故事。

**故事诞生第四步**：屡试不爽的故事写作法宝。

**图书在版编目（CIP）数据**

开始写吧！：影视剧本创作/（美）艾利斯等编；王著定译 . —北京：中国人民大学
出版社，2012
（创意写作书系）
ISBN 978-7-300-15963-8

Ⅰ.①开… Ⅱ.①艾… ②王… Ⅲ.①电影剧本-创作方法 ②电视剧本-创作方法
Ⅳ.①I04

中国版本图书馆 CIP 数据核字（2012）第 120693 号

创意写作书系

**开始写吧！——影视剧本创作**
[美] 雪莉·艾利斯
劳丽·拉姆森　编
王著定　译
Kaishi Xieba

| | | | | | |
|---|---|---|---|---|---|
| **出版发行** | 中国人民大学出版社 | | | | |
| **社　址** | 北京中关村大街 31 号 | | **邮政编码** | 100080 | |
| **电　话** | 010 - 62511242（总编室） | | 010 - 62511770（质管部） | | |
| | 010 - 82501766（邮购部） | | 010 - 62514148（门市部） | | |
| | 010 - 62515195（发行公司） | | 010 - 62515275（盗版举报） | | |
| **网　址** | http://www.crup.com.cn | | | | |
| **经　销** | 新华书店 | | | | |
| **印　刷** | 天津中印联印务有限公司 | | | | |
| **规　格** | 160 mm×235 mm　16 开本 | | **版　次** | 2012 年 7 月第 1 版 | |
| **印　张** | 22 插页 1 | | **印　次** | 2022 年 3 月第 5 次印刷 | |
| **字　数** | 305 000 | | **定　价** | 49.00 元 | |